최치원

5

눈으로 볼 수 없는 세계

최치원 ❺
눈으로 볼 수 없는 세계

초판 1쇄 인쇄 | 2021년 02월 05일
초판 2쇄 발행 | 2021년 02월 15일

지은이 | 최진호
펴낸이 | 최화숙
편집인 | 유창언
펴낸곳 | 집사재

등록번호 | 제1994-000059호
출판등록 | 1994. 06. 09

주소 | 서울시 성미산로2길 33(서교동) 202호
전화 | 02)335-7353~4
팩스 | 02)325-4305
이메일 | pub95@hanmail. net|pub95@naver. com

ⓒ 최진호 2021
ISBN 978-89-5775-260-9 04810
ISBN 978-89-5775-255-5 04810(세트)
값 16,000원

최치원

⑤

눈으로 볼 수 없는 세계

최진호 장편소설

집사재

최치원 ⑤ 눈으로 볼 수 없는 세계

최진호 장편소설

| 차 례 |

미륵의 추락

"내가 태어난 날은 5월 5일이었어. 우리 어머니이신 세화빈의 집에서 태어났는데……. 아 글쎄, 내가 태어날 때 갑자기 천지가 깜깜해졌다는 게야. 그러더니 우리집에서 하늘까지 흰 빛이 무지개처럼 떠오르더니, 이내 뇌성벽력이 쳤다 이거야. 모두 혼비백산하는 가운데 내가 고고의 성을 울리며 태어났다, 이거지."

궁예는 민머리를 쓰다듬으며 무용담을 늘어놓듯 자신의 탄생에 관한 비밀 이야기를 지루하게 펼쳤다.

"엄청난 사건입니다. 전하께서는 이미 그때부터 용상에 오르실 징조를 보이신 것입니다."

내관이 머리를 조아리며 아부를 했다.

"암, 그렇고말고. 너희들도 그렇게 생각하지? 아무튼 그 소문이 부왕이신 경문대왕의 귀에까지 들어갔다 이거야. 물론 그 일을 일관이라는 놈한테 하문하셨는데, 그 쳐죽일 놈이 나를 죽이기 위해 이렇게 대답을 했다 이거야. '대왕마마, 나라에 상서롭지 못한 일이옵니다. 더구나 그 아이는 태어날 때부터 이를 가지고 태어나 말을 할 줄 안다고 하지 않습니까? 아주 상서롭지 못한 아이옵니다. 아이가 성장하기 전에 일찌감치 제거하시옵소서!'

아, 이랬다는 거야. 그 쳐죽일 놈이……. 지금까지 그 일관이란 놈이 살아 있는지 죽었는지 알 수 없으나, 내가 서라벌에 들어가면 내 손으로 꼭 처단할 거야. 살아 있으면 거열형에 처할 것이고, 죽었다면 부관참시를 해서라도 꼭 그놈을 처단하고 말게야."

그러면서 궁예는 분노가 끌어올라 온몸을 부들부들 떨며 한쪽 눈을 계속 실룩거렸다.

"그래서 궁에서 보낸 놈들이 내 외가에 들이닥쳤다 이거야. 급한 김에 우리 어머니 세화빈이 나를 누각 밑으로 던지고 말았지. 그때 마침 유모가 누각 담장 밑에서 나를 받았는데, 워낙 황급히 받느라 손가락으로 내 한쪽 눈을 찌르고 말았던 거지. 아무튼 나는 그때 구사일생으로 살아남았어. 그래서 생모와 헤어진 후 유모 밑에서 열 살까지 컸는데 내가 너무 세상 모르고 나부댔지. 밤낮으로 공부는 하지 않고 쌈질만 하고 건달 노릇을 하니까, 어느 날 어머니가 나한테 이렇게 말씀하셨지. '얘야, 너도 이제는 네 출생의 비밀을 알아야 할 것이다. 너는 내 친아들이 아니다. 경문대왕의 후궁이신 세화빈의 아드님이다. 너는 분명히 왕자인데, 어찌 그리 눈만 뜨면 장난만 하고 글 한 줄을 읽지 않는단 말이냐? 아, 내가 너를 잘못 키웠느니…….' 그러시면서 우리 어머님이 한없이 우시는 거야. 그래, 내가 어쩌겠어? 왕족이라는 것이 발각될까 두려워서 그 길로 집을 뛰쳐나왔지. 그래서 세달사라는 절로 들어가 중이 되었어. 내 법명은 착할 '선善' 자에 마루 '종宗' 자를 써서 선종이었어. 어때, 내 법명이 그럴듯하지 않으냐?"

궁예는 말을 마치고 몸을 꼿꼿이 세우더니 이내 눈을 감고 마치 부처인 양 가부좌를 틀고 앉았다.

"대왕마마, 참 훌륭하옵신 법명이옵니다. 선종이라……. 이 얼마나 멋진 법명이옵니까? 그래서 오늘날 대왕이 되셨을 뿐만 아니라 미륵까지 되신 게 아닙니까?"

내관은 계속 허리를 굽히며 궁예를 추어올렸다.

"그래, 그래. 나는 앞으로 새 세상을 열 미륵이니라. 암, 미륵이고말고! 나는 후천 개벽을 하여 반드시 새 세상을 열고 말 것이니라! 그러기 위해서는 이 군왕을 거역하거나 역심을 품는 자들을 제거해야 되느니. 나는 관심법을 터득한 미륵이니라. 내관, 지금 네가 생각하고 있는 것을 맞추어 볼까?"

궁예가 눈을 부라리며 내관을 향해 다가갔다.

"저 같은 놈들이 무슨 생각이 있겠습니까? 그냥 아무 생각 없이 대왕마마만을 의지하며 신천지가 오기를 고대하고 있을 뿐입니다."

내관은 당황하며 얼굴을 붉혔다.

"아니야, 아니야. 너는 지금 아름다운 미녀를 생각하고 있느니. 내가 너에게 미녀 하나를 하사하겠다. 어서 왕후를 들라 하라."

궁예는 정신이 반쯤 나간 사람처럼 실없이 웃었다. 얼마 후, 왕후 강康씨가 정장을 하고 어전에 들어섰다.

"그대는 요즘 행동이 수상해. 뭘 그렇게 화려하게 꾸미고 교태를 부리오? 왕후면 왕후답게 조신하게 굴어야지."

궁예는 머리에 화관을 쓰고 화려한 옷을 입은 왕비를 조롱했다.

"소비야 늘 하던 대로 하고 있는데, 무슨 말씀을 그리 하십니까? 그나저나 무슨 말씀을 그리 재미있게 하셨습니까?"

강씨가 얼굴을 붉히며 말했다.

"아, 옛날 얘기를 하고 있는 중이야. 내가 경문대왕의 아들이었으나, 왜 버림을 받게 되었고 어떻게 억울하게 내쫓겼는지 그 내력을 내관들에게 얘기하고 있는 중이야."

궁예는 한쪽 눈으로 왕비를 뚫어지게 쳐다보며 말했다.

"어디까지 말씀하셨는지요?"

강씨가 궁금한 듯 물었다.

"응, 내가 세달사에 가서 중이 된 얘기까지 했지."

"그러면 그 다음 이야기는 이 소첩이 이어 볼까요? 어느 날 제를 올리러 가는데 까마귀가 무엇을 물고 왔지요? 그 까마귀가 물고 온 물건을 바리때로 받았더니, 상아로 만든 조각에 임금 '왕王' 자가 씌어 있더라. 이 얘기를 하시려고 하는 게 아닙니까?"

그러면서 강씨는 궁예를 향해 한쪽 눈을 찡긋거렸다.

"그렇지, 그렇지. 바로 그거야!"

궁예는 외눈을 번쩍이며 다시 웃었다.

"대왕마마, 이제는 그보다 큰 틀의 이야기를 하시옵소서. 서라벌을 어찌 공략한다든지, 남쪽의 견훤을 어찌 쳐부술 것인지요. 그런 얘기를 하십시오. 그리고 천하를 얻으신 다음에 어떻게 선정을 베풀어 백성들을 이끌어 나가실 것인지요. 그런 얘기를 만조백관들과 나누십시오. 그 관심법이니, 뭐니 하시면서 애먼 중신이나 내관들을 해치지 마십시오. 요즘 대왕마마께서는 중심을 잃으신 채 계속 충성을 바치는 신하들과 충직한 내관들을 해치고 계십니다."

강씨가 정색을 하고 말했다.

"아니, 뭐라고? 네가 왕비라고 내가 오냐오냐 해주니까, 이제는 나를 가르치려고 해? 이 요망하고 요사스러운 년 같으니라고."

궁예는 얼굴이 붉으락 푸르락하며 강씨를 잡아먹을 듯이 소리를 질렀다.

"대왕마마, 고정하시옵소서."

내관이 어찌할 바를 몰라 하며 조심스럽게 아뢰었다. 그러나 궁예는 이미 이성을 완전히 잃고 말았다.

"아니, 지금 이년이 얘기하는 것을 들어 봐라. 내가 자꾸 옛날 얘기나 하고 애먼 사람들을 근거 없이 죽인다는 얘기가 아니냐? 나는 미륵으로서 관심법에 의해 일을 바르게 처리하고 있거늘, 어느 안전이라고 감히 과인을 능멸하려고 하는 게야! 오늘 나는 기쁜 마음으로 내관에게 예쁜 여인 하나를 천거하여 내려 주려고 했거늘. 과인의 기분을 이렇게 구겨 놓다니 에이, 망측한 년! 내가 진즉부터 알고 있었느니…… 너는 왕후라고 하면서 그동안 나 몰래 다른 놈들을 만나고 있었느니. 나는 오래전부터 알고 있었지만, 오늘은 너를 용서하지 못하겠다. 당장 저년을 국문장으로 끌고 가거라! 내 친히 국문하리라!"

궁예의 폭언은 이미 도를 넘어 마침내 왕비를 죄인 취급하기에 이르렀다. 그때 열 살과 여덟 살이 된 웅과 석이라는 두 왕자가 달려 나왔다.

"아바마마! 참으시옵소서! 어마마마를 용서하여 주옵소서!"

어린 왕자들도 이미 궁예가 중심을 잃고 흔들린다는 것을 아는 터라 무릎을 꿇고 조심스럽게 사정을 했다.

"에잇, 이 연놈들을 모조리 처단하거라! 고역사 들어와! 쇠뭉치로 단번에 쳐서 저 모자들을 치워 버려라!"

궁예는 분노를 이기지 못하고 손을 부들부들 떨었다. 그러면서 희다 못해 푸르게 변한 그 얼굴과 섬광처럼 빛나는 외눈으로 그들 모자를 쏘아보았다.

참으로 일 같지 않은 일로 궁예는 늘 흥분했고, 흥분한 끝에 그는 만조백관들이 보아서는 안 될 일을 저지르고 말았다. 쇠뭉치를 들고 온 고역사를 시켜 백관들이 보는 앞에서 왕비와 왕자들을 말 그대로 희생시키고 말았다.

모두 그 광경을 보았고, 그 처참함에 치를 떨며 모두 고개를 돌렸다. 사실 궁예는 전장에서 귀신 같은 활 솜씨와 죽음을 두려워하지 않는 용기로 언제나 앞장을 섰었다. 그는 피 냄새를 즐겼고, 사람이 죽으며 내는 그 마지막 소리를 유난히 좋아했다.

그는 선종이라는 이름으로 중 노릇을 할 때부터 보통 사람이 아니었다. 자신을 언제나 미륵불이라 칭했으며, 머리에는 금색으로 된 고깔을 썼고, 몸에는 방포方袍(네모진 가사)를 걸치고 다녔다.

　그러더니 왕이 된 후에는 그 행적이 더욱 괴이해졌다. 맏아들 응을 청광보살이라고 했고, 작은아들 석을 신광보살이라고 불렀다. 밖에 나갈 때는 언제나 백마를 탔으며 말꼬리와 갈기에 금실로 요란한 장식을 했다.

　말 앞에는 언제나 소년과 소녀 이백 명을 앞세우고, 말 뒤에는 비구니 이백 명을 따르게 하며 항상 찬불가를 부르게 했다. 또한 스스로 미륵경이라고 하여 20여 권의 불경을 지어 대신과 신도들에게 모두 외우도록 했다. 궁예는 때때로 불단에 높이 앉아 스스로 강론을 했다.

　'참으로 괴이하고 요사스러운 말이로다.'

　한 번은 석총釋聰이라는 젊고 총명한 스님이 그의 변설을 듣고 나서 고개를 내저었다. 그러자 불단에 앉아 있던 궁예는 고역사를 불러 석총스님의 머리를 철퇴를 이용해 단번에 박살냈다. 궁예는 그때처럼 고역사를 시켜 두 아들과 왕비를 또 처참하게 희생시킨 것이다. 그러다 보니 신하 중 누구 하나 궁예에게 올바른 말을 하지 못했으며, 되도록이면 궁예 앞에 선뜻 나서기를 꺼려했다.

　철원 장터에는 왕창근이라는 장사꾼이 있었다. 어느 날 키가 크고 백발을 휘날리는 행인 하나가 왼손에는 사기그릇과 오른손에는 오래된 구리거울을 들고 와 그 장사꾼에게 이렇게 말했다.

"이 구리거울을 사 두시오. 구리거울을 사면 앞날이 거울에서 보일 것이오."

그러자 왕창근은 머뭇거리지 않고 쌀로 거울 값을 지급하고 그 구리거울을 샀다. 그 노인은 그렇게 얻은 쌀을 저잣거리에 있는 걸인들에게 나누어 주고 유유히 사라졌다.

왕창근은 그 거울을 방문 앞에 걸어 놓고 오고가면서 바라보았다. 그러던 어느 날, 그 거울 모퉁이에서 알듯 모를 듯도 한 옛글을 발견했다. 왕창근은 그 길로 유능한 선비를 찾아가 그 내용을 해독해 줄 것을 청했다. 그 선비는 얼굴이 하얗게 질린 채 은밀히 풀이를 했다.

하늘이 아들을 철원 땅에 내려 주었다. 그러나 먼저 닭을 잡고 뒤에는 오리를 치게 되었다. 얼마 뒤 두 마리의 용이 나타나는데, 하나는 푸른 나무에 몸을 감추고 또 하나는 검은 쇠 동쪽에 모습을 드러낸다.

그 선비는 여기까지만 얘기하고 자신은 더 이상 그 뜻을 알 수 없다고 말하며 난처한 기색을 드러냈다. 그러나 왕창근은 그 의미를 도저히 알 수가 없었다.

왕창근은 다시 어느 고승을 찾아가 그 의미를 물었다.

하늘은 철원 땅에 왕이 될 수 있는 특이한 인물을 내려

주었다. 그러나 그는 스스로 왕이 되기를 포기하였다. 얼마 뒤 송악 땅에 진짜 임금이 나타날 것이다. 그는 처음에 계림(지금의 경주)을 평정하고, 얼마 뒤에는 압록강까지 평정하게 될 것이다. 그 송악의 젊은 장수야말로 새 나라의 진정한 주인이 될 것이다.

그 고승은 이렇게 뜻풀이를 해주고 종적을 감추었다.

어느 날 밤, 젊은 장수들이 왕건의 집에 찾아왔다. 홍유洪儒, 배현경裵玄慶, 신숭겸申崇謙, 복지겸卜智謙 같은 용기 있고 의로운 장수들이었다.

"지금 주상이 형벌을 남용하여 처자를 살육하고 신료들의 목을 베니, 백성들이 놀라 흩어지고 민생이 도탄에 빠져 도저히 살아갈 수가 없습니다."

먼저 홍유가 나서며 말했다.

"예로부터 어리석은 군주를 폐하고 명철한 임금을 세우는 것은 천하의 큰 의리이니, 공께서 탕왕湯王(하나라 걸왕이 학정을 하자 장수들이 옹립하여 은-상나라의 새로운 왕으로 삼았던 인물)과 무왕武王(상나라의 학정을 피하여 주나라를 건설한 인물)의 일을 맡아 주소서."

배현경이 정중히 아뢰었다.

"나는 충성스럽고 충직한 것을 원칙으로 삼아온 사람이오. 비록 지금 임금이 포악하다고 하나, 어찌 감히 두 마음을 가질 수 있겠소?"

왕건이 고개를 가로저으며 완강히 거절을 했다.

"때는 다시 오지 않습니다. 만나기는 어렵지만 놓치기는 쉽습니다. 하늘이 주는 것을 받지 않으면 도리어 재앙을 맞게 될 것입니다."

신숭겸은 왕건에게 강렬한 눈빛을 보내면서 말했다.

"신하가 임금을 교체하는 것을 혁명이라 하는데, 나는 실로 덕이 없으니 어찌 감히 은나라 탕왕과 주나라 무왕의 일을 본받을 수 있겠소?"

왕건은 그 누구에게도 쉽게 마음을 열지 않았다.

"지금 정치가 어지럽고 나라가 위태로워 백성들 모두 자기 임금을 원수같이 싫어하는데 오늘날 덕망으로 본다면 장군보다 나은 사람이 없습니다. 더구나 시중에는 왕창근이 얻은 거울에 새겨진 글 이야기가 파다하게 퍼져 있습니다. 장군께서 지금 일어나지 않으신다면 머지않아 그 소문 때문에라도 참혹한 일을 면치 못하게 될 것입니다."

이번에는 복지겸이 나서 굳게 닫힌 왕건의 마음을 열어 보려 무진장 애를 썼다.

"장군, 어서 갑옷을 입으십시오. 여러 장군의 이야기를 들어 보니 지금 때를 놓치면 우리 모두 화를 당할 것입니다. 아녀자도 가슴이 이토록 떨려 오는데, 어찌 대장부로서 주저하고 계십니까? 사람들의 마음이 이처럼 장군께 향하는 것은 이미 천심이 돌아섰기 때문입니다."

옆방에서 이야기를 듣고 있던 왕건의 부인 유씨柳氏가 건너와 왕건에게 갑옷을 건넸다. 왕건은 눈을 감고 한참을 생각한 뒤에 부인이 건네주는 갑옷을 받아 입었다. 그리고 자신을 따르는 장수들의 호위를 받으며 말에 올랐다.

이미 거리 곳곳에는 깃발을 들고 북을 치는 사람들이 수천 명이나 모여 있었고, 창검을 든 병사들이 모두 앞장서서 새로운 군주의 길을 활짝 열었다.

"가자! 궁궐로! 요사스러운 중을 몰아내자! 궁예는 이제 우리의 군주가 아니다!"

병사들은 궁성으로 향하며 백성들을 향해 창검을 힘차게 들어 올렸다. 횃불을 들어 밤을 낮처럼 밝히며 궁성에 이르자, 금군들은 이미 궁성 문을 활짝 열어 놓은 채 왕건을 맞이했다. 그리고 왕건의 병사들과 함께 궁 안으로 들어갔다.

"아, 하늘이 나를 버렸구나. 아, 나는 왜 언제나 일을 먼저 저지르고 혼자서 뒤에 후회를 한단 말인가."

궁예는 어전 밖에서 들리는 요란한 소리를 듣고는 흐느끼기 시작했다. 그리고는 서둘러 미복으로 갈아입고 북문을 이용해 궁을 빠져나갔다. 사흘 밤낮을 걷고 걸어 부양斧壤(지금의 평강) 땅에 이르렀다. 그때 부양의 촌부들이 이상한 복장을 한 궁예를 보고 큰 소리로 외쳤다.

"미친 애꾸다! 그래, 그동안 우리를 못살게 굴고 착한 이들을

문경 봉암사 전경(경상북도 문경시 가은읍 원북리) 출처. 문화재청

봉암사 지증대사 적조탑과 비 | 출처: 문화재청

때려죽인 궁예다!"

아무것도 모를 것 같던 그 시골 사람들이 너도나도 돌을 들어 궁예에게 던졌다. 한참 후 궁예는 커다란 돌무더기 속에 묻혀 버리고 말았다.

그 무렵 신라에서는 경명왕이 보위에 올랐다. 그리고 맨 먼저 하교하였다.

"우리 신라는 일찍이 불도를 국교로 삼아 신의 나라가 되었고 국가가 이렇게 번창하였다. 또 젊은이들은 화랑도 정신으로 무장하여 삼국통일까지 이룩하였다. 그러나 경덕왕 이후 왕들이 오래 살지 못하고 일찍 세상을 떠나게 된 것은 하늘의 노하심이 있었기 때문이다. 왕실과 백성들이 부처님을 향한 신심을 잃고 사리사욕만을 취했기 때문이다. 따라서 과인은 불심을 살리는 일에 앞장설 것이다."

이렇게 하교를 마친 경명왕은 즉위식을 끝내고 지증대사의 원력을 빌어 기울어져 가는 신라를 중흥시키기 위하여 회양산 봉암사에 지증대사의 탑을 세우도록 전교를 내렸다. 그래서 신하를 급히 해인사로 보내어 그곳에 은거하고 있는 최치원을 불러오게 하였다.

경명왕은 최치원을 부르면서 진성여왕 7년 때 쓴 지증대사의 비문 내용 사본을 반드시 가지고 오라고 하명했다. 하여, 왕명을 받은 최치원은 궁으로 들어와 경명왕 앞에서 그 비문 찬술자 실명을 밝히고 사상에 대하여 설명하였다.

대당 신라국 고 봉암산사 교시 지증대사 적조탑비명 및 서

하정사賀正使로서 당唐에 입조入朝하였고, 겸하여 칙사勅使(皇華) 등의 사신을 맞아 받들었으며, 조청대부朝請大夫로서 전에 수병부시랑守兵部侍郎 서서원瑞書院 학사學士였고 자금어대紫金魚袋를 하사받은 신臣 최치원崔致遠이 왕명을 받들어 찬술하였다.

오상五常을 다섯 방위로 나눔에 동방東方에 짝지어진 것을 '인仁'이라 하고, 삼교三敎가 명호名號를 세움에 정역淨域(淨

봉암사 지증대사적조탑비 출처, 문화재청

土)을 나타낸 이가 '불佛'이다. 인심仁心이 곧 부처이니, 부처를 '능인能仁'이라고 일컬음은 (이를) 본받은 것이다. 동이東夷(郁夷)의 유순柔順한 성원性源을 인도하여, 가비라위迦毘羅衛의 자비로운 교해敎海에 이르도록 하니, 이는 돌을 물에 던지는 것 같고, 빗물이 모래를 모으는 듯하였다.

하물며, 동방東方의 제후가 외방外方을 다스리는 것으로 우리처럼 위대함이 없으며, 산천이 영수靈秀하여 이미 '호생好生'으로 근본을 삼고 '풍속역교양風俗亦交讓'을 주된 것으로 삼았다. 화락和樂한 태평국太平國의 봄이요, 은은隱隱한 상고上古의 교화라. 게다가 성姓마다 석가의 종족에 참여하여, 매금寐錦(임금) 같은 존귀한 분이 삭발하기도 하였으며, 언어가 범어梵語를 답습하여 혀를 굴리면 다라多羅의 글자가 많았다.

이는 곧 하늘이 환하게 서국西國을 돌아보고, 바다가 이끌어 동방으로 흐르게 한 것이니, 군자들이 사는 곳에 법왕法王의 도가 나날이 깊어지고 날로 깊어짐이 당연하다고 하겠다.

대저 노魯 나라에서 하늘로부터 별이 떨어진 것을 기록하고, 한漢 나라에서 금인金人이 목덜미에 일륜日輪을 두르고 있음을 징험함으로부터, 불상佛像의 자취는 모든 시내가 달을 머금은 듯하고, 설법의 말씀은 온갖 소리가 바람에 우는 것 같았다.

혹 아름다운 일의 자취를 서적(縑緗)에 모으기도 하고, 혹 빛나는 사실들을 비석(琬琰)에 수놓기도 하였다.

그러므로, 낙양洛陽을 범람케 하고 진궁秦宮을 비추었던 사적事蹟이 환히 밝아, 마치 해와 달(合璧)을 걸어 놓은 듯 하니, 진실로 말과 글에 썩 능하거나 글재주가 있지 않으면, 어찌 그 사이에 문사文辭를 얽어 맞추어 후세에 전하게 할 수 있겠는가.

한 나라의 경우에 비추어 다른 나라의 사정을 파악하는 것을 취하고, 한 지방으로부터 다른 지방에 이른 것을 상고해 보니, 불법佛法의 바람이 유사流沙와 총령葱嶺을 지나서 전해 오고, 그 물결이 바다 건너 한 모퉁이海東에 비로소 미쳤다.

옛날 우리나라가 셋으로 나뉘어 솥발처럼 서로 대치하였을 때, 백제에 '소도蘇塗'의 의식이 있었는데, 이는 감천궁甘泉宮에서 금인金人에게 예배를 드리던 것과 같았다.

그 뒤 섬서陝西의 담시曇始가 맥貊 땅에 들어온 것은, 섭마등攝摩騰이 동쪽으로 옮겨가 후한後漢에 들어온 것과 같았으며, 고구려의 아도阿度가 우리 신라에 건너온 것은, 강승회康僧會가 남쪽으로 오吳 나라에 간 것과 같았다.

때는 곧 양梁 나라의 보살제菩薩帝(武帝)가 동태사同泰寺에서 돌아온 지 1년만이요, 우리 법흥왕께서 율령律令을 마련하신 지 8년만이다.

역시 이미 바닷가 계림鷄林에 즐거움을 주는 근본을 심었으니, 해 뜨는 곳 신라에서 늘어나고 자라나는 보배가 빛났으며, 하늘이 착한 소원을 들어 주시고 땅에서 특별히 뛰어난 선인善因이 솟았다.

이에 귀현貴顯한 근신近臣이 제 몸을 바치고, 임금上仙이 삭발을 하였으며, 비구승比丘僧이 서쪽으로 유학遊學을 가고 아라한阿羅漢이 동국東國으로 원유遠遊하게 되었다.

이로 인하여 혼돈의 상태가 제대로 개벽하였으며, 사바세계娑婆世界가 두루 교화되었으므로, 산천의 좋은 경개景槪를 가려 토목土木의 기이한 공력功力을 다하지 않음이 없었다.

수도修道할 집을 화려하게 꾸미고 서행徐行할 길을 밝히니, 신심信心이 샘물같이 솟아나고 혜력慧力이 바람처럼 드날렸다.

과연 고구려 · 백제를 크게 무찔러서(漂杵) 재앙을 제거토록 하며, 무기를 거두고 복을 들어 올리게 하니, 옛날엔 조그마했던(蕞爾) 세 나라가 지금에는 장하게도 한 집안이 되었다.

안탑雁搭이 구름처럼 벌려져서 문득 빈 땅이 없고, 고래를 새긴 북(鯨枹)이 우레같이 진동하여 제천諸天에서 멀지 않았으니, 점차 번지어 물듦에 여유가 있었고, 조용히 탐구함에 게으름이 없었다. 그 교敎가 일어남에, 비바사毘婆

婆(小乘教)가 먼저 이르자, 우리나라(四郡)에 사제四諦의 법륜法輪이 달렸고, 마하연摩訶衍(大乘教)이 뒤에 오니 전국에 일승一乘의 거울이 빛났다.

그리하여, 의룡義龍이 구름처럼 뛰고, 율호律虎가 바람같이 오르며, 학해學海의 파도가 용솟음치고, 계림戒林의 가지와 잎(柯葉)이 무성하였다.

도인道人은 모두 끝없는 데까지 융회融會하고, 유정인有情人(俗人)도 간혹 (眞道에) 적중的中함이 있는 데까지 통하였으니, 문득 고요한 물이 잔물결을 잠재우고, 높은 산이 떠오르는 아침 해를 둘러 찬 듯한 사람이 대개 있었을 것이다.

그러나 세상에서는 미처 알지 못하였다. 장경長慶 초에 이르러, 도의道義라는 스님이 서쪽으로 바다를 건너 중국에 가서 서당西堂 지장智藏선사의 오지奧旨를 보았다. 지혜의 광명이 지장선사와 비등해져서 돌아왔으니, 현묘玄妙한 계합契合을 처음으로 말한 사람이다.

그러나 원숭이의 마음에 사로잡힌 무리들이 남쪽을 향해 북쪽으로 달리는 잘못을 감싸고, 메추라기의 날개를 자랑하는 무리들이 남해南海를 횡단하려는 대붕大鵬의 높은 소망을 꾸짖었다. (저들은) 이미 외우는 말에만 마음이 쏠려 다투어 비웃으며 '마구니 소리'(魔語)라고 했다.

이 때문에 빛을 지붕 아래 숨기고, 종적을 그윽한 곳(壺

中)에 감추었는데, 동해東海의 동쪽에 갈 생각을 그만두고 북산北山의 북쪽에 은둔하였으니, 어찌 『주역』에서 말한 "세상을 피해 살아도 근심이 없다"는 것이겠으며, 『중용』에서 말한 "세상에서 알아 주지 않더라도 뉘우침이 없다"는 것이겠는가. 꽃이 겨울 산봉우리에서 빼어나 선정禪定의 숲에서 향기를 풍기게 됨에, 덕을 사모하는(蟻慕) 자가 산에 가득하였고, (개과천선하여) 착하게 된(雁化) 사람들이 골짜기를 나섰다. 도는 폐해질 수 없으며 제때가 된 뒤에 행해지는 법입니다라고 하였다.

흥덕대왕興德大王께서 왕위를 계승하시고 선강태자宣康太子께서 감무監撫를 하시게 되자, (金憲昌과 같은) 사악한 무리들을 제거하여 나라를 바르게 다스리고 선善을 즐겨하여 왕가王家의 생활을 기름지게 하였다.

이때 홍척洪陟대사라고 하는 이가 있었다. 그 역시 서당智藏에게서 심인心印을 증득證得하였다. 남악南岳(지리산)에 와서 발을 멈추니, 임금(鷲嶺)께서는 하풍下風을 따라 나아가 지도至道를 가르쳐 주도록 청했던 것과 생각이 같음을 밝히셨고, 태자(樓)께서는 안개가 걷힐 것이라는 약속을 경하하였다.

드러내 보이고 은밀히 전하여 아침에 범부凡夫이던 사람이 저녁에 성인聖人이 되니, 변함이 널리 행해진(蔚然) 것은 아니지만, 일어남이 성하였다.

시험 삼아 그 종취宗趣를 엿보아 비교하건대, 닦은(修) 데다 닦은 듯하나 닦음이 없고(沒修) 증득證得한 데다 증득한 듯하나 증득함이 없는 것이다.

고요히 있을 때는 산이 서 있는 것 같고, 움직일 때는 골짜기에 메아리가 울리는 듯하였으니, 무위법無爲法(禪宗)의 유익有益이란 다투지 않고도 이기는 것이다. 이에 우리나라 사람의 마음의 바탕(方寸地)이 허령虛靈하게 되었으니, 능히 정리靜利로써 해외海外(신라)를 이롭게 했으면서도, 그 이롭게 한 바를 말하지 않으니 위대하다고 하겠다.

그 뒤 구도승求道僧의 뱃길 왕래가 이어지고, 드러낸 방편 선도禪道에 융합하였으니, 그 선배 고승들을 생각하지 않으랴. 진실로 그런 이들이 많았다. 어떤 이는 쌍검雙劍이 연평진延平津에 떨어지듯 중원中原에서 득도得道하고는 돌아오지 않거나, 어떤 이는 보주寶珠가 합포合浦에 다시 돌아오듯 득법得法한 뒤 돌아왔는데, 거벽巨擘이 된 사람을 손꼽아 셀만하다.

중국에서 세상을 떠난(西化) 사람으로는 정중사靜衆寺의 무상無相과 상산常山의 혜각慧覺이니, 곧 『선보禪譜』에서 '익주김益州金', '진주김鎭州金'이라 한 사람이다. 고국에 돌아온 사람으로 앞에서 말한 북산北山의 도의道義와 남악南岳의 홍척洪陟, 그리고 (시대를) 조금 더 내려와서 대안사大安寺의 혜철국사慧徹國師, 혜목산慧目山의 현욱玄昱은 지력

智力으로 알려졌다.

쌍계사雙溪寺의 혜조慧照(慧昭), 신흥사新興寺의 충언忠彦, 용암사涌巖寺의 각체覺軆, 진구사珍丘寺의 휴休, 쌍봉사雙峯寺의 도윤道允, 굴산사崛山寺의 범일梵日, 양조국사兩朝國師인 성주사聖住寺의 무염無染 등은 보리菩提의 종사宗師였다.

덕이 두터워 중생의 아버지가 되고, 도가 높아 왕자王者의 스승이 되었으니, 옛날에 이른바 "세상의 명예를 구하지 않아도 명예가 나를 따르며, 명성을 피해 달아나도 명성이 나를 좇는다"는 것이었다. 그러므로, 모두들 교화가 중생 세계에 미쳤고, 행적이 부도浮屠와 비석에 전하였으며, 좋은 형제에 많은 자손이 있어, 선정禪定의 숲으로 하여금 계림鷄林에서 빼어나도록 하고, 지혜智慧의 물로 하여금 접해鰈海(海東)에서 순탄하게 흐르도록 하였다.

그리하여, 따로 지게문(戶)을 나가거나 들창(牖)으로 내다보지 않고도 대도大道를 보며, 산에 오르거나 바다에 나가지 않고도 상보上寶를 얻어, 안정된 마음으로 의념意念을 잠재우고 담담하게 세간世間의 맛을 잊게 되었다.

피안彼岸(중국이나 서역)에 가지 않고도 도道에 이르고, 이 땅을 엄하게 하지 않아도 잘 다스려졌으니, 칠현七賢을 누가 비유로 취하겠는가. 십주十住에 그 계위階位를 정하기 어려운 사람이 현계산賢溪山 지증대사 그 분이다.

처음 크게 이룰 적에 범체梵軆 대덕大德에게서 몽매蒙昧함을 깨우쳤고, 경의瓊儀 율사에게서 구족계를 받았다. 마침내 높이 도달할 적엔 혜은慧隱 엄군嚴君에게서 현리玄理를 탐구하였고, 양부楊孚 영자令子에게 묵계黙契를 주었다.

법法의 계보를 보면, 당唐의 사조四祖 도신道信을 오세부五世父로 하여 동쪽으로 점차 이 땅에 전하여 왔다. 흐름을 거슬러서 이를 헤아리면, 쌍봉雙峯의 제자는 법랑法朗이요, 손제자는 신행愼行이요, 증손제자는 준범遵範이요, 현손제자는 혜은慧隱이요, 내손來孫 제자가 대사이다.

법랑대사는 대의사조大醫四祖의 대증大證을 좇았다. 중서령中書令 두정륜杜正倫이 찬한 비명碑銘에 이르기를 "원방遠方의 기사奇士와 이역異域의 고인高人이 험난한 길을 꺼리지 않고 진소珍所에 이르렀다"고 하였으니, 보물을 움켜쥐고 돌아간 사람이 법랑대사가 아니고 누구겠는가?

다만 아는 사람은 말하지 않으므로 다시 은밀한 곳에 감추어 두었는데 비장秘藏한 것을 능히 찾아낸 이는 오직 신행愼行대사뿐이었다.

그러나 시운時運이 불리하여 도가 형통하지 못한지라 이에 바다를 건너갔다. 천자에게까지 알려졌다. 숙종황제께서 총애하여 시구詩句를 내리시되 "용아龍兒가 바다를 건너면서 뗏목에 힘입지 않고, 봉자鳳子가 하늘을 날면서 달을 인정함이 없구나!"라고 하였다.

이에 신행대사가 '산과 새' '바다와 용'의 두 구句로 대답하니 깊은 뜻이 담겼다. (이후) 우리나라에 돌아와 3대를 전하여 지증대사에게 이르렀으니, 필만畢萬의 후대가 이에 증험된 것이다.

그의 세속 인연을 상고해 보면, 왕도王都 사람으로 김씨 성을 가진 사람의 아들이다. 호는 도헌道憲이요 자는 지선智詵이다. 아버지는 찬괴贊瓌이며 어머니는 이씨伊氏이다. 장경長慶 갑진년(헌덕왕 16년, 824)에 세상에 태어나 중화中和 임인년(헌강왕 8년, 882)에 세상을 떠났다. 자자自恣한 지 43년이요, 누린 나이가 59세였다. 그가 갖춘 체상體相을 보면, 키가 여덟 자 남짓했고 얼굴이 한 자쯤이었다.

의상儀狀이 뛰어나며 말소리가 웅장하고 맑았다. 참으로 이른바 '위엄이 있으면서도 사납지 않은' 사람이었다.

잉태할 당시부터 세상을 떠날 때까지의 기이한 행적과 숨겨진 이야기는, 귀신이 나타났다 사라졌다 하는 것 같아 붓으로는 기록할 수 없겠지만, 이제 사람들의 귀를 치켜세우도록 한 여섯 가지의 이상한 감응과, 사람들의 마음을 놀라게 하였던 여섯 가지의 옳은 조행操行을 간추리고 나누어 나타낸다.

처음 어머니의 꿈에 한 거인巨人이 나타나 고하기를 나는 과거의 비바시불毘婆尸佛의 말세末世에 중(桑門)이 되었습니다. 성을 낸(瞋恚) 까닭으로 오랫동안 용보龍報에 떨어졌으나, 업보가 이미 다 끝났으니, 마땅히 법손法孫이 되어야 할 것입니다. 그러므로 묘연妙緣에 의탁하여 자비로운 교화를 널리 펴기를 원합니다, 하였다.

이내 임신하여 거의 4백일이 지나 관불회灌佛會 날 아침에 탄생하였다. 일이 이무기의 부생고사復生故事(蟒亭)에 징험되고, 꿈이 불모佛母의 태몽고사胎夢故事(象室)에 부합되었다. 스스로 경계하는 사람으로 하여금 더욱 조심하고 삼가게 하며, 가사袈裟(毳衣)를 두른 자로 하여금 정밀하게 불도를 닦도록 하였으니, 탄생의 기이한 것이 첫째이다.

태어난 지 여러 날이 되도록 젖을 빨지 않고, 짜서 먹이면 울면서 목이 쉬려고 하였다. 문득 어떤 도인道人이 문앞을 지나다가 깨우쳐 말하기를 "아이가 울지 않도록 하려면, 훈채葷菜나 (누린내 나는) 육류肉類를 참고 끊으시오"라고 하였다. 어머니가 그 말을 따르자 마침내 아무런 탈이 없게 되었다. 젖으로 기르는 이에게 더욱 삼가도록 하고 고기(肉)를 먹는 자에게 부끄러운 마음을 지니게 하였으니, 오랜 풍습의 기이한 것이 둘째이다.

아홉 살에 아버지를 여의고 너무 슬퍼한 나머지 거의 훼멸毁滅의 지경에 이르렀다. 추복승追福僧이 이를 가련히 여기고 깨우쳐 말하기를 "덧없는 몸은 사라지기 쉬우나 장한 뜻은 이루기 어렵다. 옛날에 부처님께서 은혜를 갚으심에 큰 방편이 있었으니, 그대는 이를 힘쓰라!"고 하였다. 그로 인해 느끼고 깨달아 울음을 거두고는, 어머니께 불도佛道에 돌아갈 것을 청하였다. 어머니는 그가 어린 점을 가엾게 여기고, 다시금 집안을 보전할 주인이 없음을 염려하여 굳게 허락하지 않았다. 그러나 대사는 부처님께서 출가하신 고사故事를 듣고, 곧 도망해 가서 부석산浮石山에 나아가 배웠다. 문득 하루는 마음이 놀라 자리를 여러 번 옮겼다.

조금 뒤에 어머니가 그를 기다리다가 병이 났다는 말을 듣게 되었다. 급히 고향으로 돌아가 뵙자 병도 뒤따라 나았으므로, 당시 사람들이 그를 완효서阮孝緖에 견주었다. 얼마 있지 않아서 대사에게 고질병(沈痾)이 전염되어 의원醫員에게 보여도 효험이 없었다. 여러 사람에게 점을 쳤더니 모두 말하기를 "마땅히 부처(大神)에게 이름을 예속시켜야 할 것이다"고 하였다.

어머니가 그 전날의 꿈을 돌이켜 생각해 보고는, 조심스럽게 네모진 가사袈裟(方袍)를 몸에 덮고 울면서 맹세하여 말하기를 "이 병에서 만약 일어나게 된다면 부처님께 아들로 삼아 달라고 빌겠습니다."라고 하였다.

이틀 밤을 자고 난 뒤에 과연 말끔히 나았다. 우러러 어머니의 염려하심을 깨닫고, 마침내 평소에 품었던 뜻을 이루어 제 자식을 사랑하는 사람(舐犢者)으로 하여금 사랑을 끊게 하고, 불도를 미덥게 여기지 않는 사람(飮蛇者)에게 의심을 풀도록 하였으니, 효성으로 신인神人을 감동시킨 것의 이상함이 셋째이다.

열일곱 살에 이르러 구족계를 받고 비로소 강단講壇에 나갔다. 소매 속에 신광神光이 선명한 것을 깨닫고 이를 더듬어 한 구슬(衣珠)을 얻었다. 어찌 의식적으로 구한 것이겠는가. 곧 발이 없이도 이른 것이니, 참으로 『육도경六度經』에서 비유한 바이다. 굶주려 부르짖는 사람으로 하여금 제 스스로 배부르게 하고, 취해서 쓰러진 사람으로 하여금 능히 깨어나도록 하였으니, 마음을 면려勉勵한 것의 기이함이 넷째이다.

하안거夏安居(坐雨)를 마치고 장차 다른 곳으로 (行脚을) 떠나려 하였다. 밤에 꿈속에서 보현보살普賢菩薩이 이마를 어루만지고 귀를 끌어당기면서 말하기를 "고행을 실행하기는 어려우나 이를 행하면 반드시 이룰 것이다."라고 하였다.

꿈에서 깬 뒤 놀란 나머지 오한惡寒이 든 것 같았다. 잠자코 살과 뼈대에 새겨 이로부터 다시는 명주옷과 솜옷을 입지 않았고, 긴 실이 필요할 때는 반드시 삼(麻)이나 닥

나무에서 나온 것을 사용하였으며, 어린 양가죽으로 만든 신(鞾履)도 신지 않았다. 하물며 새 깃으로 만든 부채(羽翣)나 털로 만든 깔개(毛茵)를 사용하겠는가. 삼베옷(縕黂)을 입는 자로 하여금 수행에 눈을 뜨게 하고 솜옷(衣蟲)을 입는 사람으로 하여금 부끄럽게 여기도록 하였으니, 자신을 단속함의 이상함이 다섯째이다.

어렸을 때부터 노성老成한 덕이 풍부하였다. 게다가 계율의 구슬(戒珠)을 밝혔는지라, 후생(可畏者)들이 다투어 상종하면서 배우기를 청하였다.

그러나 대사는 이를 거절하면서 사람의 큰 걱정은 남의 스승이 되기를 좋아하는 것이다. 지혜롭지 못한 사람을 억지로 지혜롭게 만들려 한들, 모범이 되어야 할 사람이 모범이 되지 못하는 데야 어떻게 하겠는가. 하물며 큰 바다에 뜬 티끌처럼 제 자신도 건너갈 겨를이 없음에랴. (나의) 그림자를 좇아서 필시 남에게 비웃음을 사는 꼴이 없도록 하라!고 말하였다.

뒤에 산길을 가는데 어떤 늙은 나무꾼이 앞길을 막으면서 말하기를 "선각先覺이 후각後覺을 깨닫게 하는 데 어찌 덧없는 몸(空殼)을 아낄 필요가 있겠습니까?"라고 하였다. 그를 향해 앞으로 나아가니 문득 보이지 않았다. 이에 부끄러워하면서도 깨닫고는, 와서 배우고자 하는 사람들을 막지 않으니, 계람산鷄籃山 수석사水石寺(미상)에 대나무와 갈대처럼 빽빽하게 몰려들었다. 얼마 뒤에 다른 곳에 땅을 골라 집을 짓고는 말하기를 "얽매이지 않는 것이 평소의 생각이니, 잘 실천하는 것이 귀한 일이다."라고 하였다. 책의 글자만 보는 이로 하여금 세 가지를 반성하게 하고, 보금자리를 꾸미는 자로 하여금 아홉 가지를 생각하도록 하였으니, 훈계를 내린 것의 이상함이 여섯째이다.

태사太師에 추증된 경문대왕께서는 마음으로 유교 · 불교 · 도교의 삼교(鼎敎)에 융회融會한 분으로 대사(輪工)를 직접 만나 뵙고자 하였다. 멀리서 그의 생각을 깊이 하고, 자기 곁에 가까이 있으면서 도와주기를 희망하였다. 이에 서한을 부쳐 말씀하시기를 이윤伊尹은 사물에 얽매이지 않은 사람이고, 송섬宋纖은 작은 것까지 살핀 사람입니다. 유교의 입장을 불교에 비유하면, 가까운 곳으로부터 먼 곳으로 가는 것과 같습니다. 왕도王都 주위(甸邑)의 암거巖居에도 자못 아름다운 곳이 있으니, 새가 앉을 나무를 가릴 수 있는 것처럼 할 수 있을 것입니다. 봉황의 내의來儀를 아끼지 마십시오, 하였다.
근시近侍 가운데 쓸 만한 사람을 잘 골라 뽑아, 원성왕(鵠陵)의 6대손인 입언立言을 사자使者로 삼았다. 이미 교지敎旨를 전함이 끝나자, 거듭 제자로서의 예(攝齊)를 갖추었다.

대사가 대답하기를 자신을 닦고 남을 교화시킴에 고요한 곳을 버리고 어디로 나아가겠습니까. '새가 나무를 가려 앉을 수 있다'는 분부는 저를 위하여 잘 말씀하신 것입니다. 바라건대 그냥 이대로 있게 해 주시어, 제가 거듭되는 부름을 피해 다른 곳으로 가지 않게 해 주십시오, 하였다.

임금께서 이 말을 들으시고 더욱 진중히 여겼다. 이로부터 그의 명예는 날개 없이도 사방에 전해졌으며, 대중은 말하지 않는 가운데 아주 달라졌다.

함통咸通 5년(경문왕 4년, 864) 겨울, 단의장옹주端儀長翁主가 '미망인未亡人'이라 자칭하고 당래불當來佛에 귀의하였다. 대사를 공경하여 '하생下生'이라 말하고 상공上供을 두텁게 하였다. 읍사邑司의 영유領有인 현계산 안락사安樂寺가 산수山水의 아름다움을 많이 가지고 있다는 이유로, 원학猿鶴의 주인이 되어 달라고 청하였다. 대사가 이에 그의 문도門徒에게 말하기를 "산의 이름이 현계賢溪이고 땅이 우곡愚谷과 다르며, 절의 이름이 '안락'이거늘, 중으로서 어찌 주지住持하지 않으리요."라고 하고는 그 말을 따라 옮겼는데, 거居한 즉 교화되었다.

산을 좋아하는 사람으로 하여금 산과 같이 더욱 고요하게 하고, 땅을 고르는 사람으로 하여금 신중히 생각토록 하였으니, 진퇴進退(行藏)의 옳음이 그 첫째이다.

어느 날 문인門人에게 일러 말하기를 "고故 한찬韓粲 김공金公 억훈嶷勳이 나를 승적僧籍에 넣어 중이 되게 하였으니, 공에게 불상佛像을 가지고 보답하겠노라."라고 하였다. 곧 1장丈 6척尺의 철불상鐵佛像을 주조鑄造하여 선銑을 발라, 이에 절을 수호하고 저승(冥路)으로 인도하는 데 썼다. 은혜를 베푸는 자로 하여금 날로 돈독하게 하고, 의리를 중히 여기는 사람으로 하여금 바람처럼 따르도록 하였으니, 보답을 아는 것의 옳음이 그 둘째이다.

함통 8년(경문왕 7년, 867) 정해년丁亥年에 이르러, 시주施主인 옹주가 여금茹金 등으로 하여금 절에다 좋은 땅(南畝)과 노비(臧獲)의 문서를 주어, 어느 승려(壞袍)라도 여관처럼 알고 찾을 수 있게 하고, 언제까지라도 (소유권을) 바꿀 수 없도록 하였다. 대사가 이 일을 계기로 깊이 생각해 온 바를 말하되 왕녀王女께서 법희法喜에 의뢰하심이 오히려 이와 같거늘, 불손佛孫인 제가 선열禪悅을 맛보고서도 어찌 가만히 있는단 말인가. 우리 집안은 가난하지 않은데 친척족당親戚族黨이 다 죽고 없다. 내 재산을 길가는 사람의 손에 떨어지도록 놔두는 것보다, 차라리 문제자門弟子들의 배를 채워 주리라.고 하였다.

드디어 건부乾符 6년(헌강왕 5년, 879)에 장莊 12구區와 전田 5
백 결結을 희사하여 절에 예속시켰다. 밥을 두고 누가 '밥
주머니'라고 조롱했던가. 죽 먹는 일도 능히 솥에 새겨졌
도다, 양식(民天)에 힘입어 정토淨土를 기약할 수 있게 되었
다. 그런데 비록 내 땅이라 하더라도 임금의 영토 안에 있
으므로, 비로소 왕손인 한찬韓粲 계종繼宗, 집사시랑執事侍
郞인 김팔원金八元, 김함희金咸熙 및 정법사正法司의 대통大
統인 석釋 현량玄亮에게 질의하였다. 심원深遠한 곳(九皐)에
서 소리가 나 천 리 밖에서 메아리치니, 태부太傅에 추증
된 헌강대왕께서 본보기로 여겨 그를 허락하시었다.

그해 9월, 남천군南川郡의 통승統僧인 훈필訓弼에게 별서別
墅를 가리고 정장正場을 구획區劃하도록 하였다. 이 모두가
밖으로는 군신君臣이 땅을 늘리게 도와주고, 안으로는 부
모가 천계天界에 태어나도록 하는 데 이바지한 것이다.

목숨을 이은 사람으로 하여금 인仁과 더불게 하고, 가인
歌人에게 후히 상을 주려는 사람으로 하여금 잘못을 뉘
우치도록 하였으니, (대사가) 시주施主로서 희사喜捨한 것의
옳음이 그 셋째이다.

건혜지乾慧地에 있는 사람이 있었다. 심충心忠이라고 하였
다. 그는 대사의 이치를 분별하는 칼날이 선정禪定과 지
혜知慧에 넉넉하고, 감식안鑑識眼은 천문天文과 지리地理를

환히 들여다보며, 의지意志가 담란曇蘭처럼 확고하고 학술
이 안름安廩 같이 정밀하다는 말을 듣고, 찾아가 만나뵙
는 예의를 표한 뒤 아뢰기를 "제자弟子에게 남아도는 땅
이 있는데, 희양산曦陽山 중턱에 있습니다. 봉암용곡鳳巖龍
谷으로 지경이 괴이하여 사람의 눈을 놀라게 합니다. 바
라건대 선사禪寺를 지으십시오."라고 하였다. 대사가 천천
히 대답하기를 "내가 분신分身할 법력法力이 없거늘 어찌
이를 사용하겠습니까?"라고 하였다.

그러나 심충의 청이 워낙 굳건하였다. 게다가 산이 신령
하여 갑옷 입은 기사騎士를 전추前騶로 삼은 듯한 기이한
형상이 있었는지라, 곧 석장錫杖을 짚고 나무꾼이 다니는
좁은 길로 빨리 가서 두루 살피었다. 사방으로 병풍같이
둘러막고 있는 산을 보니, 붉은 봉황의 날개가 구름 속
에 치켜 올라가는 듯하고, 백 겹으로 띠를 두른 듯한 물
을 보니, 이무기가 허리를 돌에 대고 누운 것 같았다. 그
자리에서 놀라 감탄하며 말하기를 "이 땅을 얻음이 어찌
하늘의 돌보심이 아니겠는가. 승려(靑衲)의 거처가 되지
않는다면 도적(黃巾)의 소굴이 될 것이다."라고 하였다.

마침내, 대중大衆에 솔선하여 후환後患을 막는 것을 기본
으로 삼았으니, 기와로 인 처마가 사방으로 이어지도록
일으켜 지세地勢를 진압하고, 쇠로 만든 불상 2구軀를 주

조하여 절을 호위토록 하였다. 중화中和 신축년(헌강왕 7년, 881)에 전 안륜사安輪寺 승통僧統인 준공俊恭과 숙정대肅正臺의 사史인 배율문裵聿文을 보내 절의 경계를 표정標定케 하고, 이어 '봉암鳳巖'이라고 명명하였다.

대사가 가서 교화한 지 수년이 되었을 때, 산에 사는 백성으로 들도적(野寇)이 된 자가 있었다.

처음에는 감히 법륜法輪에 맞섰으나 마침내 교화되었다. 능히 정심定心의 물을 깊이 떠서 미리 마산魔山에 물을 댄 큰 힘이 아니겠는가. 팔을 끊은 사람으로 하여금 의리義理를 드러내도록 하고, 용미龍尾를 파헤치려 했던 사람으로 하여금 광기狂氣를 자제하도록 하였으니, 선심善心을 개발한 것의 옳음이 그 넷째이다.

태부대왕太傅大王(헌강왕)은 중국의 풍속으로 폐풍弊風을 일소一掃하고, 바다처럼 넓은 지혜(慧海)로 마른 세상을 적시게 하였다. 평소에 영육靈育의 이름을 흠앙欽仰하시고, 법심法深의 강론講論을 간절히 듣고자 하였다. 이에 계족산鷄足山에 마음을 기울이시어 학두서鶴頭書를 보내 부르시며 말씀하시기를 "불도佛道를 외호外護하는 소연小緣을 갖게 되었으나 일념一念 사이에 한해(三際)를 넘기고 말았습니다. 안으로 대혜大慧를 닦을 수 있도록 한 번 와 주시기를 바랍니다."라고 하였다. 대사는 임금의 낭함琅函에서

'좋은 인연이 세상에 두루 미침은, (佛菩薩이) 인간계에 섞여 모든 백성과 함께 하기 때문이다'라고 언급한 것에 감동하여, 옥을 품고 산에서 나왔다. 거마車馬가 베날 듯이 길에서 맞이하였다. 선원사禪院寺에서 휴식하게 되자, 편안히 이틀 동안을 묵게 하고는 인도하여 월지궁月地宮에서 '심心'을 질문하였다. 그때는 섬세한 조라蔦羅에 바람이 불지 않고 온실수溫室樹에 바야흐로 밤이 될 무렵이었다. 마침 달(金波) 그림자가 맑은 못 가운데 똑바로 비친 것을 보고는, 대사가 고개를 숙여 유심히 살피다가 다시 하늘을 우러러보고 말하기를, "이것(水月)이 곧 이것(心)이니 더이상 할 말이 없습니다", 하였다.

임금께서 상쾌한 듯 흔연히 계합契合하고 말씀하시기를 "부처(金仙)가 연꽃(華目)을 들어 뜻을 전했던 풍류風流가 진실로 이에 합치되는구려!"라고 하였으며, 드디어 제배除拜하여 망언사妄言師로 삼았다. 대사가 대궐을 나서자, 임금께서 충성스런 신하로 하여금 자신의 뜻을 타이르도록 하며, 잠시 머물러 주기를 청하였다.

대사가 대답하기를 우대우牛戴牛라고 이르지만, 값나가는 바는 얼마 안 됩니다. 새를 새의 본성에 따라 기르신다면 시혜施惠됨이 헤아릴 수 없을 것입니다. 여기서 작별하기를 청하나이다. 이를 굽히게 하면 부러지고 말 것입니다.고 하였다.

임금께서 이를 들으시고 서글퍼하시며, 운어韻語로써 탄식하며 "베풀어도 이미 머물지 않으니 불문佛門의 등후鄧侯로다, 대사는 '지둔支遁이 놓아준 학鶴'이나, 나는 '조趙나라 갈매기'가 아니로다."라고 하였다.

그리고, 곧 십계十戒를 받은 불자佛者인 선교성宣敎省 부사副使 풍서행馮恕行에게 명하여 대사가 산으로 돌아가는데 위송衛送토록 하였다.

토끼를 기다리는 사람으로 하여금 그루터기에서 떠나도록 하고, 물고기를 탐내는 사람으로 하여금 그물 맺는 법을 배우게 하였으니, 세상에 나가서 교화하고, 물러나 도를 닦는 것의 옳음이 그 다섯째이다.

대사는 세간에서 도를 행함에 멀고 가까움과 평탄하고 험준함을 가림이 없었다. 말이나 소에게 노고勞苦를 대신하도록 한 적도 없었다. 산으로 돌아감에 미쳐서는, 얼음이 얼고 눈이 쌓여 넘고 건너는 데 지장을 주므로, 이에 임금께서 종려나무로 만든 보여步輿를 내리시니, 사자使者에게 사절謝絶하며 다음과 같이 말하였다.

이 어찌 정대춘井大春의 이른바 단순한 '인거人車'이겠습니까. (정대춘과 같이) 영준英俊한 인물들을 우대하면서도 사용하지 않는 바이거늘, 하물며 삭발한 중이겠습니까?

그러나 왕명이 이미 이르렀으니, 그것을 받아 괴로움을 구제하는 도구로 삼겠습니다.

병으로 말미암아 안락사安樂寺에 옮겨가고 나서 석장錫杖을 짚고도 일어날 수 없게 되었을 때, 비로소 그것을 사용하였다. (대사의) 병을 근심하는 사람에게 공空을 깨닫도록 하고, 어진 이를 어질게 여기는 사람으로 하여금 집착에서 벗어나게 하였으니, 취하고 버림(取捨)의 옳음이 그 여섯째이다.

겨울 12월 기망旣望의 이틀 뒤(18일)에 이르러, 가부좌跏趺坐를 한 채 서로 터놓고 말을 나누고는 조용히 세상을 떠났다. 아아! 별은 하늘로 돌아가고 달은 큰 바다에 떨어졌다. 종일 부는 바람이 골짜기에 진동하니 그 소리는 호계虎溪의 울부짖음과 같았다.

쌓인 눈이 소나무를 부러뜨리니 그 빛깔은 사라수沙羅樹와 같았다. 외물外物이 감응함도 이같이 극진하거늘, 사람의 슬픔이야 헤아릴 만하다. 이틀 밤을 넘겨 현계산賢溪山에 임시로 유체遺體를 모셨다가, 1년 뒤의 그 날에 희야曦野로 옮겨 장사지냈다.

태부왕께서 의원을 보내 문병하시고, 파발마(駛)를 내려 재齋를 지내도록 하셨다. 중정中正·공평하게 정무를 보시느라 여가가 없으면서도, 능히 시종 한결같으셨으니, 보살계를 받은 불자요 건공향建功鄕의 수령守令인 김입언金立言에게 특별히 명하여, 여러 고제자孤弟子들을 위로하게 하고, '지증智證선사'라는 시호와 '적조寂照'라는 탑호塔號를 내리셨다. 이어 비석 세우는 것을 허락하시고, 대사의 행장을 적어 아뢰라 하시니, 문인門人인 성견性蠲·민휴敏休·양부楊孚·계휘繼徽 등은 모두 글재주가 있는 사람(鳳毛)들인지라, 묵은 행적을 거두어 바쳤다.

을사년(헌강왕 11년, 885)에 이르러, 국민 가운데 유도儒道를 중매로 하여 황제의 나라에 시집가서 이름을 계륜桂輪에 높이 걸고, 관직이 주하사柱下史에 오른 이가 있어 최치원이라고 하는데, 당제唐帝(僖宗 乾符帝)의 조서詔書를 두 손으로 받들고 회왕淮王(高騈)이 준 의단衣段을 가져왔다. 비록 이 영광을 봉새의 거지擧止에 비하기는 부끄러우나, 학이 돌아온 것엔 자못 비길 만하리라.

임금께서 신신信臣으로서 청신자淸信者인 도죽양陶竹陽에게 명하여, 대사의 문인들이 작성한 행장行狀을 최치원에게 주도록 하고, 수교手敎를 내려 말씀하시기를 누더기를 걸친 동국東國의 선사가 서방으로 천화遷化함을 이전에 슬퍼하였으나, 수의繡衣를 입은 서국西國의 사자使者가 동국으로 귀환歸還함을 매우 기뻐하노라. 불후不朽의 대사大事가 인연이 있어 그대에게 이른 것이니, 외손의 작품(外孫之

作, 좋은 작품)을 아끼지 말아 장차 대사大士의 자비慈悲에 보답토록 하라!고 하였다.

신臣이 비록 동인東人(東箭)으로서 재목감은 아니지만, 남관南冠을 한 것을 다행스럽게 여긴다. 바야흐로 마음껏 재주를 부리려고(運斧) 생각하던 차에 갑자기 주상전하主上殿下의 승하昇遐를 당하였는데, 더욱더 나라에서 불서佛書를 중히 여기고 집에서는 승사僧史를 간직하며, 법갈琺碣이 서로 바라보고 선비禪碑가 가장 많게 되었다.

두루 아름다운 글을 보고 시험 삼아 새롭지 못한 글도 찾아보았다. '무거무래無去無來'의 말은 다투어 말(斗)로 헤아릴 정도요, '불생불멸不生不滅'의 말은 움직이면 수레에 실을 지경이었다.

일찍이 『춘추春秋』에서와 같은 신의新意가 없었고, 간혹 주공周公의 구장舊章만을 쓴 것과 같을 뿐이었다.

이로써 돌이 말하지 못함을 알았고, 도에 이르는 길이 멀다는 것을 더욱 체험하였다.

오직 한스러운 것은, 대사께서 돌아가신 것(化去)이 이르고 신臣의 돌아옴이 늦었다(來遲)는 점이다. '애체靉靆'라는 두 글자를 가지고 누가 지난날을 알려 줄 것인가. 소요원逍遙園에서의 강의처럼 설법을 하셨으나, 참다운 비결을 듣지 못하였으니, 매양 감당할 수 없는 처지임을 걱정만 했지, (대사와) 숙세宿世의 인연이 있었음(伸拳)을 깨닫지 못하였다. 때가 늦음을 탄식하자면 이슬처럼 지나고 서리같이 다가와, 갑자기 근심으로 희어진 귀밑머리가 시들어 쇠약한 것 같고, 도道의 심원深遠함을 말하자면 하늘같이 높고 땅처럼 두터워, 겨우 뻣뻣한 붓털을 썩힐 뿐이다.

장차 얽매임이 없는 (대사의) 놀음에 어울리고자 비로소 공동산崆峒山처럼 아름다운 행실을 서술한다.

문인門人인 영상英爽이 와서 글(受辛)을 재촉하였을 때, 금인金人이 입을 다물었던 고사故事에 따라 돌 같은 마음을 더욱 굳혔다. 참는 것은 뼈를 깎아 내는 것보다 고통스럽고, 요구는 몸에 새기는 것보다 심하였다.

그리하여 그림자는 8년(八冬) 동안 함께 짝하였으며, 말은 세 번을 되풀이했던 것에 힘입었다.

저 여섯 가지의 이상한 일六異과 여섯 가지의 옳은 일六是로 글을 지은 것에 부끄러움이 없고 용력勇力을 과시하기에 여유가 있는 것은, 실은 곧 대사가 안(心)으로 육마六魔를 소탕하고 밖(身)으로 육폐六蔽를 제거하여, 행하면 육바라밀 六波羅蜜을 포괄하고 좌선坐禪하면 육신통六神通을 증험하였기 때문이다.

대사의 사적事跡은 마치 벌이 꽃에서 꿀을 캐듯이 형용해야 되는데, 글은 초고 없애는 것을 어렵게 하였다. 그 결과, 가시나무를 쳐내지 않은 것과 같게 되었으니, 쭉정이와 겨가 앞에 있음이 부끄럽다. 자취가 '궁전(蘭殿)에서의 놀음'을 좇았으니 누구인들 '월지궁月池宮에서의 아름다운 만남'을 우러르지 않겠는가. 계偈는 백량대柏粱臺에서의 작품七言聯句을 본받았다. 해뜨는 곳에서 고상한 말로 비양飛揚하기를 바란다.

그 사詞에 말한다

공자(麟聖)는 인仁에 의지하고 덕德에 의거하였으며 노자(鹿仙)는 백白을 알면서도 흑黑을 지킬 줄 알았네.
두 교敎가 한갓 천하의 법식法式이라 일컬었지만 석가(螺髻眞人)는 힘 겨루는 것을 근심했네. 십만 리 밖에 서역의 거울이 되었고 일천 년 뒤에 동국東國의 촛불이 되었네. 계림의 지경은 금오산金鰲山의 곁에 있으니 예부터 선仙과 유儒에 기특奇特한 이가 많았네. 아름다울손 희중義仲이여!
직무에 태만하지 않고 다시금 불일佛日을 맞아 공空과 색色을 분별하였구나. 교문敎門이 이로부터 여러 층으로 나뉘었으며 말의 길(言路)이 그를 따라 널리 뻗게 되었네.
몸은 토굴兎窟에 의지했지만 마음은 편안키 어려웠고 발을 양기羊岐에 내디디니 도리어 눈이 현혹될 정도였네.
법해法海가 순탄하게 흐를지 참으로 헤아리기 어려운데 마음으로 안결眼訣을 얻었으니, 진리의 극치를 포괄하였구나 '득得' 가운데 득得은 망상罔象(無心)의 얻음과 같고 '묵黙' 중의 묵黙은 한선寒蟬(숫매미)이 울지 않음과 다르도다.

북산北山의 도의道義가 홍곡鴻鵠의 날개를 드리우고 남악南岳의 홍척洪陟이 대붕大鵬의 날개를 펼쳤네.

해외海外(신라)로 때맞추어 귀국함에 도道는 누르기 어려웠으니 멀리 뻗은 선禪의 물줄기가 막힘이 없구나.

다북쑥이 삼대(麻)에 의지하여 스스로 곧을 수 있었고 구슬을 내 몸에서 찾으매 이웃에게 빌리는 것을 그만두었네. 담연자약湛然自若한 현계산의 선지식善知識이여! 열두 인연이 헛된 꾸밈이 아니로다.

무엇하러 참바(緪)를 잡고 말뚝을 박을 것이며 무엇하러 종이에게 붓을 핥도록 하고 먹물을 머금게 할 것인가. 저들이 간혹 멀리서 배우고 힘을 다해 돌아왔기에 내가 정좌靜坐하여 온갖 마적魔賊을 물리칠 수 있었다네. 의념意念의 나무를 잘못 심어 기르지 말고 정욕情欲의 밭(心)에다 농사를 그르치지 말며 항하사恒河沙를 두고 만萬이다 억億이다 논하지 말고 외로이 뜬구름을 두고 남과 북을 논하지 마라!

덕행의 향기는 사방원지四方遠地에 치자나무 꽃향기처럼 알려졌고 지혜로써 해동일방海東一方을 교화하여 사직社稷을 편안케 했네.

몸소 임금의 어찰御札을 받들어 누더기(褐)를 펄럭였고 마음을 물에 비친 달에 비유하여 선식禪拭을 바쳤네.

집안의 대를 이을 부유한 처지에서 누가 고난(형극荊棘)의 길에 들 것인가. 썩은 선비의 도道로 대사의 정상情狀을 들추기가 부끄럽도다. 발자취가 보당寶幢처럼 빛나니 이름을 새길 만한데 나의 재주가 금송錦頌을 감당하지 못하여 글을 짓기 어렵도다.

시끄러운 창자가 선열禪悅의 공양에 배부르고 싶거든 산중으로 와서 전각篆刻(비문)을 볼지어다.

분황사芬皇寺의 중 혜강慧江이 나이 83세에 글씨를 쓰고 아울러 글자를 새기다. 원주院主인 대덕大德 능선能善·통준通俊 및 도유나都唯那 등, 그리고 현일玄逸·장해長解·명선鳴善. 또 시주施主로서 갈磍을 세웠으며, 서○대장군西○大將軍으로 자금어대紫金魚袋를 착용한 소판蘇判 아질미阿叱彌, 가은현加恩縣 장군 희필熙弼, 당현當縣……(중략), 용덕龍德 4년 세차歲次 갑신(924) 6월 일에 건립을 끝내고 행정실명을 비문에 새기도록 하였다.

서라벌의 굴욕

　　문무백관이 모두 모인 어전에는 불을 대낮처럼 밝히고 있었다. 등불처럼 이글거리는 견훤의 얼굴을 바라보며 대신들은 굳은 결의를 다지고 있었다. 특히 창칼을 그러쥔 장수들은 지금 당장이라도 적진을 향해 달려 나갈 듯 손을 부들부들 떨고 있었다.

　　"드디어 때가 왔도다! 우리의 철천지원수 신라를 쳐부술 때가 왔노라! 우리 백제의 마지막 임금인 의자대왕 재위 20년인 경신년에 신라와 당나라 놈들이 쳐들어 왔었다. 충신인 계백 장군이 황산벌로 나가 화랑 반굴과 관창을 베었지만, 구름처럼 몰려오는 나당연합군을 이기지 못하였다. 그리하여 계백 장군의 뜨거운 심장과 오천결사의 피눈물을 삼키고 백제는 운명을 다하였다. 김유신은 웃으며 반월성으로 올라왔고, 소정방은 껄껄대며 백제의 고토를 짓밟았다. 오늘은 그로부터 꼭 이백육십칠 년이 되는 해다. 이제 서라벌로 달려가 백제의 원한을 씻고 그 땅, 서라벌을 폐허로 만들어야 한다!"

견훤은 부릅뜬 눈으로 문무백관들을 하나하나 바라보며 이를 갈았다.

"지리다도파도파! 지리다도파도파!"

견훤의 말이 끝나자 약속이나 한 듯 어전에 모여 있던 문무백관들이 외쳤다. 견훤의 복전福田(복을 빌어 주는 후견인)이 된 관혜스님이 일어나 장중한 능엄경의 여래장묘진여성如來藏妙眞如性이라는 구절을 읊었다.

"대왕마마, 아무쪼록 부처님의 깊은 신심을 잃지 마십시오. 어떠한 경우라도……."

관혜스님은 견훤에게 다가가 부처님의 마음을 전하며 간곡히 당부했다.

"우리 손으로 굳이 살생을 할 필요는 없겠지요. 하지만 복수를 할 자들은 꼭 골라내어 스스로 자진하도록 시키세요."

보리 왕후가 이러한 말들을 조용히 듣고 있다가 하루빨리 신라로 쳐들어 가자는 뜻을 내비쳤다.

"왕후마마, 지당하신 말씀이옵니다. 그 일은 신에게 맡겨 주십시오."

최승우가 나서 왕후에게 허리를 굽히며 충성을 맹세했다. 모든 준비는 빠르게 진행되었다. 기병 이천에 보병 삼천이 합쳐진 백제의 정예 대부대는 질풍처럼 달리며 서라벌을 향해 포효하고 있었다.

그해 서라벌에는 비가 오지 않아 석 달이 넘는 가뭄이 지속되고 있었다. 이와 함께 백성들의 마음도 논밭처럼 쩍쩍 갈라져 거친 신음을 토해내야만 했다.

그러다 보니 조세 부족으로 왕실의 재물이 바닥을 드러내며, 심지어 병사들에게 먹일 군량미마저 부족한 지경에 이르고 말았다.

"이 땅에 비를 내려주소서. 과인의 덕 없음을 용서하시고 단비를 내려주소서."

경애왕과 중신들은 포석정으로 나가 단을 쌓고 하늘을 향해 천지신명님께 간곡히 빌었다. 중신들 모두 경애왕의 뒤를 따라 허리를 굽히고 하늘을 향해 이 나라와 백성에게 천복을 내려달라고 빌었다. 그때 먼 곳에서 함성이 울리며 천둥소리가 온 산야를 뒤흔들었다.

"아! 하늘에서 천둥과 번개가 치는 걸 보니 단비가 올 것 같습니다. 드디어 성상의 뜻이 하늘에 닿아 응답이 내리는 듯하옵니다."

누군가 반갑게 소리를 지르며 기뻐했다. 그런데 천둥과 번개 치는 소리는 이윽고 말발굽 소리와 병사들의 함성소리로 변하여 들려왔다. 이윽고 제단 위에 친 천막 위로 화살이 소나기처럼 쏟아지기 시작했다. 제관들과 병사들이 나둥그러지며 비명을 지르고, 화살을 맞은 중신들과 장군들이 허둥지둥거리며 제각각 흩어져 몸을 숨겼다.

"어느 놈들이냐! 대체 어찌 된 일이냐!"

긴 칼을 뽑아 든 밀성 장군이 눈을 부라리며 외쳤다. 그때 월성 뒷산 위에서 검은 연기의 봉화가 오르고, 멀찍이서 전령이 허겁지

겁 달려오는 모습이 보였다.

"자…… 장군! 어느 나라인지 모르겠으나 대군이 쳐들어오고 있습니다!"

몹시 다급했던 전령은 장맛비를 흠뻑 맞은 듯 온몸이 땀으로 뒤범벅이 되어 있었다.

"어떤 놈들이냐? 도대체 어떤 놈들이야!"

밀성 장군이 전령을 다그쳤다.

"못 보던 군대입니다! 아마도 후백제 견훤의 군대인 것 같습니다. 깃발도 다르고, 갑옷도 다르고, 병장기도 다릅니다."

전령의 얼굴은 이미 새파랗게 질려 있었다.

"우리 기병은 얼마나 되느냐?"

밀성 장군이 허둥대며 외쳤다.

"월성 입구에 오백 명이 집결해 있습니다!"

부장이 얼른 대답했다.

"보병은?"

"급히 모으면 천 명쯤 모을 것입니다!"

"전투 대형으로 집결하라!"

밀성 장군이 다시 크게 외쳤다. 그러나 시간이 지날수록 사태는 걷잡을 수 없는 방향으로 흘러갔다. 서라벌의 정예 기병이 모여 있는 월성 입구는 이미 제압당하여 오백 명이나 되는 신라의 기병들이 모두 말 아래 무릎이 꿇려 있었고, 허둥지둥하던 보병들은 전열을 갖추기도 전에 침입자들에게 위압을 당하여 모두 땅에 머리를 박고 있었다.

"전투 대형으로! 전투 대형으로!"

밀성 장군이 어찌할 바를 몰라 수하 장수들과 함께 이리저리 뛰고 있었다. 그때 언덕 위로 견훤의 위풍당당한 모습이 나타났다. 그는 머리에 황금으로 된 투구를 쓰고 흰 마상 위에 당당히 앉아 후백제의 깃발을 휘날리고 있었다. 그 옆에는 붉은 깃발과 붉은 바지를 갖추어 입은 보리 왕후와 군령을 전달하며 모든 일을 맡아 하는 종사관 최승우도 붉은 갑옷을 입고 마상 위에 있었다.

"모두 꼼짝 마라! 움직이면 쓸데없는 사상자만 생길 것이다! 그 자리에 그대로 서 있거라!"

최승우가 앞으로 나서며 신라군을 향해 큰 소리로 외쳤다. 제를 올리느라 줄곧 허리를 굽히고 있던 경애왕은 미처 허리를 다 펴지 못한 채 엉거주춤 서 있었다. 장막 뒤에 서 있던 비빈들은 모두 흐느끼며 그림자처럼 그 자리에 못 박혀 있었다. 혼자서 갈피를 못 잡고 이리저리 뛰던 밀성 장군도 사기를 잃은 채 그 자리에 멍청하게 서 있었다.

그러자 후백제의 왕 견훤이 침착하게 언덕을 내려오기 시작했다. 한낮의 햇살을 받아 깃발들은 유난히 빛나고 노랑, 빨강, 파랑, 하양으로 나부끼는 깃발들과 번쩍이는 창검들 때문에 도무지 눈을 뜰 수가 없었다. 사람들은 뿌연 먼지 속에서 부들부들 떨며 엎드려 있었다. 만약 그곳에 바위나 나무만 있어도 몸을 숨길 수가 있을 텐데……

잘 가꾸어진 포석정에는 작은 몸 하나 숨길 만한 곳이 없었다. 설령 숨을 만한 곳이 있다고 하더라도 저벅저벅 좌중을 완전히 압도하며 내려오고 있는 후백제군의 군마 소리에 질려 개미새끼 한 마리 움직일 수가 없었다.

경애왕은 그냥 두 손을 앞으로 뻗은 채 '어, 어…….' 하는 소리만 내고 있을 뿐이었다.

견훤의 병사들은 사전에 치밀하게 준비를 한 대로 한 치의 흐트러짐도 없이 아주 질서정연하게 움직이고 있었다. 포석정의 사직단 옆에 견훤과 보리 왕후가 버티고 서 있었고, 그 밑에 부장 이십여 명이 나란히 서서 힘없는 신라와 경애왕을 조롱하고 있었다.

"신라왕은 견훤 대왕의 옥좌 밑에 부복하라."

관혜스님이 목탁을 두드리며 간단한 예불을 올린 후 종사관 최승우가 마치 의식을 진행하듯 큰 소리로 외쳤다. 그러자 경애왕은 무너지듯 그 자리에 털썩 주저앉았다.

"네가 신라의 왕 경애냐?"

견훤은 누군가 갖다 놓은 황금빛 주목 의자에 앉아 큰 소리로 물었다.

"그러하옵니다, 대왕마마."

경애왕은 꿇어앉아 부들부들 떨었다.

"에이 못난 놈! 나라가 이 지경이 되었는데, 한가하게 기우제나 지내다니. 기우제가 끝나고 나면 계집들 끌어안고 술타령이나 하려고 했지? 에이, 한심한 왕 같으니."

경애왕을 꾸짖는 견훤의 목소리가 쩌렁쩌렁 얼마나 크게 울려 퍼지던지, 포석정의 소나무가 거센 비바람에 흔들리는 듯했다.

"대왕마마, 서라벌에 오랫동안 가뭄이 들었습니다. 그리하여 오늘……."

경애왕은 신라의 왕으로서 체통을 이미 잃은 채 견훤을 깍듯이 받들고 있었다.

"시끄럽다, 이놈아! 이 넓은 삼한 땅에 왜 하필 서라벌과 신라 강역에만 비가 오지 않는 줄 아느냐? 백성들의 원한이 하늘에 차 있는데, 하늘이 너희들한테 단비를 내려줄 것 같으냐? 백성들은 굶어 죽거나 노비로 팔려 당에까지 끌려가는 판에 너희 왕족들은 물론, 문무백관과 장군들 그리고 호족들은 사철유택을 누비면서 호의호식하지 않았더냐? 남는 곡식과 남는 가축으로 쌀 장사, 고기 장사를 하면서 백성들의 어린 자식들을 노비로 사들이고 있으니 어찌 하늘인들 가만히 지켜보고 있겠느냐? 그래서 오늘 내가 너희들을 응징하러 왔노라."

견훤이 눈을 부라리며 경애왕을 신하 대하듯 무섭게 꾸짖었다.

"대왕마마, 자비를 베풀어 주소서."

경애왕은 아예 땅에 머리를 파묻고 계속 흐느꼈다.

"자비라? 지금 네가 과인에게 자비라는 말을 했느냐? 내가 다시 묻겠다. 지금으로부터 이백육십칠 년 전 우리 의자대왕 이십 년에 너희 나라 김유신과 김춘추가 무슨 일을 도모했던고? 삼한의 백성들끼리 싸우는 것으로도 모자라 바다 건너 당의 군사를 불렀는데 소정방이 우리 백제의 궁녀들을 유린하고 왕족과 왕자와 귀인들을 모두 데려갔느니라. 네가 직접 눈으로는 보지 못했겠지만, 역사를 배워서 알고는 있다. 너희들은 이백육십칠 년 전의 그날을 백제를 굴복시킨 날로 자랑스럽게 기억하고 있을 게 아니냐?"

그러더니 견훤은 하늘을 향해 고개를 들고 큰소리로 웃었다.

"그것은 제가 한 일이 아니옵고 아득한 그 시절 저희 선조들이 한 일이옵니다."

경애왕은 어떻게 해서라도 견훤의 자비를 입어 목숨만은 부지하고 싶었다.

"그래, 너희 선조들이 한 일이지. 선조들이 한 일은 그 후손들이 책임을 지는 법이니라."

견훤은 경애왕을 애처롭게 바라보며 혀를 내둘렀다. 그러면서 궁녀들이 건네주는 술병을 받아들고는 천천히 마셨다.

"자, 장군들과 경들도 술잔을 듭시다! 서라벌 포석정에서 드는 우리들의 축배요!"

견훤은 포석정에 앉아 술잔을 높이 치켜들며 후백제의 승리를 자축했다. 여기저기서 와, 하는 함성과 함께 모두 술통을 열고 술을 마시기 시작했다. 술판이 벌어지자 왕비를 모시고 있던 월성의 궁녀들은 재빨리 몸을 움직여 견훤의 장군들 곁에서 술시중을 들기 시작했다.

"암, 암, 그래야지. 아이고 예쁜 것들……. 요것들이 아주 눈치 하나는 빠르군 그래. 너는 내가 데려가마! 아니, 너도! 너도! 다 우리를 따라가야 할 것이다."

후백제의 장군들은 시커먼 손으로 아름다운 궁녀들의 엉덩이를 마음껏 주무르며 마냥 즐거워했다.

"그래, 경애왕은 듣거라. 사실 우리들은 오늘 너희들이 누려온 천 년 사직을 문 닫게 할 수 있느니라. 널 죽이고 월성에 남아 있는 모든 진골과 왕족의 씨를 다 자른 뒤에 내가 이 신라를 후백제에 흡수할 수도 있지. 허나, 그건 역사적으로 볼 때 참으로 어리석은 일이야. 내가 지금 서라벌을 접수하고 월성에 올라 너희 신라의 왕 노릇까지 겸한다고 생각해 보자. 그러면 첫째, 죄수들을 모두 방면해야 하고 나에게 항복한 너에게도 관용을 베풀어야 하지. 어디 그뿐이냐? 월성의 곳간을 모두 열고, 장군들과 대신들이 가지고 있는 모든 곡식과 가축을 백성들에게 나누어 주어야 하느니라. 신라를 접수한 이날을 기념하면서 앞으로 석 달간은 축제 기간으로 삼아야 할 것이다. 그러나 그것은 어리석은 일……. 저 팔공산 너머에서 과인을 넘보고 있는 왕건이 있지 않느냐? 지금 우리에게 필요한 것은 군량미다. 지금은 후고구려와 싸워야 할 시간이고, 싸워서 우선 이겨 놓고 봐야 할 일이다. 그 다음에 삼한을 통일한 기념으로 진정한 축제를 벌여도 늦지 않을 일이다. 아무튼 오늘은 일단 먹고 마시자!"

주흥이 극에 달한 견훤이 기쁨을 억제하지 못하고 경애왕 주변을 돌며 큰 소리로 말했다. 그때 주위를 둘러보던 보리 왕후의 눈에 낯설지 않은 웬 사내의 모습이 들어왔다.

"거기, 고개를 처박고 있는 놈! 네가 금군대장인 밀성 장군이냐?"

보리 왕후가 천천히 그의 곁으로 다가갔다.

"그러하옵니다, 왕후마마."

밀성 장군은 핏자국이 선명한 얼굴에 흙을 잔뜩 묻힌 채 무릎으로 걸어 나왔다.

"그럼, 네가 원봉의 아들이냐?"

보리 왕후가 다시 물었다.

"그러하옵니다, 왕후마마."

"네 아비, 원봉은 아직 살아 있느냐?"

보리 왕후의 눈빛이 매우 떨리고 있었다.

"아닙니다. 오 년 전에 세상을 떠났습니다."

"원통하도다. 원수같은 그놈이 죽다니. 내 아버님을 죽게 한 원수였거늘."

보리 왕후는 허공을 쳐다보며 가슴을 사정없이 내리쳤다.

"왕후마마, 그게 무슨 말씀이신지요?"

밀성 장군은 잔뜩 상기된 얼굴로 보리 왕후를 주시했다.

"그건…. 이 자리에서 밝힐 일이 아니니라. 아무튼 우리 아버님은 경문왕 때 일어났던 근종의 난에 연루되어 참혹하게 돌아가셨느니라. 그때 네 아비의 칼에 제일 많은 피가 묻어 있었지. 네 아비는 반란에 연루된 모든 사람을 참혹하게 죽이고, 그 가솔들을 모두 노비로 나누어 주었을 뿐 아니라 반반한 여자는 모두 추려서 제놈의 애첩으로 삼았으니까. 넌 오늘 네 아비의 벌을 대신 받아야 하느니라. 아비가 뿌린 씨앗은 자식이 거두는 것이 인지상정이니……."

보리 왕후는 원봉이 이미 세상을 떠났다는 밀성 장군의 말을 듣자, 숨어 있던 분노가 더욱 세차게 끓어올랐다. 생각 같아서는 지금 당장이라도 그의 무덤으로 달려가 부관참시하여 썩은 시체에 녹슨 칼이라도 박고 싶은 심정이었다.

"대왕마마, 후사를 결정하시지요."

종사관 최승우가 나서서 견훤에게 아뢰었다.

"경애왕, 아무래도 그대는 오늘로서 옥좌를 내놔야 할 터이니 그래, 그대 대신 서라벌의 옥좌를 차지할 인물은 누구로 하는 것이 좋겠소?"

견훤은 고개를 끄덕이며 경애왕을 물끄러미 바라보았다. 그러자 경애왕은 슬그머니 고개를 돌리며 견훤의 눈치만 볼 뿐 선뜻 대답을 하지 못했다.

"이봐, 종사관. 이 신라의 최고 문사, 아니지 최고의 천재……. 그리고 당과 가장 말이 잘 통하는 인물이 있지 않은가? 자네와 함께 삼최이기도 하고, 삼최 중에서 제일 으뜸이 되었던……. 아, 거 왜 최치……. 아무튼 그 인물이 있지 않나?"

견훤은 문득 최승우를 돌아보며 한 인물을 떠올렸다.

"아찬 최치원 말씀이십니까?"

최승우가 바로 대답했다.

"그래, 아찬 최치원! 아니지, 아찬 벼슬도 옛날에 떨어졌지 아마? 이제는 방로태감이라고 불러야 하나? 태수라고 불러야 하나? 아무튼, 그 최치원은 어디 있느냐? 이보시오, 경애대왕마마. 그 잘난 최치원을 신라의 왕으로 삼아 볼까 하는데……. 과인은 꼭 그렇게 해 보고 싶은데 그대 생각은 어떠시오?"

견훤의 입에서 최치원이라는 말이 나오자 보리 왕후의 얼굴이 갑자기 굳어졌다. 또한 신라의 대신들은 물론, 후백제의 대신들조차도 서로 얼굴을 쳐다보며 수군거리기 시작했다.

"그것은 아니 될 말씀이옵니다. 그자는 진골이 아닙니다. 우리 천 년 사직에 아직은 진골이 아닌 자가 사직을 이은 예는 하나도 없사옵니다."

경애왕이 고개를 숙인 채 기어들어가는 목소리로 말했다.

"아직도 그 잘난 진골타령인가? 아직도 골품타령이야? 나는 육두품도 못 되고 평민 출신으로서 저 시골 농사꾼인 아자개의 아들인데……. 이 천민 출신인 견훤이 신라의 왕이 되는 것보다는 육두품 중에 최고의 벼슬인 아찬 최치원이 용상에 오르는 것이 훨씬 보기 좋을 텐데 안 그런가?"

견훤이 껄껄 웃으며 말했다. 그러자 후백제의 대신들과 장수들이 모두 경애왕에게 손짓을 하며 온갖 조소와 경멸을 담은 웃음을 던졌다.

"최치원은 이미 오래전에 모든 관직을 버리고 해인사로 들어가 전국을 유람하면서 그의 사상과 학문을 백성들에게 가르치고 있사옵니다. 선대 경명대왕景明大王 말년에 희양산曦陽山(지금의 경북 문경) 봉암사로 찾아와 지증대사智證大師의 비문을 세운 후 행방을 감추어 어느 곳에 머물고 있는지를 알 수 없습니다."

경애왕은 사뭇 난처한 기색을 드러내며 고개를 숙인 채 대답했다.

"대단한 진골 출신인 경애대왕마마, 혹시 '지리다도파도파'라는 말을 아시는지요?"

보리 왕후가 경애왕을 향해 빙긋 웃으며 조롱을 하듯 물었다. 그러나 경애왕은 고개를 숙인 채 묵묵히 고개를 저을 뿐이었다.

"아실 턱이 없지요. 내가 그 말을 풀어 드릴까요? '진정한 지성인과 진정한 애국자가 다 떠난 후 서라벌은 폐허가 되리라.' 서라벌의 백성들은 이미 오래전부터 알고 있던 비기였소. 최치원 같은 개혁가가 서라벌에 아직까지 남아 있었다면 이 서라벌이 이 지경까지 되지 않았겠지요."

보리 왕후는 고개를 좌우로 흔들며 씁쓸히 웃었다.

"경애왕은 속히 왕위를 이을 인사를 추천하라!"

견훤이 다시 소리를 버럭 자르자 경애왕은 앙상한 나뭇가지에 매달린 벌레처럼 몸을 웅크렸다. 경애왕은 부들부들 떠는 손을 들어 대신들을 불렀다. 그리고 진골 중에 후사를 이을 만한 인물을 정하도록 명했다. 그러자 대신들은 돌아서서 머리를 맞대고 수군거렸다. 얼마 후 대신 하나가 종이쪽지를 경애왕에게 전해 주었다.

"저희 족제族弟(같은 항렬의 아우뻘인 남자) 중에 김부金傅가 적당할 것 같습니다."

경애왕은 견훤을 바라보고 우는 목소리로 말했다.

"김부라고? 좋아! 김부든, 그 누구든 네가 정했으니까 후회는 없겠지. 어쨌든 다음 왕은 나한테 순종한다는 뜻으로 순할 '순順' 자를 넣어 경순왕敬順王이라고 하거라."

견훤의 말이 끝나자 후백제의 대신들은 모두 흔쾌히 웃으며 고개를 끄덕였고, 신라의 경애왕과 대신들은 울상이 되어 한숨을 토해냈다. 잠시 후 후백제의 맹장인 갈홍이 나서서 모든 것을 매듭지었다.

"신라의 왕 경애는 듣거라! 견훤대왕마마께서는 네 심장에 직접 어도를 겨누어 삼백 년 백제의 원한을 갚고자 하셨으나, 전의가 전혀 없는 너희 신라 왕실과 저 썩어빠진 신라군을 바라보며 그럴 필요가 없음을 느꼈느니라. 그러니 경애왕은 저 장막으로 들어가 너를 끝까지 보위한 패장인 밀성 장군의 칼을 빌려 스스로 자진하라."

모든 것을 한순간에 잃은 경애왕은 어린아이처럼 울며 처절하게 땅을 기어 견훤의 앞으로 다가갔다. 경애왕이 슬피 울며 견훤의 발목을 잡고 목숨만은 살려달라고 통사정을 하자, 견훤은 흙 묻은 발로 경애왕의 어깨를 밀쳤다.

"너도 함께 들어가 자진하거라. 네 아비가 살아 있으면 내가 직접 처단했겠지만, 이미 더러운 목숨이 끊겼다니……. 오늘 너는 지하에 있는 네 아비와 살아 있는 너의 주군인 저 경애왕을 따라 순사하도록 하라. 이것이 오늘 내가 너에게 베푸는 마지막 자비니라!"

보리 왕후가 끓어오르는 분노를 애써 짓누르며 밀성 장군에게 명했다. 그날 경애왕은 포석정의 장막 속에서 처절한 삶을 마감했다. 경애왕의 숨이 끊어지자 밀성 장군도 자신의 칼로 할복을 하고 경애왕 곁에 쓰러졌다. 이윽고 서라벌 안에 있는 모든 장군과 대관의 집이 불에 타고, 창고와 곳간에 있던 곡식 수천 석은 모두 압수되었다.

그 곡식의 절반은 포석정의 공터에 쌓아 병든 이, 노인, 과부, 아이들 순서로 퍼가게 했다. 또한 귀족들이 입던 비단옷과 반반한 의복들을 모두 빼앗아 가난한 이들에게 골고루 나누어 주었다. 후백제군은 신라를 떠나며 불국사에도 불을 질렀다. 그 불길이 번지면서 안타깝게도 마르코 수도사와 밀리엄 수녀가 세운 대진사도 소진되었다.

대진사 마루 위에 걸려 있었던 나무 십자가는 그대로 땅에 묻혔다. 대진사가 불에 탈 때 마르코 수도사는 불을 끄기 위해 끝까지 남아 몸부림을 하며 불을 끄려다가 탈진하여 끝내 살아 나오지 못했다. 그러나 밀리엄 수녀는 다행스럽게도 옛날 보리의 집이 있던 그 언덕의 성당에 있다가 화를 면했다.

견훤의 병사들 중 일부는 격분한 감정을 다스리지 못한 채 삼국통일의 단초가 되었던 황룡사 9층탑도 불태워 없애 버리려고 하였으나, 견훤의 곁에 있던 관혜스님의 만류로 황룡사만은 불길의 참화를 면할 수 있었다. 마침내 폐허로 변한 서라벌에 단비가 내렸다. 석 달 열흘 만에 내린 꿀같은 단비였다.

곡령청송

가야산 해인사에서는 희랑스님이 주최하는 대법회가 열렸다. 상좌에 앉은 도선스님을 중심으로 최치원과 희랑스님이 앉았다. 그 자리에는 서라벌에서 삼최로 이름을 날렸던 최언위도 참석했다. 먼저 희랑스님이 나서 법회에 참석한 사람들에게 인사를 하며 가벼운 법문을 시작했다.

"며칠 후, 소승은 이 해인사를 떠납니다. 태백산 줄기의 봉황산 중턱에 있는 부석사浮石寺로 갈 것입니다. 비록 소찰이지만 평소 존경하던 스승들과 글벗들과 우리 화엄의 식구들과 함께 대화를 나누고 떠나고 싶습니다. 떠나면서 드리고 싶은 말씀은, 소승이 평소에 늘 강조하던 육바라밀六波羅蜜을 지켜 달라는 것입니다. 저 바다에 있던 연어가 어떻게 해서 흐르는 물을 거슬러 고향으로 돌아와서 알을 낳고, 또 제 자신을 대자연과 하나로 만들겠습니까? 우리도 그 연어와 다르지 않습니다. 먼저 보시布施하고 지계持戒하며, 인욕忍辱의 단계를 거쳐 정진精進하고 선정禪定하면 열반涅槃의 세계

해인사(경남 합천군 가야면 해인사길 122)

와 같은 반야바라밀般若波羅蜜의 경지에 자연스럽게 오를 수 있을
것입니다. 우리가 도에 접근하는 것은 특별히 어렵거나 신비한 일
이 아닙니다. 물에서 헤엄치듯이 숨쉴 때마다 항상 겸손한 마음으
로 끝없이 베풀며 자기 자신을 사랑하면서 극복하고 계율을 지키
면서 무념의 경지에 다다르면, 바로 그 너머에 열반의 세계가 있는
것입니다. 소승이 이곳에서 수십 년 동안 절밥을 먹으며 여러분과
함께했던 것은 바로 이 육바라밀의 물길을 건너는 과정이었습니
다. 사실 우리들은 어떤 길이 옳고 어떤 길이 그르다고 단정 지을
수 없습니다. 다만 가는 방향이 다를 뿐입니다. 얼마 전까지 소승
이 존경하던 관혜스님은 남쪽으로 가는 길을 택하셨습니다. 그래

서 저는 이번에 북쪽으로 가는 길을 택할 뿐입니다. 여기에서 부석사까지는 그다지 멀지 않습니다. 소승이 올리는 절밥이 그리우시면 언제든지 부석사로 찾아와 주십시오."

희랑스님이 말을 마치자 모두 숙연해졌다. 희랑스님의 설법에 이어 좌장 격으로 앉아 있던 도선국사가 나서 격려의 말을 해주었다.

"우리 중생은 인연법에 의하여 언제든지 만나고 또 언제든지 헤어집니다. 이 우주 공간에서 변하지 아니하고 항상 머물러 있는 것은 하나도 없습니다. 움직이다가 만나고 또 움직이다 헤어지고 다시 만나는 일을 끝없이 반복하다가 환생하고 또 소멸하는 것입니다.

소승이 말씀드리고자 하는 것은, 불법이나 국운도 자기의 눈으로만 바라보지 말자는 것입니다. 우리 신라가 융성할 때에는 모두 경건한 마음을 가지고 불법을 수행하였습니다. 그리고 아주 겸손한 마음으로 그 불법에 의지하였습니다. 아마도 황룡사(선덕여왕이 지시하여 창건한 사찰) 구층탑이 세워질 때까지만 해도 우리 신라는 불법에 의지하여 삼한도 통일하고, 저 광막한 대륙으로 진출하고 싶은 꿈을 키웠을 것입니다. 그런데 그 후에는 저마다 욕심을 키워 땅을 해치고, 강을 해치며, 자기 뜻에 맞는 절과 비각을 세우며 우리 신라의 지기를 해쳤습니다. 그 결과 땅과 강 그리고 바다까지 황폐해져 끝내는 우리 서라벌의 지기가 사그라질 지경에 이르게 되었습니다. 따라서 소승은 지금이라도 땅의 지기를 살리고, 강물의 기운을 살리고, 바닷물의 기개를 일으켜 세워야 한다고 생각합니다. 저는 그 일을 지덕비보地德裨補라 말하고 싶습니다. 어디가 명당이다, 어디가 최고의 음택이다, 하는 식의 소승적인 생각을 버리고 대자연의 기운을 살려 내면 그것이 우리 인간 세상을 살려 내는 더 큰 힘으로 돌아오게 될 것입니다."

조금 전까지만 해도 희랑스님과의 이별을 안타까워하며 숙연했던 사람들이 도선국사의 말을 듣고는 새로운 희망을 얻은 듯 고개를 끄덕이며 거센 박수를 보냈다. 박수 소리가 잦아들 무렵, 이번에는 최치원이 법회의 상좌에 올라 입을 열었다.

"저는 화엄의 세계에 대하여 아는 바가 없는 유가에 가까운 사람입니다. 오늘 고승 대덕들이 계신 이 자리에서 말할 자격이 없는 사람입니다. 개인적으로 말하자면 바로 이 자리에 가형이 되시는 현준스님이 계십니다. 저는 일생 동안 현준스님으로부터 귀동냥을 해 왔을 뿐입니다. 그러나 어찌하다 보니 저는 황공하옵게도 왕명에 따라 네 산에 소재하고 있는 사찰에 신라 왕실 5대의 실록과 대사나 선사의 찬란히 빛나는 업적 비명의 글을 찬술하여 비석을 세우게 되었습니다. 숭엄산에 낭혜화상비를 세우고, 지리산 쌍계사에 진감선사비를 세우고, 희양산 봉암사에는 지증대사비를 세웠습니다. 이 세 분은 제가 그분들의 바리때 하나도 감당할 수 없는 대고승들입니다. 그리고 초월산 숭복사에 세워진 비는 왕실의 원찰인 대숭복사의 창건 내력을 기술한 것입니다. 제가 이런 일을 해온 것은 어쩌면 제가 화엄세계에 대하여 무식하기 때문에 가능했을지도 모릅니다. 일찍이 장자莊子께서는 이런 말씀을 하셨습니다.

'얼음을 모르는 여름 벌레는 겨울을 알지 못하고, 망망대해를 모르는 우물 안 개구리는 넓은 대양의 세계를 모른다.' 저는 이 자리에 계신 여러분과 같이 화엄의 세계를 모르기 때문에 고승들 삶의 흔적과 빛나는 실적의 글을 지어 탑을 세우고 사산비명의 비석을 세웠는지도 모르겠습니다. 그러나 다만 저는 진감선사비문 첫머리에 '도불원인 인무이국道不遠人 人無異國' 8자 글자를 썼듯이, 세상의 모든 도는 한마디로 원래 눈 앞에 있다(元來在目前)로 축약할 수 있다고 봅니다. 아무리 지고지순한 도라 하더라도 사람에게서 멀리 떨어져 있지 않고, 이 땅 위에 존재하고 있는 모든 중생은 나라의 국경에 관계없이 자유롭게 행동할 수 있고 누구나 평등하고 존귀하다고 할 수 있을 것입니다. 이것이 바로 제 소신이며 자유평등을 추구하는 인본주의인 풍류 사상입니다."

치원이 말을 마치자, 법당에서는 갑자기 뜨거운 열기와 함께 박수 소리가 여기저기서 크게 터져 나왔다. 법회에 참석했던 최언위는 달리 방향을 잡은 최승우의 빈 자리를 채우며 최치원의 곁에서 그를 응원하고 있었다.

"화엄경전이 아무리 좋은 가르침이라 해도 백성이 도를 멀리하여(人遠道) 그 뜻을 알지 못하면 무슨 소용이 있겠습니까? 그래서 말인데 이 화엄경전을 사부대중이 알기 쉽게 풀이해줄 수 있는 논장의 글을 찬술해줄 수 있겠습니까?"

법회가 끝나고 모두 법당을 빠져나가자 희랑스님이 최치원을 불러 조용히 청을 했다.

"알겠습니다. 다소 힘들더라도 제가 한번 우리 사상과 부처님의 사상 경교의 사상을 융합한 우리나라만의 불교 경전 편찬하는 일을 새롭게 시작해 보겠습니다."

치원이 흔쾌히 청을 받아들이자 희랑스님은 만족스러운 듯이 고개를 끄덕이며 환한 미소를 지어 보였다. 치원은 도교와 유교 화쟁했던 내용 하나를 말했다.

일찍이 조주 지방에서 도교와 유교를 대표하는 자가 교리를 강연하고 있었다. 그러면서 그들은 서로 자기 교리가 맞다고 논쟁을 했다. 어느 날, 법장이신 현수스님이 그 절에서 불법을 전하고 있었다.

"내 법이 평등하오, 평등하지 않소?"

이 말을 듣고 있던 지선도사는 현수스님이 도교를 헐뜯는다고 따지며 대들었다.

"평등하기도 하고 평등하지 않기도 하오."

법장이신 현수스님은 온화한 미소를 지으며 이렇게 대답했다.

"어찌 두 가지로 답변을 하시오?"

그러나 지선도사는 현수스님을 향해 쓴웃음을 지으며 더욱 비꼬기 시작했다.

"진과 속이 다르기 때문에 하나가 아닌 것이오."

노기를 띤 지선도사와는 달리 현수스님은 평상심과 평정

심을 잃지 않은 태연한 모습이었다.

"왜, 시비를 분명히 하지 않는 것이오?"

그러자 지선도사는 현수스님을 더욱 꾸짖으며 자신의 화를 이기지 못해 씩씩거리며 돌아섰다. 그 다음 날, 지선도사는 일찍이 일어나 얼굴을 씻으려고 손을 얼굴에 댔다. 그랬더니 수염과 눈썹이 갑자기 떨어져 손에 묻어나는 것이었다. 지선도사는 걱정을 하며 몸 구석구석을 만져보니 온몸에 창포가 생겨난 것을 발견했다.

'내 어제 그 스님을 마음속으로 깊이 꾸짖고 욕한 것이……. 인과응보로다.'

지선도사는 즉시 법장스님을 찾아갔다.

"어제의 허물을 참회하고자 하니, 어떻게 하면 되겠습니까?"

"화엄경을 백 번 되풀이해서 전독해 주십시오."

그 말을 들은 지선도사는 두 손을 모아 기도를 하면서 화엄경전의 중요한 부분을 펼쳐 읽었다. 그러자 화엄경의 절반도 못 읽어서 지선도사의 얼굴에 눈썹과 수염이 다시 생겨나고 창포가 없어졌으며, 온몸이 종전과 같이 깨끗해졌다. 놀랍게도 서로 화쟁하기 이전의 모습으로 환원된 것이다.

최치원이 이처럼 내용 하나를 기술한 것은 화엄경전의 영이성

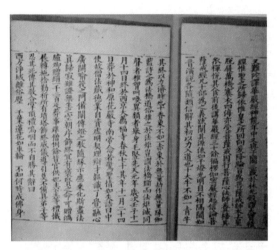

법장화상전 송판본(일본국 고잔사 보관)

과 법장인 현수스님의 신비스러운 행적을 통해 실제로 있었던 일들과 자신이 이미 깨달은 바를 새롭게 저술하는 법장화상전을 통해서 알리고자 했던 것이다.

원효대사와 의상대사가 쓴 책의 사상을 융합하여 백성들이 아주 쉽게 깨우칠 수 있도록 '부석존자전浮石尊者傳'을 지었으며 당나라 현수 법장스님과 의상대사가 쓴 책의 사상을 화엄경의 최고가 되도록 종합하여 쉽고 간단히 기술한 책이 법장화상전이라고 했다.

불교는 자비와 정도를 행하고, 유교는 인과 의를 행하고, 도교는 덕과 도를 행하고, 경교(천주교)는 사랑과 정의를 행하고, 삼신교는 자연과 순리에 하나를 더한 조상을 나의 뿌리로 보고 숭배하고, 천부경은 우주의 상대성 음양 순환 원리와 이치로 행한다는 모든 학문의 진리를 모두 융합한 것이 풍류도 정신의 뿌리라고 부연설명까지 했다.

"이는 천명으로서 모든 백성이 반드시 실천해야 하는 지혜입니다."

치원은 이같이 경전의 풀이에 대한 의도를 희랑스님에게 말했다.

"우주 만물의 시작은 하나의 생명이 태어나면서 시작되고, 시간과 세월이 지나가면서 자기 스스로 주인공이 되어 자기의 생명을 지키게 되는 것이지요."

치원은 풀어 쓴 경전의 이름을 법장화상전(송나라 팔만대장경 논장에 수록되었음 : 현재 일본 고잔사에 있음)이라 하였다. 경전 내용을 천천히 살펴본 후 희랑스님은 무척 만족스러워했다.

치원은 이 세상 삶은 우주 음양오행의 이치로 살아야 되고, 너와 나 하나의 공동체인 생명의 빛은 내 마음이 모든 일의 실천 근본이라는 것을 강조하고자 했던 것이다. 즉, 일체유심조의 으뜸으로 초발심을 항상 유지하면서 기본과 원칙을 지키고 오늘 하루 최선을 다하며 살아가야 된다는 생활의 지혜, 즉 지극한 도는 눈 앞에 있다(至道在目前)를 쉽게 설명한 것이다.

며칠 후, 희랑스님은 해인사의 승병 삼백 명을 거느리고 부석사로 떠났다. 해인사 후임 주지 자리에는 현준스님이 올랐다. 최치원은 해인사를 떠난 희랑스님과 새로 주지가 된 현준스님을 위해 백일기도에 들어갔다.

치원은 절의 뒷산 중턱에 있는 마애불 앞에 자리를 깔았다. 도선국사도 기도에 참여하였고 치원을 따르는 왕거인도 함께했다. 그리고 서라벌에서 온 최언위가 항상 치원의 곁을 지켰다.

그러나 낙엽이 떨어지며 찬바람이 몰아치자 도선국사는 감기에 걸려 요사채로 내려갔다. 치원은 추위를 무릅쓰고 하루에 한 번만 선식으로 끼니를 채우며 기도에 정진했다. 왕거인이 정성스럽게 치원의 수발을 들었다.

'삼한의 앞날을 축복해 주소서. 바람 앞의 등불과 같은 신라의 운명을 바로 이끌어 주소서. 후백제와 후고구려로 갈라져 싸우고 있는 삼한을 굽어살펴 주소서. 하루빨리 살생을 끝내고 서로 하나가 되게 해 주소서.

그리고 장차 삼한의 주인은 누가 될 것인지 알려 주시옵소서.'

기도를 올린 지 오십 일째 되는 날, 치원은 문득 잠에서 깨었다. 그때 마애불이 입술을 움직이고 있는 것을 치원은 분명히 보았다. 그러나 곁에서 함께 자리를 지키다가 잠에 빠진 왕거인과 최언위는 가는 코를 골며 혼곤한 상태에 빠져 그 모습을 보지 못했다. 낙엽이 우수수 떨어져 마애불의 머리를 덮어줄 때, 놀랍게도 그 마애불은 입술을 움직이며 천천히 말을 이었다.

"너무 염려하지 말거라. 희랑은 왕건의 복전이 되기 위하여 부석사(영주 소백산에 있는 사찰)로 갔느니라. 그가 택한 길이 옳다. 그러니 희랑을 도와주거라. 그리고 희랑과 함께 대업을 논의하거라."

웅장한 마애불은 마치 자연신들과 서로 속삭이듯 치원에게 조용히 일러 주었다. 마애불의 전언은 거기에서 그쳤다. 치원은 등줄기에 흐르는 식은 땀을 닦았다.

'내가 꿈을 꾸었나? 마애불이 입술을 움직여 내게 말을 하다니……. 헛것을 본 것인가?'

아무튼 치원은 혼미함 속에서도 마애불이 스스로 입술을 움직여 말한 것을 분명히 기억할 수 있었다. 치원은 계속해서 기도를 올렸다. 마침내 백일이 되던 날, 치원은 또 다른 소리를 들을 수 있었다. 그날도 최언위와 왕거인은 깊은 잠을 자고 있었다.

그날따라 왕거인은 코를 요란하게 골며 세상모르게 잠들어 있었다. 그때 바람결에 소나무, 참나무 등의 낙엽이 다시 한 번 마애불의 머리 위로 쏟아지고 먹구름 속에서 가는 빗줄기마저 떨어져 내릴 때 마애불은 다시 입술을 움직이고 있었다.

"이제 서라벌의 지기는 다 되었다. 너무 쇠잔하여 또다시 일어날 수 없게 되었다. 대신 송악의 숲이 푸르니 송악의 주인과 신라 조정에서 실현시키지 못한 시무십조를 근본으로 하여 장래를 도모하거라. 어서 일어나거라! 송악으로 가라."

그때 세찬 바람이 일어 낙엽이 흩날리더니 이내 커다란 잎사귀 하나가 치원의 도포자락 위로 떨어졌다. 도포자락에 떨어진 낙엽에는 벌레가 파 먹은 듯한 웬 글씨가 적혀 있었다.

鵠嶺靑松 곡령청송 鷄林黃葉 계림황엽

치원이 낙엽에 적힌 글씨를 보고 놀란 가슴을 움켜쥐며 마애불을 올려다보았을 때, 그 입술이 다시 한 번 움직였다. 그리고 조용히 읊조렸다.

"곡령청송기울총鵠嶺靑松氣鬱蔥 계림황엽추소슬鷄林黃葉秋蕭瑟이니라……."

최치원은 그 자리에서 벌떡 일어났다. 그리고 코를 고는 최언위와 왕거인을 깨웠다.

"스승님! 어인 일이십니까?"

왕거인은 눈을 비비며 물었다. 최언위도 급히 잠에서 깨어 놀란 눈빛으로 치원을 물끄러미 바라보았다.

"다 되었다. 이제 하산하자."

치원은 반듯한 자세로 앉아 두 사람에게 말했다. 이들은 서둘러 자리를 정리한 뒤 그 길로 하산을 했다. 절에 내려온 최치원은 미음과 선식을 먹고 간신히 기운을 차렸다.

"행장을 꾸리거라. 먼저 영주 소백산에 있는 부석사로 가 희랑스님을 만나고, 희랑스님과 함께 송악(지금의 개성)으로 가거라. 가서 왕건에게 이 글을 직접 전하거라. 어느 누구도 이 글을 미리 펼쳐 보아서는 아니 된다."

치원은 비장한 모습으로 미리 작성해 두었던 서신을 최언위에게 건네며 말했다.

"형님, 무슨 뜻이옵니까?"

최언위는 갑작스레 벌어지는 상황에 영문도 모른 채 치원이 시키는 대로 모든 준비를 마쳤다. 그러나 이러한 일들이 순식간에 전

개되자 몹시 궁금해서 견딜 수가 없었다.

"곡령의 푸른 솔은 바야흐로 올올창창한데, 계림(서라벌)의 누런 잎은 가을이 되어 쓸쓸하구나……."

치원은 뒷짐을 지고 선 채 먼 하늘을 바라보며 혼자서 중얼거렸다.

"무슨 말씀이신지 소인은 알아들었습니다. 속히 길을 떠나겠습니다."

최언위가 조용히 일어나 치원에게 석가가 미소로 가섭존자에게 뜻을 전한 것과 같이 공손히 허리를 굽히며 하직 인사를 했다.

"너는 송악에서 왕건 장군의 책사를 하면서 계속 머무르거라. 희랑스님과 함께 왕건을 모시거라. 희랑스님은 왕건의 복전이 될 것이며 너는 황태자의 스승이 될 것이다."

돌아서는 최언위는 비수처럼 등뒤에 꽂히는 치원 형님의 말을 가슴속에 꼬옥 품고 서둘러 길을 떠났다.

그로부터 한 달 뒤, 자리에 누워 있던 도선국사가 자리를 홀홀 털고 일어났다. 고령임에도 불구하고 의연한 자세를 잃지 않은 도선국사는 언제 누워 있었냐는 듯이 말끔한 표정이었다.

"최 태수! 우리 당을 한번 다녀와야겠는데……."

국사의 목소리는 더욱 카랑카랑했다.

"황제가 계신 후당後唐에 말입니까?"

치원이 놀라며 물었다.

주변 국가 관계 리더십

주변 국가 관계 리더십의 중요성을 형상화한 이미지. 작품에서 최치원과 도선국사는 중국으로 건너가
고려 건국과 관련된 중요 역할 하나를 수행한다. 그것이 바로 국토의 혈을 뚫는 3,800개의 비보처 확보였다.

"그렇지. 후당에 다녀와야겠네."

국사가 결연하게 고개를 끄덕였다.

"제가 지금 후당에 들어가 봐야 아는 사람이 별로 없습니다. 지금의 명종明宗 황제도 뵈온 일이 없습니다. 제 처남인 고운도 이미 세상을 떠났고, 저를 발탁해 주셨던 배찬 대감 역시 저세상 분이 되셨습니다."

치원은 몹시 난감했다.

"나는 지금 당의 황제를 뵈러 가자는 말이 아닐세. 종남산과 장안에만 다녀오면 되네."

도선국사는 의외로 껄껄 웃었다.

"종남산이라면 제가 몸담고 있던 곳이고, 제가 모셨던 종리권선사도 계실 것입니다만. 그 어른은 백수를 훨씬 넘기셨고, 지금쯤 아마 신선이 되어 날아다니고 계실 것입니다."

종남산이라는 말에 치원이 깜짝 놀랐다.

"나는 태수가 있었던 자오곡 계곡으로 가자는 것이 아니고, 자오곡 너머에 있는 남태령으로 가자는 말일세. 그곳에는 우리 풍수의 대가이며 명사明師(풍수의 세계에서 가장 높은 자리에 있는 고수)인 일행一行선사가 계시네. 그분을 찾아가 내가 죽기 전에 꼭 받아 와야 할 처방이 있다네."

그러면서 도선국사는 선반 위에서 거대한 지도를 꺼냈다. 방바닥을 거의 덮을 만한 넓이의 삼한도三韓圖(한반도의 지형이 모두 표시되어 있는 지도)였다.

"내가 평생 들고 다녔던 삼한도일세. 나는 이 지도에 있는 산맥과 강의 흐름과 만남을 통해서 바다로 이어지는 곳곳의 평야를 거의 다 기록해 두었네. 그러나 이제 고려가 통일을 앞두고 있는 마당에 내 힘으로는 더 이상 다닐 수가 없네. 이 지도를 가지고 들어가 고려 왕국이 세워지면 반드시 받아야 할 비보처裨補處(풍수지리의 처방을 받아야 할 지점)를 얻어 와야 하네."

도선국사는 그 지도를 펼쳐 놓고는 깊은 감회에 젖었다.

"좋습니다. 제가 국사님을 모시겠습니다. 하지만 국사님께서도 젊은 시절에 이미 당에 다녀오셨잖습니까?"

치원은 고개를 숙여 방바닥 위에 깔려 있는 삼한도를 하염없이 바라보며 말했다.

"물론 그렇지. 나도 이십대에 당을 다녀왔는데, 벌써 50년도 넘는 아득한 시절의 얘기가 아닌가? 아무래도 당이라면 그곳에서 장원 급제를 하고 강남과 강북을 오가며 황소의 난을 치렀던 태수가 더욱더 고수 아닌가? 또 몇 년 전에는 하정사로 장안을 다녀왔고…"

국사가 치원을 빤히 쳐다보며 빙긋 웃었다.

"저도 이미 환갑을 넘겨 몸이 옛날과 같지 않습니다. 하지만 최선을 다해 국사님을 보필하겠습니다."

치원이 웃을 때마다 입가에 깊게 패인 주름이 같이 오르내렸다.

서쪽 바다를 건너와 당의 종남산 자오곡에 도착했다. 자오곡은 조용하다 못해 을씨년스럽기까지 했다.

'젊었을 적에 이 계곡에서 호몽을 만나고, 현준스님의 안내로 종리권선사를 뵙고, 이미 신선이 된 김가기도 만났었는데……. 이제 그 어디에도 그들의 행적은 찾을 길이 없구나.'

치원은 하늘 아래 내려앉은 자오곡을 휘휘 둘러보며 젊은 시절 머물면서 공부한 많은 생각을 떠올렸다. 잠시 걷다 보니 치원이 옛날에 머물러 있었던 종리권선사의 초막이 나타났다. 치원은 그 앞에 우두커니 서서 처마 끝을 쓸쓸히 스치고 지나는 바람을 맞으며 조용히 눈을 감았다. 그때 백발의 노파가 물동이를 머리에 이고는 치원을 향해 총총히 걸어오고 있었다.

"뉘시온지?"

눈이 침침한 노파는 치원의 얼굴을 찬찬히 바라보았다.

"저 여기에 계시던 종리권선사는 어디에 계시는지요?"

치원이 눈을 뜨고 그 노파를 향해 정중히 고개를 숙였다.

"그 선사는 벌써 신선이 되셨지요. 지금쯤 구름을 타고 이곳저곳 다니고 계실 겁니다. 아니, 학이 되어 훨훨 이 계곡 저 계곡을 날아다니고 계실 것입니다. 그나저나 선사를 찾으시는 그대는 뉘시온지?"

노파는 이가 다 빠진 허연 잇몸을 드러내고는 환하게 웃었다.

"젊었을 적에 여기에서 머문 적이 있는 최치원이라고 합니다. 신라에서 왔지요."

치원이 두 손을 모으고 공손히 대답을 했다.

"하이고, 치원 서방님이시구만. 이제 늙어 내 눈이 침침해져서 제대로 사람을 잘 알아보지 못 한다오. 나 마고선녀요."

노파는 깜짝 놀라며 물동이를 황급히 내려놓고 치원의 손을 덥석 잡았다.

"아니! 아직도 건재해 계셨군요! 살아 계실 줄 알았습니다."

치원도 깜짝 놀라며 노파의 손을 맞잡았다.

"아이고, 이게 얼마 만이오? 하핫핫, 이 골짜기에서 호몽이와 만났었는데……. 호몽이는 잘 데리고 살고 있지요?"

마고선녀는 아주 반갑게 치원의 손을 잡고 손등을 쓰다듬어 주었다.

"그렇습니다. 신라로 저와 같이 와서 살아오는 동안 사남매를 두었습니다. 아들 둘에 딸 둘입니다. 그 사람도 이제는 환갑을 갓 넘겼죠. 세월이 너무 무상합니다."

치원이 고개를 끄덕이며 쓸쓸한 표정을 지었다.

"세월 무상이라……."

마고선녀는 눈을 가늘게 뜨고 그윽한 눈빛으로 골짜기를 내려다보고 있었다.

"역시 인간은 인간이지. 제아무리 도를 배워서 구름을 잡아타고 초인으로 자연세계를 왔다갔다하더라도 사람은 사람이야. 늙으니까. 늙어가니까, 그 곱고 곱던 호몽 아가씨의 나이가 어느새 육십을 넘겼다니. 하기야 뭐, 지금 내 앞에 서 있는 최치원 서방님이 이렇게 백발이 될 줄 누가 알았겠소? 이 마고선녀의 모습도 보기가 흉하지요?"

마고선녀는 다시 한 번 치원의 손등을 쓸어 주었다.

"천만에요. 아직도 고우세요. 처음에 제가 쉽게 알아보지 못해 대단히 송구합니다."

치원이 눈을 치켜뜨며 짐짓 장난스럽게 말했다.

"저……. 그 양반도 아직 살아 계신가요?"

조금 전과는 달리 마고선녀는 어린 소녀처럼 몸을 배배 꼬며 쑥스러운 듯 물었다.

"아, 저의 형님 현준스님 말씀이시죠?"

최치원이 얼른 알아듣고 대답했다.

"아…… 네."

"형님은 잘 계십니다. 얼마 전에 서라벌에서 멀지 않은 해인사라는 큰 절의 주지 스님이 되셨습니다. 잘 지내고 계십니다."

"아이고, 내 정신 좀 보세. 잠시 앉아 계세요. 내 차 한 잔 내오리다."

마고선녀는 얼굴을 붉히고 돌아섰다.

그제야 치원은 소나무 밑에 홀로 서 있는 도선국사를 생각했다.

"국사님! 잠시 차 한 잔 하시고 떠나시죠? 이 초막이 제가 도를 닦았던 처소입니다. 여기에서 종리권선사를 잠시 모시고 있었습니다."

"가히 명당이오. 도사들이 나올 만한 산세와 지세요. 종리권선사가 충분히 머물 만한 곳이구만."

도선국사는 골짜기를 지나 길게 펼쳐진 앞산의 산줄기를 굽어 살펴본 후 말했다. 마침내 마고선녀가 소반에 찻잔을 받쳐 들고 나왔다.

"아직까지도 이 계곡을 지키고 계신 도술의 고수이십니다. 저희들이 젊었을 적부터 마고선녀로 모셨던 분입니다."

치원이 도선국사에게 마고선녀를 자세히 소개했다. 도선국사와 마고선녀가 서로 허리를 구부려 인사를 했다.

"여기에 가끔 들르던 김가기 선사는 그 후로 뵌 일이 있습니까?"

치원이 따끈한 찻잔을 들며 물었다.

"통 못 뵈었어요. 아주 구름이 되었든지, 신선이 되어 먼 곳으로 날아가셨든지 도통 소식을 듣지 못했어요"

마고선녀가 씁쓸한 표정을 지으면서 잘 모르겠다는 듯이 말했다. 치원이 찻잔을 기울여 한 모금 다시 마시면서 물었다.

"참, 여동빈선사는 어찌 되었습니까?"

"그분도 신선이 되었지요. 아주 가끔씩 구름을 타고 들르십니다. 때론 저 앞산에서 학의 모습으로 저를 부르기도 한답니다. 그분은 아직도 이승을 사랑하시는지, 가끔씩 이 골짜기에 들르세요."

마고선녀는 애잔한 눈길로 계곡을 내려다보며 깊은 감회에 젖었다.

"자, 최치원 태수. 나는 도를 하는 사람이 아니니까. 날이 저물면 길을 잃어버릴 수가 있소. 그러니 어서 해 저물기 전에 떠납시다."

그새 뜨거운 차를 다 마신 도선국사가 길을 재촉했다. 치원은 국사를 향해 고개를 끄덕이며, 서라벌에서 가져온 흰색 비단 한 필과 옥가락지 한 쌍을 마고선녀에게 주었다.

"뭘, 이런 걸. 이제 할미가 되어서 비단옷을 걸치거나 옥반지와 옥비녀도 간수할 처지가 아닌데."

그러면서도 마고선녀는 기쁜 얼굴로 그것들을 받아 아랫목에 조심스럽게 내려놓았다. 치원은 마고선녀와 작별의 인사를 나누며 고개를 들어 다시 한 번 초막을 살폈다. 어디선가 종리권선사의 굵은 음성이 들리는 듯했다. 그렇게 짧은 만남을 뒤로 하고 치원은 도선국사와 함께 계곡을 내려갔다.

조심스럽게 계곡을 건너고 고개를 넘어 남태령에 다다랐을 때는 해가 이미 서산 너머로 기울면서 붉은 저녁노을이 묘한 형상의 구름을 환상적으로 물들였다. 이 모습은 흡사 신선들이 평화롭게 바둑을 즐기는 모습과도 같았다. 얼마간의 시간이 지나자 저녁노을로 붉게 물든 구름이 바람결에 흘러갔다.

때맞춰 푸른 하늘도 곧바로 어스름으로 물들기 시작했다. 그때 울창한 숲 사이로 암자 하나가 시야에 가득히 들어왔다. 일행선사가 머물고 있는 남태령은 종리권선사가 머물던 움막과는 비교도 안 되게 크고 웅장했다. 나무와 석재를 섞어 지은 널찍한 도장이 그 위엄을 당당히 드러내고 있었다.

도선국사는 암자에 들어서며 일행선사부터 찾았다. 그러자 중
년의 지관들이 민첩하게 움직이며 국사와 최치원을 안채로 안내
했다. 그곳에서 일행선사는 지관으로 일생을 보낸 듯한 명사 세 명
과 두런두런 이야기를 나누고 있었다.

"아니 연만하신 도선께서 이렇게 먼 길을 무슨 사연이 있어 찾
아오셨나?"

도선국사가 먼저 허리를 구부려 큰절을 올리자, 일행선사도 함
께 허리를 구부리며 겸손하게 맞이했다.

"제자가 스승님을 뵈러 오는데 멀고 가까운 게 어디 있겠습니
까?"

"스승이라뇨? 나는 그대를 제자로 삼을 만큼 높은 경지에 이르
지 못한 사람이오. 도선이야말로 동쪽 신선의 나라 삼한에서는 가
장 뛰어난 명사가 아니오?"

"천만에요, 스승님. 제가 삼한 땅에서는 아직도 모르는 것이 너
무 많아 이렇게 불원천리를 무릅쓰고 스승님을 뵙고자 현자 한
사람을 데리고 한달음에 달려왔습니다."

도선국사가 무릎을 꿇고 머리를 조아렸다. 도선국사와 치원이
행장을 풀자 일행선사는 방 안을 대낮처럼 밝혔다. 국사의 안내로
치원도 일행선사에게 공손하게 인사를 올리자, 일행선사는 곁에
있던 명사들을 소개했다.

"이쪽은 강남에서 제일가는 명사 송파라는 선사이시고, 저쪽은
강북에서 제일 높은 경지에 오르신 명사 주곡이라는 선사요."

도선국사와 치원이 송파와 주곡에게 예를 갖추어 인사를 올렸다. 그리고 도선국사는 삼한 땅에서 가지고 간 송악 인삼과 풍기 인삼 그리고 서라벌의 비단을 일행선사에게 선물로 올렸다.

"그래, 서라벌에 돌아가 국사가 되었던 도선께서 이렇게 멀리까지 오신 용건이나 먼저 들어 봅시다."

일행선사는 예물을 받아 조심스레 윗목에 밀어 놓고 도선국사를 향해 옅은 미소를 지었다. 도선국사는 바랑을 열어 고이 접은 삼한도를 꺼내어 방바닥에 펼쳤다.

그러자 백두산을 발원지로 하여 서쪽으로는 압록강이 되며 요동벌로 펼쳐 이어지고, 동쪽으로는 두만강이 되며 동남쪽으로 흘러내리는 백두대간의 태백산에서 발원되는 물이 낙동강 하류에까지 이르는 삼한의 땅이 방안 가득히 펼쳐졌다. 일행선사를 위시해 송파선사와 주곡선사는 압록강과 두만강에서 단번에 아래로 뻗어 내려간 호랑이 모습의 형상을 갖춘 백두대간의 산세를 훑어보고는 쉽사리 입을 다물지 못했다.

"이곳 삼한 땅에는 현재 송악을 중심으로 한 고려와 서라벌을 중심으로 한 신라, 그리고 무주와 전주를 중심으로 한 후백제가 펼쳐지고 있습니다. 이 세 나라의 운세를 살펴봐 주십시오."

도선국사는 삼한도를 손으로 짚으며 세세히 설명을 했다.

"아하……. 산세와 지세 그리고 수세가 서로 맞물려 있으니 똬리를 튼 뱀 세 마리가 서로 머리와 꽁지를 물고 있는 형국이라. 전화가 그칠 날이 없겠구만. 참으로 난장판이로세!"

산천의 형세를 자세하게 살펴보던 주곡선사가 일갈했다.

"글쎄, 전화가 끝이 없구만. 당분간은 서로 상투 끝을 잡고 싸울 형세라. 불이 활활 붙은 용광로로다."

송파선사도 고개를 좌우로 흔들며 쓸쓸한 입맛을 다셨다.

"산세도, 지세도, 수세도 모두 사람의 혈맥과 같으니. 사람 몸에 병이 생기면 얼마만큼 앓다가 결국은 스스로 면역력을 생산하여 병균을 죽여 버리고 원래 자리로 되돌아와 새롭게 일어서게 마련입니다. 이렇게 병이 든 산천에는 사람의 혈맥에 해당하는 곳에 침과 뜸을 놓듯이, 이 산천 위에 적당히 비보만 해 준다면……."

일행선사가 침침한 눈을 비비며 마지막으로 정리를 했다. 그러면서 먼 길을 오느라 고생한 도선국사와 치원을 향해 날이 밝으면 다시 논의를 하자고 하며 자리를 털고 일어섰다.

그 다음날부터 세 명사들은 삼 일 밤낮을 꼬박 새며 비책을 찾느라 여념이 없었다. 실제로 세 사람의 고수들은 방바닥에 펼쳐져 있는 삼한도 위에 침과 뜸으로 비보처를 표시했는데, 그 수가 무려 삼천팔백 곳에 이르렀다.

모든 작업이 끝나자 최치원은 붓으로 꼼꼼하게 점을 찍어 비보처를 온전히 보존했다. 그리고 치원은 풍류도 사상을 회상하면서 당나라는 수水에 해당하는 물기운을 지녀 물은 바다에서 모여 하나가 되듯이 이웃 나라 사람들을 자기 문화로 흡수하려는 정신이 계속 이어져 오고 있다고 느꼈다.

그러나 바다 건너 왜국은 화火에 해당하는 불기운을 지니고 있어 사람들 각자가 자기 일에 몰두하여 자기만의 창조적인 문화를 개발하고 이웃 나라 사람들까지도 자기 나라 사람으로 만들어 항상 새로운 문화를 창조하려는 정신이 일어나므로 이 세상 제일이 되려고 계속 노력할 것이라고 생각했다.

　동방의 군자국인 신라는 풍風에 해당하는 바람기운을 갖고 있어 구름이 바람에 의하여 이동하듯 사람들 간 서로 융합하고 소통하는 문화 창조를 계속하므로 새롭고 신바람 나는 동방군자국의 선비문화를 창조하여 이 세상을 널리 이롭게 할 것이라고 돌아오는 선상에서 마음속 깊이 생각하고 고국 땅에 내리면 곧바로 송악(개경)으로 가서 태조 왕건을 만나 삼한의 비보처를 알려주자고 도선국사님께 말했다.

현자와 소통하다

"도선국사님, 그리고 최치원 어르신, 어서 오십시오. 두 분 모두 이 상좌에 오르십시오."

태조 왕건은 내전 문을 굳게 닫아걸고 희랑스님과 최언위만 남게 했다. 그리고 호위대장 박술희朴述熙에게 일러 내전 밖을 단단히 지키게 했다. 도선국사는 손을 내저으며 상좌에 앉기를 사양했다. 그러나 태조 왕건은 한사코 도선국사와 최치원을 상좌에 오르도록 간청했다.

"과인은 오늘 두 분을 우리 고려의 왕사로 모시고자 합니다. 사양치 마시옵소서."

태조 왕건은 손수 무릎을 꿇고 예를 올렸다.

태조 왕건의 느닷없는 행동에 깜짝 놀란 도선국사가 황급히 내려와 그의 손을 잡고 일으켜 세웠다.

"대왕마마, 지금은 때가 아닙니다. 우선 삼한통일의 큰 그림을 완성하셔야 할 때입니다. 우선은 제가 국사님을 모시고 후당에 다녀온 내용을 들으시옵소서. 전쟁을 하면 백성들의 삶이 점점 더 어려워지므로 덕으로써 나라를 통일시켜야 나라와 백성들에게 모든 큰 이익이 돌아가게 됩니다. 그러니 평화 통일을 위해 신라는 물론 백제의 왕에게 일러 고려 조정에서 그들의 신하들과 백성들에게 확실한 신분을 보장하겠다는 뜻을 전하시옵소서."

치원도 상좌에서 내려와 왕건에게 무릎을 꿇고 정중히 아뢰었다. 태조 왕건은 그제야 용상에 오르고, 도선국사와 최치원을 같은 높이의 의자에 앉게 했다. 얼마 후 어전의 넓은 책상 위에는 삼한도가 펼쳐졌다.

"도선국사께서 노구를 무릅쓰시고 장안 남쪽의 종남산까지 다녀오셨습니다. 그곳 남태령은 산세가 만만찮은데, 애써 오르시어 이 삼한도에 비보처를 가득 담아 오셨습니다."

최치원이 삼한도를 일일이 짚어 가며 비보처를 왕건에게 알려 주었다.

"두 어른께서 고생하신 덕분에 과인은 이제 삼한을 얻을 수 있게 될 것이고, 통일 이후의 비보처까지 얻게 되었습니다. 비보처가 모두 몇 곳이옵니까?"

태조 왕건은 기쁜 얼굴로 두 사람을 바라보았다.

"모두 삼천팔백 곳이옵니다. 그곳의 세 명사가 사흘 밤낮을 꼬박 새우며 혈맥을 찾아 주었습니다. 최언위에게 일러 베끼게 하시옵소서."

삼한도 위에는 최치원이 표시한 비보처가 가득 담겨 있었다. 태조가 고개를 끄덕이며 비장한 각오를 하고 있었다. 희랑스님이 목탁을 두드리며 삼한도 주위를 세 번 돌았다. 그리고 최언위는 무릎을 꿇고 또 하나의 넓은 삼한도에 삼천팔백 개의 비보처를 붓으로 정성껏 베꼈다.

"지금부터 과인이 전하는 내용을 일점일획도 틀리지 않게 받아적어라. 이 내용은 우리 고려 왕씨 왕조의 영원한 지침서가 될 것이다. 글 내용의 제목은 우선 십훈이라고 하고, 글이 다 다듬어지면 훈요십조訓要十條라 하여 발표하도록 하라."

태조 왕건은 최언위에게 글을 받아 적게 했다.

첫째, 불교를 장려하되 후세의 왕족이나 공후귀척公侯貴戚, 후비后妃, 신료臣僚들이 사원을 쟁탈하거나 함부로 다투어 절을 지어 지덕을 훼손하지 마라.

둘째, 도선국사께서 정해 놓으신 비보처 삼천팔백 곳 이외에는 함부로 건사입탑(建寺立塔, 절을 세우거나 탑을 세우는 일)을 하지 마라.

셋째, 왕위는 장자로 계승하되 그 장자가 어질지 못하면 밝고 따뜻한 성품을 소유한 자에게 왕통을 잇게 하라.

넷째, 고려의 특성에 맞게 인재를 등용하여 예악禮樂을 발전시키되 결코 거란의 제도는 본받지 마라.

다섯째, 지맥의 근본인 서경西京(지금의 평양)을 중시하여 왕은 그곳에서 1년에 100일 이상을 머물도록 하라.

여섯째, 연등燃燈과 팔관八關 등을 소홀히 하지 마라.

일곱째, 백성들의 신망을 얻고 신상필벌을 확실히 하라.

여덟째, 백관의 녹봉을 제도에 따라 마련했으니 함부로 증감하지 마라.

아홉째, 경전과 역사를 널리 알려 온고지신의 교훈으로 삼아라.

"이상의 내용을 좀 더 다듬어서 훈요십조로 하고, 공표한 다음에는 무신인 박술희에게 주어 비밀스럽게 후대에 전하도록 하라."

이렇게 해서 마침내 태조 왕건이 여는 새로운 세상이 시작된 것이다. 태조 왕건은 다시 최언위에게 하명을 했다.

"이와 별건으로, 세 가지는 따로 정리하여 후대에 전하도록 하라. 최치원 왕사께서 일찍이 신라조정에 전하셨던 시무십조 중에서

첫째 과거제도를 실시할 것,

둘째 재물 거래에 대하여 신체적 형벌을 주지 말 것,

셋째 왕족 밖에서 널리 인재를 구하고 왕족 이외의 자에게도 신분의 귀천을 묻지 말고 능력에 맞추어 평등하게 등용하라.

이 세 가지는 후대에 알려 반드시 실시하도록 하라.

최언위는 엎드려 왕명을 받아 적었다. 그날 밤, 개경의 정궁에서

는 풍악이 울려 퍼졌다. 왕사 도선과 최치원을 위한 흥겨운 잔치가 벌어졌다. 그러나 잔치에 참석해 술잔을 들던 도선국사가 과로에 지친 몸을 가누지 못한 채 그만 자리에 쓰러지고 말았다.

도선국사는 안타깝게도 그날로 자리에서 일어나지 못하고 이십 일 동안 병석에 누워서 영영 깨어나지 못한 채 숨을 거두고 말았다. 웅장한 태산처럼 믿고 의지하려 했던 도선국사가 갑자기 세상을 뜨자, 태조 왕건의 슬픔은 부모를 잃은 자식의 심정보다 더 쓰리고 아팠다. 태조 왕건은 도선국사의 죽음을 슬퍼하며 송악산 중턱에 음택(묏자리를 말함)을 마련한 뒤 한 달 동안의 국상을 선포했다.

"과인은 참으로 마음이 참담하옵니다. 도선국사가 살아 있는 동안 비록 궁 안에 자리를 마련하여 모시지는 못하였지만, 도선국사로부터 받은 은혜를 마음속으로 간직하고 의지하는 마음이 컸었는데 국사께서 졸지에 세상을 뜨시니 의지할 데가 없어졌습니다. 청컨대, 과인을 위해 어르신께서 국사의 자리를 맡아 주시기 바랍니다."

도선국사의 국상이 끝나자 태조 왕건은 최치원을 불러 이같이 청을 했다.

"대왕마마, 과분하신 말씀이옵니다. 늙은 저를 국사로 세운다는 것은 미상불 고맙고 황공한 일이오나 저에게는 앞으로 평화적인 삼한통일을 위하여 특별히 할 일이 몇 가지 더 남아 있습니다. 지금 서라벌은 천 년 사직이 바람 앞에 놓인 촛불처럼 한없이 위태롭습니다. 이런 때에 유교를 중시하며 풍류도를 만든 늙은 제가 대왕마마 편에 서서 관직을 얻는다는 것은 남들 보기에 좋지 않습니다. 꼭 제가 신라의 신하라서 불사이군을 하겠다는 그런 뜻이 아니고, 삼한이 통일되기도 전에 제가 대왕마마의 왕사가 되어 개경에 머무는 일 자체가 어렵고 삼한 통일을 위해서 남이 모르게 은밀히 할 일이 많습니다. 또한, 제 가솔들이 해인사에 있는데 이곳으로 데려오기도 그렇고, 서라벌에 남아 있는 신라의 마지막 임금을 내버려 두고 제가 떠난다는 일 자체가 불충스러워 보입니다. 앞으로 당분간은 제가 서라벌에 머물며 경순왕에게 평화통일의 길을 선택하도록 적극 도와 드리겠으니, 대왕마마께서 서라벌을 방문하시어 진무해 주시는 것이 좋을 듯하옵니다. 몇 년 전에 후백제의 견훤이 서라벌에 들이닥쳐 마치 호랑이가 토끼를 어르듯 힘이 없는 서라벌의 경애왕을 자진케 하여 서라벌 사람들을 모두 떨게 하였습니다. 이번에는 대왕마마께서 서라벌에 내방하시어 경순왕을 격려해 주십시오. 서라벌 사람들의 마음을 풀어 주십시오. 그러면 서라벌과 고려는 자연스럽게 하나가 될 것이고, 머지않아 후백제도 품을 수 있게 될 것입니다."

최치원은 가만히 눈을 감으며 조용히 아뢰었다.

"어르신의 뜻을 잘 알겠습니다. 그럼 과인이 서라벌로 방알訪謁 (찾아가 임금을 만남)하겠습니다. 과인의 뜻을 어르신께서 서라벌 경순왕에게 전해 주시기 바랍니다."

최치원의 이야기를 조심스럽게 경청한 후 왕건은 눈을 지그시 감고 고개를 끄덕였다. 왕건은 최언위에게 일러 서라벌을 방문하여 진무하겠다는 뜻을 받아 적게 하고, 그 문서에 고려 왕건의 국새를 찍었다. 또한 최치원에게는 따로 신표를 주었다.

서라벌로 향한 최치원은 곧바로 월성에 들어가 경순왕을 알현했다.

"대왕마마, 고려의 왕건왕이 신라왕은 물론 백성들까지 편안히 살 수 있도록 하겠다고 다짐하였습니다. 이는 역사적인 사실로 기록하여 고려의 후대 왕들에까지 이어질 것이옵니다. 허나, 한 가지 걱정이 있사옵니다. 주위 군신들이 그들의 이익을 위해 훗날 마의태자가 역적모의를 하도록 부추길 수 있사오니, 대왕마마께서 이러한 변고가 발생하지 않도록 잘 살펴 주옵소서. 소신 역시 마의태자를 만나 고려 왕건왕에게 신의를 지켜줄 것을 당부하겠나이다. 그래야만 신라 백성과 왕족들이 편안하게 잘 살 수 있음을 약속받았노라 설명하겠나이다. 또한 마의태자에게 신라 부흥에 미련을 갖지 말고 금강산 유점사에 머물면서 수행을 통해 대왕마마를 돕도록 하라고 당부하겠나이다."

신라의 마지막 왕인 경순왕은 최치원의 세심한 배려에 탄복하며 뜨거운 눈물을 연거푸 쏟아냈다. 또한 한때나마 신라의 충직한 신하였던 자신이 이제는 아무것도 할 수 없는 처지라는 것을 인정하며 최치원 역시 차마 고개를 들지 못하고 엎드린 채 오열을 토해냈다. 궁을 나온 최치원은 흐르는 눈물을 애써 참으며 고개를 들어 빈 하늘을 바라보았다. 구름 한 점 없이 청명한 하늘에서 새롭게 빛나는 햇살이 찬란하게 부서지고 있었다.

며칠 후, 서라벌의 모든 백성이 거리로 나와 청소를 했다. 황남대로와 주작대로에는 물까지 뿌려지고 거리의 모든 나무에는 꽃과 등불을 걸었다. 뿐만 아니라 월성의 모든 문에는 커다란 휘장이 내걸렸다.

'고려 태조대왕의 월성방문을 환영하옵니다.'

'신라와 고려는 영원한 우방, 하나의 나라가 되기를 소망합니다.'

'고려 태조대왕의 만수무강을 신라의 신민이 하나가 되어 기원하옵나이다.'

황남대로와 주작대로 곳곳에는 젊은이들이 모여들어 고려에서 유행하는 가요를 즐기기 시작했다. 그러면서 제각각 흩어져 개경에서 유행하는 춤을 추었다. 또 개경의 젊은이들이 입는 옷을 입기 시작했고, 저잣거리에서는 개경 사람들이 즐겨 먹는다는 후당의 빵을 팔고 있었다.

사람들은 뭐든지 개경에서 만든 것이라며 들고 다니고, 그림을 그리는 화공들은 성벽에다가 태조 왕건의 거대한 초상화를 그려서 걸어 놓았다.

"태조 왕건 대왕마마가 그렇게 잘 생겼대. 키도 크고, 가슴도 바다같이 넓고, 얼굴도 붉고, 목소리가 파도 소리처럼 요란하대."

"거리 행진을 하실까? 행진을 하시면 꼭 봐야지."

"우리 같은 평민은 거들떠도 안 보시겠지? 왕건 대왕마마가 여자를 퍽 좋아하신다던데……."

"누가 알아? 꿈만 잘 꾸면 왕의 눈에 띨 수도 있지. 소문에 듣자하니, 그분이 왕후와 부인을 삼십 명 이상은 꼭 두겠다고 호언장담하셨대. 고려에서 열 명, 우리 서라벌에서 열 명, 후백제에서 열명."

"어머, 그게 정말이야? 그렇다면 우리에게도 희망이 있네?"

젊은 여인들은 서너 명만 모여도 온통 태조 왕건에 대한 얘기뿐이었다. 그의 훤칠한 외모와 사내다운 기상을 상상하며 수군거렸다. 월성에서도 잔치 준비가 요란했다.

왕궁의 모든 집기를 꺼내서 깨끗이 닦고 놋그릇과 유리그릇을 특별히 정성들여 닦았다. 또 왕궁의 구석구석을 깨끗이 청소하고, 등마다 기름을 새로 담고, 그림 위에 묻어 있는 먼지도 말끔히 털어냈다. 특히 연회 장소로 활용할 월지月池(지금의 안압지)는 특별히 가꾸고 월지 안에 있는 임해전臨海殿은 대대적인 보수 공사를 진행했다. 싱그러운 봄바람을 타고 감꽃의 향기가 서라벌을 포근히 감싸 안았다. 월지에서 아지랑이가 피어오르고 남산에는 향긋한 꽃들이 만발했다.

이윽고 고려 태조 왕건이 군사 만 명을 거느리고 서라벌에 당도했다. 보병과 기병으로 구성된 정예군 만 명이 서라벌 외곽을 물샐틈없이 포위하고, 수비대장 박술희 대장군이 대왕을 호위하고 월성으로 들어왔다. 대왕의 행렬이 월성으로 들어오자 신라의 취타대가 연주를 시작하고 무희 오백 명이 흥겨운 춤사위를 벌였다.

태조 왕건은 훤칠한 키와 늠름한 체격으로 좌중을 압도하며 경순왕이 근무하는 곳으로 들어섰다. 경순왕은 뜰아래로 내려가 부복하여 대왕을 맞이했다. 그 뒤를 따라 태조가 오래전부터 사랑해 왔던 신혜왕후 유씨, 장화왕후 오씨, 신명왕후 유씨 등이 가마를 타고 들어섰다. 모두 뛰어난 미모를 자랑하고 있었다.

신혜왕후 유씨는 왕건이 궁예 밑에서 장군으로 있을 때 궁예의 중매로 만난 사이였는데, 금슬이 유독 좋기로 소문이 나 있었다. 견훤과 사이가 좋을 때 견훤이 두 나라의 우의를 돈독히 다지기 위하여 절세미인 나주 출신 오씨를 천거했는데 훗날 장화왕후로 봉해진 후 왕건의 사랑을 듬뿍 받고 있었다. 원래는 서라벌의 귀족 출신 신명왕후 유씨 역시 충주 출신으로 왕건의 눈에 띄어 왕후가 되어 왕건의 총애를 한 몸에 받고 있었다.

경순왕은 자신의 옥좌를 왕건에게 양보하고 옆으로 비켜 앉았다. 그러나 왕건은 사양하며 뒤로 물러섰지만 경순왕이 간곡히 청하자 하는 수없이 옥좌에 앉았다.

"대왕마마, 전에 우리 서라벌에 와 보신 일이 있으신지요?"

"아닙니다. 저는 서라벌에 와 본 일이 없습니다. 저는 송악에서 태어나 송악에서 자랐고, 궁예 장군을 만난 후부터는 전쟁터에서 자고 전쟁터에서 일어나 온종일 싸우는 일로 세월을 보냈습니다. 이제 우리가 싸움을 그치고 우리의 삼한에 평화가 오도록 노력해 나가야지요."

"대왕마마, 백 번 옳으신 말씀이옵니다. 지난번 후백제의 견훤 왕이 왔을 때에는 정말 우리 서라벌에 찬서리가 내린 줄 알았습니다. 어찌나 무섭고 떨리던지요. 저는 그때 십 년은 감수했습니다."

"뭐 그래도, 그때 견훤왕 덕분에 경순대왕이 옥좌를 차지하신 것 아닙니까? 견훤왕이 경순대왕께는 은인이 아니신가요?"

태조 왕건이 경순왕을 물끄러미 바라보며 껄껄 웃었다.

"그 일은 말씀드리기가 매우 부끄럽사옵니다. 아무쪼록 앞으로 우리 삼한에서는 서로 죽고 죽이는 일만은 없어야겠습니다."

경순왕이 얼굴을 붉히며 말했다.

"그런 일이라면 염려를 놓으십시오. 후백제의 견훤왕이 싸움을 시작하지 않는 한 우리 고려는 군사를 일으키지 않을 것입니다. 특히 신라와는 영원한 화친을 맺고자 과인이 바쁨을 무릅쓰고 이렇게 찾아왔습니다. 참, 최치원 어르신 어디에 계십니까?"

태조 왕건이 편안한 얼굴로 경순왕을 위로하며 급히 최치원을 찾았다.

"아! 최치원 어르신 말입니까? 저 별실에 계실 것입니다. 여봐라! 최치원 어르신을 모셔 오거라."

경순왕이 화들짝 놀라며 내관에게 일러 최치원을 황급히 부르도록 했다. 얼마 후, 최치원이 어전으로 들어섰다. 하얀 도포를 두르고 그 위에 또 하얀 모자를 눌러 쓴 사이로 백발이 휘날리고 있었다. 마치 세상을 유유히 나는 신선의 차림이었다.

"어르신, 서라벌에만 계시지 말고 우리 개경으로 오십시오. 제가 이미 저의 왕사로 모시기 위해 삼고초려를 하지 않았습니까?"

왕건이 옥좌에서 일어서며 반갑게 맞이했다.

"저는 이제 속세를 벗어났습니다. 이렇게 궁에 들어오면 이상하게도 낯이 설고 모든 것이 어려워 보입니다. 백성에게 풍류도를 가르치고 틈틈이 절에 있을 때 마음이 제일 편하고, 절밥을 먹을 때 속이 제일 편합니다."

최치원이 허리를 깊이 구부려 군신 예를 공손히 갖추었다.

"어르신, 그럼 오늘 모처럼 큰 잔치를 벌이려고 하는데, 잡수시는 것이 마땅찮으시면 어떻게 해야 합니까?"

경순왕이 나서 최치원에게 예를 갖추며 물었다.

"이 늙은이에게는 신경 쓰시지 마십시오. 오늘의 주빈은 멀리서 오신 태조 왕건 대왕마마가 아니십니까?"

최치원이 자리에 앉으며 겸손하게 말을 전했다.

"그렇긴 합니다만."

경순왕이 겸연쩍어하며 슬며시 뒤로 물러섰다.

"과인은 오늘 서라벌의 궁중 잔치를 제대로 구경해 보고자 합니다. 우리 고려는 이제 갓 출발한 신생 국가입니다. 그리고 개경은 이제 막 문을 연 신생 도읍지이구요. 그래서 모든 것이 어설픕니다. 천 년의 사직이 있고 천 년의 관록을 자랑하는 이 왕도 서라벌에서 천 년을 면면이 이어 온 왕실의 잔치를 감상해 보고자 합니다."

태조 왕건은 흐뭇한 미소를 지으며 고개를 끄덕였다.

"오늘 대왕마마를 모시기 위하여 저희 서라벌 왕실에서 누대에 걸쳐 왕실 연회장으로 사용해 왔던 임해전을 수리했사옵니다. 이제 곧 대왕마마를 그리 모시겠나이다. 임해전은 월지 안에 있는 가장 아름다운 연회장입니다. 혹, 그곳에서 마음에 드시는 우리 서라벌의 미인이 있다면 대왕마마께서 기꺼이 거두어 주시옵소서."

경순왕의 말에 태조 왕건은 호탕하게 웃으며 만족스러워했다.

"제가 정말 대왕으로부터 서라벌의 미인들을 빼앗아 가도 섭섭지 않으시겠습니까? 저는 여인들을 특별히 좋아합니다. 아, 여인은 말하는 꽃이라고 하지 않았습니까?"

태조 왕건은 고개를 뒤로 한껏 젖히고는 목청이 다 보이도록 크게 웃었다.

"아, 좋다마다요. 이제 고려와 우리 신라는 형제국이 되었는데 무엇이 아깝고 무엇이 서운하겠습니까? 대왕마마께서 취하실 것이 있다면 무엇이든지 취하십시오. 고려 왕국과 화친하는 의미에서 제가 제일 아끼는 종제從弟(동생) 유렴裕廉을 질임(인질)으로 개경에 보내도록 하겠습니다."

경순왕의 말이 끝나자 한쪽 구석에 서 있던 유렴이 앞으로 나와 태조 왕건에게 예를 올렸다.

"그렇게 아끼시는 종제를 우리 개경에 보내 주신다니, 과인이 잘 보살피겠습니다. 참으로 미인이구려. 그러나 사실은 제가 정말로 모셔 갔으면 하는 분은 따로 있습니다."

유렴의 인사를 받은 태조 왕건은 유난히 하얗고 부드러운 피부를 지닌 그녀에게서 눈을 떼지 못한 채 웃었다.

"그게 누구이옵니까?"

경순왕이 긴장하며 물었다. 그러자 태조 왕건은 옅은 미소를 지으며 최치원을 바라보았다.

"저 어르신입니다. 저는 최치원 어르신을 개경으로 모시고 가 우리 고려의 왕사로 삼고자 합니다. 그러나 저렇게 한사코 사양을 하시니……."

태조 왕건이 씁쓸히 웃으며 경순왕을 바라보았다.

"어르신, 태조대왕께서 저토록 간곡하게 청하시는데 이제 그만 마음을 정하시지요."

경순왕이 최치원에게 다가가 간곡히 청을 했다.

"황공하옵니다. 이렇게 나이 든 늙은이에게 곡진하게 대해 주시니요. 제 소원은 단 한 가지입니다. 우리 신라와 신생 고려가 평화롭게 하나가 되는 것은 풍류도에서 말한 통합과 융합입니다. 그리고 서로 의지하며 새로운 나라를 세워야 할 것입니다. 후백제는 결코 오래가지 못합니다. 하늘의 뜻은 이미 정해져 있습니다. 제가 이미 개경에서 태조대왕께 말씀드린 바와 같이 과거를 실시하여 왕족 이외의 인재를 널리 구하고, 그 인재들이 왕실을 튼튼히 보필하면 새 왕조의 사직은 그야말로 날개를 단 듯 거침없이 뻗어 나갈 것입니다. 또한 왕족 이외의 계급을 없애고, 지방 호족과 장군들을 발호하지 못 하도록 막고, 세금을 공평하게 분배하며, 농민들과 평민들을 보호해 주면 고려의 앞날은 무한정 밝아질 것입니다. 또 새로운 왕도가 될 개경에는 당의 장안과 같은 자유로움을 담아야 할 것입니다. 불교를 숭상하되 유교의 도를 열어 주시고, 또한 노자의 도덕경 깊은 뜻도 새겨 주셔야 할 것입니다. 뿐만 아니라 장안에 대진사가 있듯이 경교까지도 품어 주시고, 또 당의 장안에 회족들의 회회교 사원이 세워져 있듯이 모든 도의 길을 막지 않으신다면 더 큰 융성이 있을 것입니다."

이미 왕사가 되기를 거부한 치원은 태조 왕건에게 올바른 길을 알려 주며 새로운 왕조의 번영을 기원하고 있었다.

"왕사의 뜻을 온전하게 받아들이겠습니다. 또 왕사께서 개경에 가시지 않는다 하더라도, 제가 여쭙고 싶은 내용이 있을 때에는 언제든지 해인사로 최언위를 비롯하여 적재적소의 사람을 보낼 것입니다. 왕사가 이미 추천해주신 인재가 제 곁에는 해인사 주지 스님이었던 희랑 복전이 계시고, 또 어르신의 종제인 최언위가 제 종사관으로 있지 않습니까?"

태조 왕건이 고개를 크게 끄덕이며 무척 만족스러워하면서 태산보다 높은 학문과 사상을 백성에게 널리 가르쳐줄 것을 간청했다.

"대왕마마, 피곤하실 터인데 어서 연회를 즐기십시오. 이 사람은 물러가 있다가 부르심이 있으면 언제든지 나가겠습니다."

최치원은 허리를 굽혀 태조 왕건에게 공손한 예를 올리고는 백발을 휘날리며 신선처럼 가벼운 발걸음으로 날아가듯 어전을 나갔다. 임해전의 궁중 연회는 그로부터 칠 일 동안 이어졌다. 젊고 쾌활한 태조 왕건은 마음껏 마시고 즐기며 잠시나마 시름을 잊었다. 그리고 경순왕의 사촌 여동생이며 신라 최고의 미인이었던 신성 공주를 왕후로 삼았다.

그리고 서라벌 출신 평씨를 헌목 대부인으로 삼아 왕비로 봉하고, 명주(지금의 강릉) 출신인 신라 미인 왕씨를 정목 부인으로 삼아 곁에 두었다. 그 외에도 왕건은 서라벌 출신 임씨, 합주(지금의 합천) 출신 이씨, 의성 출신 홍씨, 해평(지금의 선산) 출신 선씨 등을 후비로 삼아 개경으로 돌아갔다. 이때 질임이 된 경순왕의 아우 유렴도 가족들과 함께 개경으로 향했다.

평화통일의 비밀

　　매서운 겨울바람도 천지간이 가장 고요해지는 새벽 3시쯤에는 그 기세가 꺾여 조용하듯, 고려와 후백제의 치열한 전투도 서서히 그 끝을 향해 나아가고 있었다.

　　그동안 후백제에는 인륜을 저버리는 일들이 일어나 세상을 놀라게 했다. 견훤의 아들들이 제 아버지와 어머니를 금산사에 감금시켰는가 하면, 형제간에 서로 왕위를 차지하기 위해 신하들을 은밀하게 끌어들이며 갈등을 조장하고, 그 과정에서 형이 먼저 동생을 죽이고 왕위에 올라 백성들을 제멋대로 부리며 전쟁을 일삼았던 것이다.

　　그러다 보니 백성들은 전쟁터에 나가서도 눈치를 보며 아까운 목숨을 지키려 애를 쓸 뿐 제대로 된 힘을 발휘하지 않았다. 최치원은 왕거인을 통해 이 모든 정황을 들으며 온몸을 부르르 떨었다.

　　'후삼국 평화통일설계를 위하여 이제 내가 적극적으로 나설 때

가 되었구나.'

최치원은 그동안 분석한 주변 정세에 관한 자료를 근거로 하여 평화이국서를 쓰기로 마음먹었다. 당나라 황소의 난 때 격황소서를 쓸 때보다 더 간절한 심정으로 후삼국의 왕들을 설득시킬 명문의 글을 쓰기로 한 것이다. 자주적 평화통일은 천명임을 밝혀 성공적으로 실천할 수 있는 방안으로 각 나라 왕들에게 보낼 밀서도 함께 작성했다.

후삼국이 평화통일을 하게 된다면, 전쟁에 백성들을 동원시키지 않아도 되므로, 백성들은 제자리로 돌아가 농사일과 다른 일에 전념할 수 있어 가족이 평안하고 행복한 생활을 이어갈 수 있습니다.

선비들은 글 읽는 일에 몰두하고 농부는 농사일에 전념을 하고 물건 만드는 사람들은 풀무질이나 대장간 일에 몰두하고 장사하는 사람들은 저잣거리에서 장사하는 일에 매달리면 사士, 농農, 공工, 상商이 두루 편안해질 것입니다. 사농공상이 편안해져야 나라의 모습이 온전해 지는 것입니다. 일찍이 농부가 격양가擊壤歌를 부르며 태평성대를 마음껏 누렸다는 요순시대도 그 평화의 요체는 사농공상의 제자리찾기에 있는 것입니다. 그리하여 백성들 스스로 애국애민을 실천하여 이국이민을 이룰 수 있게 됩니다.

오래전 당나라의 소금장수였던 황소도 백성들이 기근에 허덕이는 것을 해결하고자 정의에 불타는 마음으로 난을 일으킨 적이 있습니다. 처음에는 많은 백성이 그의 뜻에 동조하여 농부들은 농기구를 들고 따라 나섰고 대장장이들은 대장간에 있던 창과 칼을 들고 의거에 가담하였습니다. 그러나 황소는 결국 초발심을 잊어버리고 황궁까지 범하며 황궁의 모든 보물을 차지하고 황제가 거느리던 비빈을 자신의 처첩으로 취하고 황제라 자처했습니다.

백성들은 탐관오리들의 학정과 부정부패가 사라지고 새로운 정의가 실현되어 세상이 바르게 될 것으로 믿었으나 옛날 황제 자리에 황소가 들어 앉아 통치할 뿐이지 옛날 황제 시절과 변한 것이 없고 폭정이 더욱 심해져 황소 본연의 정체가 드러나 대의명분 없는 정치가로서 결코 백성들의 마음을 얻을 수가 없는 것이 되었습니다. 황소도 결국은 자기 자신의 부귀영화를 누리기 위해서 백성들을 이용했을 뿐입니다.

그래서 '덕의 정치'가 아님을 꼬집어 정의를 실현하고자 '격황소서'라는 격문을 써서 황소에게 보낸 바 있었습니다. 그러자 황소는 황궁에서 잠시 물러나는가 싶더니 전열을 다시 갖추고 계속 싸움을 청했습니다.

그러나 결국 민심을 얻지 못한 탓으로 강호에서 무예가 뛰어나기로 소문난 소금장수 부하부장 무성도사와 보리

보살에 의해 처참히 살해되었습니다. 그 후로 백성들은 전란에서 벗어나 차츰 생활의 안정을 되찾으며 가족과 함께 행복한 나날을 이어갔습니다.

전쟁은 결국 백성들의 목숨을 보장하지 못합니다. 그렇기에 백성들의 마음 또한 얻을 수 없는 것입니다. 백성들이 존재해야 나라가 존재하는 것입니다. 그 어떤 싸움이나 혁명 및 봉기도 결국은 기본과 원칙이 지켜지는 정의에 그 기반을 두어야하는 것입니다.

사심이 없어야 합니다. 그래야 위국위민爲國爲民의 대의명분이 분명하게 살아나고 그 위국위민爲國爲民의 초발심이 국가와 백성을 이롭게 하는 이국이민利國利民의 경지에까지 이르게 되는 것입니다.

이 삼한으로 말하자면, 북쪽의 백산(지금의 백두산) 자락의 두만강과 압록강의 표면 지기는 평양과 요동으로 끝없이 펼쳐지며, 송악산 자락의 개경은 오백 년 왕궁으로 굳건하며, 가야산을 주산으로 하는 금오산 자락은 낙동강이 천 년 동안 유유히 흐르고, 봉래산(지금의 금강산)과 속리산에서 중원으로 뻗어 내려온 자락이 만나게 되는 북한강 지역은 일천 년간 지속될 것입니다. 그리고 속리산에서 서쪽으로 뻗어 내린 자락의 금강 지역의 왕궁도 오백 년간 그 위세를 떨치고 있습니다.

특히 신라는 금오산과 낙동강의 기운이 범상하지 않아 원효대사와 의상대사가 국태민안을 위하여 기도한 곳으로 유명합니다. 또한 신라에는 진골 출신인 김춘추가 있어 일찍이 나라와 나라를 따지지 아니하고 당나라와 교류하며 신의로써 서로 소통했습니다.

그로 인해 당나라의 도움을 받아 신라에 통합된 가야국의 후손으로 무예가 뛰어나고 지덕을 갖춘 김유신 장군이 백제를 멸망시키고, 또 몇 해가 지난 후 고구려까지 멸망시킨 일이 있습니다.

그러나 그리도 위세가 당당하던 금오산의 기운이 일천 년이 지나며 신라의 국운도 서서히 기울어지기 시작했습니다. 진성여왕 재위 시절에는 어떤 현인이 나타나서 나라를 부흥시킬 수 있는 시무십조라는 개혁안을 건의한 바 있습니다.

이에 대하여 진성여왕은 수용하여 시행하려고 하였으나 진골 세력이 기득권을 포기하지 않으려는 심사로 그 시행을 반대하고 나섰습니다. 그러면서 백성들의 삶은 더욱 궁핍해지고, 그에 따라 민심은 점점 멀어져만 갔습니다.

이제 이 삼한 땅에는 신흥국인 고려와 후백제가 새로운 기운을 받아 웅장한 날갯짓을 하고 있습니다. 저마다 정의를 앞세워 백성을 이롭게 하겠다고 하나, 백성들의 민심은 양쪽으로 나뉘어 고려와 후백제를 따르게 되었습니다. 신라 백성이 애국애민하려는 충성심을 짓밟아 버린 신라

조정은 더 이상 유지할 수 없습니다. 백성들이 신라를 버리는 것도 모자라 견훤왕이 경애왕을 죽이고 경순왕을 지명하면서 견훤왕은 섭정의 빌미를 마련해 놓기도 했습니다.

견훤왕도 일찍이 자신의 아버지인 아자개와 의견이 충돌하면서 새로운 나라를 세웠고, 이후에는 아들 간의 권력 다툼으로 금산사에 유폐되어 감금된 사실이 있습니다. 부모 없이 아들이 태어날 수 없고, 아들 없이 부모가 될 수 없는 것이 세상을 살아가는 이치라고 합니다.

부모와 자식 간에는 천륜이 존재하는데, 가족들 간의 충효를 저버린 후백제 백성들은 왕실에서 가족간의 싸움질 하는 모습을 도저히 용납할 수 없었던 것입니다. 그리하여 천심이 후백제라는 나라를 버린 것입니다.

태봉이라는 나라는 또 어떻습니까? 궁예는 부처를 자처하며 관심법에 의한 폭정과 공포 정치를 일삼고, 무고한 부하 장수와 백성들을 아무런 이유 없이 죽였습니다. 이를 지켜본 조정 대신들과 백성들은 궁예를 폐위시키고, 성정이 어진 왕건 장군을 새로운 왕으로 추대하였습니다. 왕건왕은 전쟁터마다 용맹을 과시하여 승리로 이끌었으며, 또 백성들의 안녕을 가장 중요시하여 백성들을 가족 같이 사랑하였습니다. 그러면서 백성들이 가족과 함께 일상생활에 전념하도록 덕의 정치를 몸소 실천해 왔습니다.

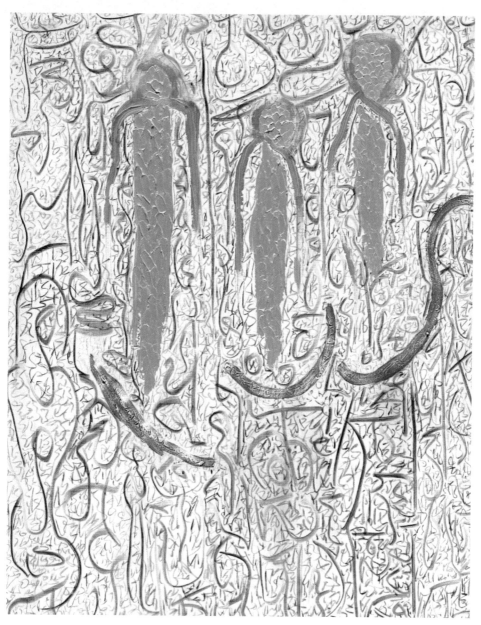

최치원이 인간의 생명은 자연에서 왔다가 자연으로 되돌아간다는 신선세계,
즉 환생을 회화하여 작품화하였음.

특히 왕건왕은 능력 있는 인재를 알아보는 지혜의 눈을 갖고 있습니다.

고구려 민족 후손으로서 당나라의 소림사에서 무예를 전수하고 강호에서 황소를 죽인 무성대사가 직접 면담을 요청하여 부하 장수로서 보필하겠다는 뜻을 밝히자, 이미 소문을 들어 알고 있던 터라 흔쾌히 허락하고 그를 최고 호위무사(지금의 경호실장)로 임명했습니다. 이는 태어난 나라와 관계 없이 인재를 등용한 것입니다.

이뿐만 아닙니다. 왕건왕은 직접 현자를 찾아가서 국사로 모실 인재를 추천해 줄 것을 간곡히 요청하기도 했습니다. 그리하여 현자는 자신을 대신할 수 있는 최언위라는 인재를 국사로 추천하였습니다.

도선국사는 일찍이 왕건왕의 스승이 되어 학문과 무예를 가르치며 왕재로 키웠습니다. 송악산의 지기가 새로운 왕궁의 터로 용솟음치고 있는 개경에 궁궐을 짓게 하였고, 반드시 덕으로 백성들을 다스려야 한다고 왕건왕에게 당부를 했던 것입니다. 이처럼 왕건왕은 일찍이 도선국사와 소통하면서 새로운 나라의 기틀을 마련한 준비된 왕이 되신 것입니다.

왕건왕은 현자를 찾아와 오고초려를 하며 국사의 자리를 맡아 줄 것을 간청했습니다. 그러나 현자는 국사로 갈 수 없는 이유를 들며 정중히 사양하였습니다. 그러면서 신라

에서 받아들이지 아니한 시무십조 개혁안을 보완한 훈요
십조를 왕건왕에게 직접 전하였습니다.

이를 새로운 나라의 통치 덕목으로 삼고, 후대 왕들도 이를
반드시 지켜야 왕실이 번창할 수 있음을 당부하였습니다.
후대 왕들이 이를 지키지 아니하면 신라와 같이 민심이 나
라를 떠나 쇠망할 수 있음을 전하기도 하였습니다.

고려는 덕으로 백성을 다스림으로써 삼한 백성들의 마음
이 모두 고려로 돌아섰고, 이제 송악산의 지기를 비롯한 모
든 천심이 고려로 향하고 있습니다. 고려는 훈요십조를 실
천하며, 그 덕목으로 '풍류도심일 천인본심일 애국애민여
이국이민시 처정관동행 심소심락법 실득인백언 지기천지
필 대덕생심용 천복공수일'를 공표하여 백성들의 안정을
도모하고 있습니다.

후삼국의 평화통일은 외세의 간섭 없이 고려를 중심으로
하여 자주적이고도 평화적으로 이루어져야 할 것입니다.
고려의 왕건왕은 신라왕과 후백제왕은 물론 그 나라의 신
하와 백성들에게도 고려의 실정에 맞는 예우를 확실히 보
장해 주겠다는 약속을 한 바 있습니다. 그러니 삼한은 이
제 고려라는 새로운 나라로 평화통일을 이루어 자손만대
까지 이어지는 부귀영화를 누려야 할 것입니다.

최치원은 평화통일에 대한 당위성에 대해 세세한 부분도 놓치

지 않고 모두 적었다.

그리고 똑같은 내용의 '평화이국서' 3부를 만들어 밀봉하고 봉투위에 평화이국서平和利國書라고 했다. 이 문서를 신라 경순왕의 특사인 마의태자와 대아찬, 고려 왕건왕의 특사인 무성도사와 최언위 국사, 후백제 견훤왕의 특사인 보리 황후와 최승우 국사에게 은밀히 전달했다.

후백제를 바치다

　　견훤 대왕은 최승우로부터 밀봉된 평화이국서를 받아본 후 왕
자들 중에서 후계자 왕위 계승문제를 보리 황후, 최승우와 은밀히
논의하였다. 신검神劍 태자는 왕위 계승자가 금강 왕자가 될 것이
라는 소문을 은밀히 전해 듣고 동복동생 일곱 명을 모이게 했다.
왕자 회의에 빠진 인물은 사남 금강金剛뿐이었다. 금강은 후궁 고
비녀가 낳은 이복동생이라 이미 신검의 눈 밖에 나 있었다.

　　"아니! 아바마마께서 노망이 드셨나! 도대체 이게 무슨 일이
야?"

　　신검이 눈을 부릅뜨고 탁상을 힘껏 내리쳤다.

　　"형님, 저희들이 이렇게 눈을 시퍼렇게 뜨고 살아 있는데, 아버
님이 어찌 이런 일을 벌일 수 있단 말입니까?"

　　차남 양검良劍이 나서며 신검의 말에 동조했다.

　　"이게 말이 되는 일입니까? 아무리 아바마마께서 후궁에게 빠
져 있다 하더라도 우리들이 이렇게 건재한데, 어찌 이럴 수가 있단

말입니까? 후비의 아들, 그것도 넷째인 금강으로 태자를 다시 세우겠다니요?"

삼남 용검龍劍이 분함을 참지 못하고 발로 탁상을 걷어찼다.

"우리의 큰형님이자 태자이신 신검 형님은 전투가 있을 때는 언제나 선봉에 섰고, 궁에 들어와서는 언제나 국사에 전념하고 계셨는데 왜, 아바마마께서는 풋내기 금강에게 옥좌를 물려주시려 하시는지 이해할 수가 없습니다."

오남 종우宗祐도 흥분을 감추지 못했다.

"그러게 말이다. 바로 그 점이 알 수 없다는 것 아니냐? 뭐, 원인은 후궁 고비녀가 아바마마의 총기를 흐렸다고 봐야 할 것이고, 금강 그놈이 아바마마 앞에서 똑똑한 체를 했기 때문일 거야. 금강 그놈은 아직 전투에도 참가해 보지 못한 풋내기가 아니냐? 후방에서 군수 물자나 다루던 주제에 무슨 황태자야?"

차남 용검이 온몸을 부르르 떨었다.

"절대 말이 안 되는 얘기입니다! 우리 후백제는 그동안 신라를 완전히 재기 불능으로 만들었고, 또한 왕건의 군대와도 용감히 싸워서 이제 삼국통일의 주역으로 우뚝 서야 하는 이 마당에 적통도 아닌 서자 따위에게 태자 운운하는 것은 말이 안 됩니다. 제가 다른 신료들을 설득하겠습니다. 이 문제는 더 이상 번지기 전에 싹을 잘라내야 합니다."

젊고 유능한 대신으로 늘 태자 신검을 보위하는 능환이 묘책을 꺼내 들었다. 모든 일은 아주 빠르고 정확하게 진행되었다.

태자 신검이 연회를 마련하자 차남 양검과 삼남 용검이 견훤을 연회 장소로 유인하여 만취하게 만들었다. 그러자 견훤을 후비 고비녀의 침전으로 옮겨 잠자리에 들도록 했다. 그 사이에 동복형제 여덟 아들은 고비녀의 외동아들인 금강을 납치했다. 그리고 뒷일을 염려하여 신속하게 처단하기에 이르렀다.

다음 날, 고비녀의 침전에서 눈을 뜬 견훤은 눈앞에 펼쳐진 광경을 보고 입을 다물지 못했다. 자신이 가장 사랑하여 태자 자리까지 물려주려고 했던 금강이 궁의 중앙 뜰에 효시되어 있는 모습을 보자 분노가 치밀어 오르고 말았다.

"이놈들! 너희들이 감히 아비의 말을 거역해? 이 대왕마마의 엄명을 거역한다 이거냐? 여봐라! 이놈들을 당장 잡아들여라!"

그러나 견훤의 호령은 공허한 메아리가 되어 그대로 땅바닥에 가라앉고 말았다. 단 한 명의 병사도 움직이지 않았던 것이다. 얼마 후 신검을 중심으로 일곱 명의 아들이 중무장을 하고 들어와 자리를 잡았다.

"아바마마, 이제 판단력이 흐려지셨습니다. 모든 군령과 국가 통솔의 명령을 내리셔야 하는 대왕마마께서 판단력이 흐려지셨으니, 저희들은 대왕마마의 명령을 더 이상 받을 수가 없습니다. 이제 그 거추장스러운 왕관을 벗으십시오. 그리고 흉패를 푸십시오."

내관들이 들어와 견훤의 왕관을 벗기고 흉패를 푼 후 곤룡포를 벗겼다.

"아바마마는 평소에 세상을 구원할 미륵이라고 자처하셨지요?

그 점에서는 몇 년 전에 왕건에게 쫓겨 도망가다가 백성들에게 맞아 죽은 궁예와도 아주 닮으셨습니다. 궁예도 자신을 미륵이라고 하지 않았습니까? 좋습니다. 미륵이든 아니든, 이제부터는 절에 들어가셔서 마음껏 미륵 노릇을 하십시오. 가실 곳은 평소에 왕후마마와 함께 자주 가셨던 금산사입니다. 참, 후궁이신 고비녀 마마도 함께 가셔도 좋습니다. 아드님이 희생되셨으니, 이제 가셔서 조용히 극락왕생하도록 빌어 주십시오."

옥좌에 앉은 신검은 견훤을 바라보며 조롱 섞인 웃음을 던졌다. 이렇게 해서 후백제의 서슬 퍼렇던 견훤은 왕위에서 쫓겨나 금산사에 유폐되고 말았다. 함께 유폐된 사람으로는 보리 왕후와 고비녀 그리고 그들을 수호하고 있는 최승우와 얼마 되지 않는 궁녀들이었다.

견훤은 금산사에 유폐된 지 두 달이 조금 넘어 보관하고 있던 평화이국서를 여러 차례 읽어보고 보리 황후와 최승우에게 해결방안을 강구하라고 하였다. 최승우는 해결방안을 지시받자마자 곧바로 금산사를 탈출하여 최치원을 찾아 가기로 했다.

그는 정신없이 달려오면서 최치원과 두류산에서 헤어질 때 남긴, 평화통일을 위해서는 어느 누구와도 같이 함께하겠다는 말을 회상하면서 해인사로 최치원을 찾아갔다. 최치원에게 전후사정을 얘기하고 평화이국서 내용대로 실행하기 위한 일환으로 견훤과 보리가 탈출할 수 있도록 도와 달라는 청을 간곡히 보고드렸다.

"그래, 견훤왕은 어디로 가고 싶어 하는가?"

최치원은 눈을 감은 채 조용히 입을 열었다.

"송악으로 가서 태조 왕건에게 의탁하고자 합니다."

최승우가 치원의 곁을 떠나던 지난 일을 떠올리며 면구스러워했다.

"보리도 그렇게 생각하는가?"

"그렇습니다."

잠시 후 눈을 뜬 최치원은 왕거인을 불렀다.

"너는 바로 승군 이백 명을 데리고 최승우를 따라가 잘 도와주도록 하라. 최승우를 도와 견훤왕 일행을 개경까지 안전하게 모시도록 하라. 거기에서는 도술을 할 수 있는 이가 단 두 명뿐이니라. 고령이긴 해도 보리왕후가 무술과 도술의 고수이고 여기 있는 최승우 종사관 역시 무술과 도술의 고수이며 육로로 가면 아무래도 잡히기 쉬울 테니, 나주로 나가서 배를 이용하여 신속하게 움직이거라."

최승우는 돌아가면서 최치원에게 큰절을 올렸다. 왕거인 일행은 최승우와 힘을 합쳐 견훤과 보리를 개경으로 안전하게 도피시켰다.

"아니, 천하의 견훤대왕이 아들에게 자리를 빼앗기고 이렇게 먼 곳까지 오셨군요. 좀 무리를 하셨어요. 그동안 수많은 전쟁터를 따라다니며 그렇게 전공을 세우고 애를 썼던 장자를 버렸으니 벌을 받으실 만도 하지요."

왕건이 농을 섞어 웃으며 견훤의 처절한 마음을 달래주었다.

"다 이 사람이 부덕한 소치이며 인과응보입니다. 하지만 아무리 그렇기로서니 이 아비를 왕좌에서 몰아내고 지가 왕관을 쓰고 곤룡포를 입다니요? 허허 참, 내 이놈을……. 대왕, 불효자식 신검이 이놈을 제 손으로 처치하겠습니다. 기병과 보병 오천 명씩만 마련해 주시오."

견훤이 쑥스러워하면서도 신검과 일곱 아들에 대한 분노는 삭이지 못했다.

"대왕께서 우리 고려로 귀속하셨다는 소문은 이미 들어 알고 있을 겁니다. 그쪽에서도 일전을 각오하고 만반의 준비를 하고 있을 겁니다. 함부로 서두를 일이 아닙니다. 가시려면 저도 함께 가겠습니다."

태조 왕건은 침착하게 말하며 견훤의 손을 그러쥐었다. 그때 시위대장 박술희가 헐레벌떡 들어왔다.

"대왕마마, 후백제군이 움직이고 있습니다. 북상하고 있습니다. 견훤왕께서 개경에 머무시는 것을 알고 우리 개경에까지 침범을 시도할 것 같습니다."

"박술희 장군, 적들을 급히 내몰지 말고 천천히 대응하면서 주공의 방향을 우리 개경에서 벗어나게 하시오. 가능하면 서라벌 북부 지역으로 유도해 보시오."

적이 코앞에 나타났다는 데도 왕건은 결코 침착성을 잃지 않았다. 결국 전선은 서라벌 북부 지역의 일선군(지금의 구미시 선산읍)에서 고착되었다.

왕건대왕은 주력 부대와 함께 뒤에 진을 치고 선봉장으로 견훤이 나섰다. 아침 햇살을 받으며 기병 삼천이 먼저 후백제군을 쳤고 보병 오천이 그 뒤를 따랐다. 햇볕 아래에서 후백제 시절에 입던 붉은 갑옷과 붉은 모자를 쓴 견훤이 앞으로 나서자 신검의 부하 장수들은 모두 기가 질려 후퇴를 했다. 점심때가 되자 견훤의 사위였던 박영규 장군이 보병 삼천을 이끌고 투항해 왔다.

"아니, 너는 내 사위 박영규가 아니냐?"

오랜만에 사위를 만난 견훤은 무척 반가웠다.

"대왕마마께서 박해를 받고 떠나셨는데, 어찌 사위인 제가 칼끝을 겨눌 수 있겠습니까? 저도 오늘부터 고려군에 합류하겠습니다."

박영규 장군의 보병 삼천이 그대로 방향을 바꾸어 후백제군 쪽으로 달려갔다. 그러자 애술 장군의 보병들은 싸우기도 전에 와, 하는 함성과 함께 귀순 깃발을 펼쳐 들었다. 한때 견훤의 선봉장으로 이름을 날렸던 애술 장군도 보병 오천과 함께 귀순한 것이다. 이렇게 견훤이 앞장을 서자 옛날의 부하들은 싸울 생각도 하지 않고 모두 견훤 쪽으로 귀순 의사를 밝혔다.

산 정상에 올라 전세를 살피던 신검은 몹시 난감했다. 할 수 없이 보병과 기병을 모아 황산벌까지 후퇴하고 거기서 일박을 준비했다. 그러나 바로 뒤따라 온 견훤에 의해 신검 일행은 모두 추포되고 말았다. 신검의 아우인 양검과 용검은 모두 처형되었고, 모반을 부추겼던 능환도 참수되었다. 그러나 신검은 태조 왕건이 사면령을 내려 간신히 목숨을 구할 수 있었다. 한때나마 삼한의 땅을 삼등분하고 후백제의 기상을 날렸던 견훤의 왕국은 그렇게 사라지고 말았다. 신검의 마지막 부대가 황산벌에서 완전히 무너지고 후백제 왕실의 깃발이 처참히 뜯겨져 나갔다.

그때 묵묵히 전세를 관망하던 태조 왕건이 황산벌에 들어왔다. 왕건은 병사들과 함께 유숙하기 위해 가까운 개태사開泰寺로 들어가 장막을 쳤다. 견훤도 개태사 밖에서 진을 쳤다.

"내가 젊었을 적에 이 황산벌에서 그대와 여러 번 겨뤘었지요."

왕건이 견훤에게 술잔을 건네며 지난날을 떠올렸다.

"그랬던가요? 하기야 뭐, 그때는 우리가 날고뛰는 호랑이도 때려잡을 만큼 요란했던 젊은 시절이었으니까요."

견훤이 씁쓸하게 웃으며 술잔을 기울였다.

"그때 이 황산벌에서 대왕과 내가 일전을 겨루고, 바로 저 개태사 터에서 하룻밤을 자게 됐어요. 지금 할머니가 되어 이 절의 주지가 되어 있는 저분이 그때 이 근처에서 농사를 짓고 있었지요. 꿈 해몽을 아주 잘 하더이다. 아무튼 그날 밤 잠을 자는데, 참으로 이상한 꿈을 꾸었어요. 내가 잠을 자던 집에서 불이 나는 꿈이었는데, 나는 경황 중에 뛰쳐나오면서 느닷없이 등에 서까래 셋을 지고 나왔고요, 머리에는 큰 솥을 쓰고 있더라, 이겁니다. 이튿날 아침이 되어 꿈이 하도 이상해서 밭에서 일을 하고 있던 청아스럽게 생긴 저 부인에게 물었지요. 밭에서 일하는 여인네지만 몸매에서 풍기는 모습이 예사롭지 않아 부인 곁으로 다가가서 간밤의 꿈 이야기를 자세히 해주면서 꿈 해몽을 부탁했지요. 그랬더니 그 부인은 저에게 엎드리며 이렇게 꿈 해몽을 해 주더군요. '서까래 셋을 지고 나왔다는 것은 임금 '왕王' 자를 메고 나왔다는 뜻이고, 머리에 솥을 쓴 것은 왕관을 쓴다는 뜻이니 장군은 틀림없이 대왕이 되시겠습니다.' 아무튼 그때부터 나는 승승장구했지요. 그리고 해몽대로 나는 송악의 대왕이 되었습니다. 송악의 대왕이 된 그 다음 해에 제가 이곳에 개태사를 세웠지요. 그리고 주지스님을 꿈 해몽해 준 부인으로 세워 지금까지 지내 오고 있답니다."

태조 왕건은 시원한 바람을 맞으며 잠시 눈을 감았다. 이름 모를 벌레들의 울음소리가 귓전을 흔들었다. 왕건은 그 소리가 울리는 쪽으로 귀를 기울였다. 그러면서 저마다 가슴 아픈 기억을 더듬고 있음을 깨달았다. 그때 청아했던 여승 주지스님도 세월이 지나는 동안 노파가 되어 있었다. 그 노파가 느닷없이 술안주를 내왔는데, 자세히 살펴보니 개고기였다.

"아니, 스님이 어찌 고기 안주를 내놓으십니까? 더구나 개고기를……."

왕건이 의아한 눈빛으로 주지 스님을 바라보았다.

"세상만사 모든 게 다 마음먹기에 달려 있어요. 개고기를 먹으면서도 고사리나물이려니 생각하면 고사리나물이 되고요, 도라지나물이려니 마음먹으면 도라지나물이 되는 겁니다. 그때 전쟁이 다 끝난 줄 알았는데 아직도 끝나지 않았군요. 이 개고기를 먹고 빨리 전쟁을 끝내 주세요."

주지 스님은 빙긋 웃으며 돌아섰다. 왕건과 견훤은 개고기를 안주 삼아 밤새도록 술잔을 주고받았다.

"이제 모두 송악의 푸른 솔을 바라보며 미래를 도모하고 평화의 천 년을 준비하기 위해서는 후백제의 견훤대왕도 송악의 푸른 솔 아래로 달려와야 할 것이고 금오산의 정기를 지키고 있는 신라 천 년의 사직도 그 평화로운 출구를 찾아야 할 것입니다."

왕건은 이렇게 말하며, 견훤을 향해 미소 지었다.

평화를 위한 민초들의 결단

평화이국서를 받아 본 경순왕은 이를 실행하기 위하여 조정회의를 소집하였다.

만조백관이 어전에 앉아 서로 눈짓을 하며 경순왕의 눈치를 살피고 있었다. 진골의 자리에는 대아찬, 파진찬, 잡찬, 이찬, 이벌찬의 순으로 귀족들이 자리를 하고 있었고, 육두품의 자리에는 아찬, 일길찬, 사찬, 급벌찬과 같은 관료들이 관복을 차려입은 채 앉아 있었다. 그리고 대나마, 나마, 대사와 같은 대수롭지 않은 직책의 관료들도 관복을 말끔히 입고 앉아 자리를 지키고 있었다.

"대아찬은 현재의 정세를 가감 없이 말해 보시오. 오늘은 우리 서라벌의 운명이 정해지는 날입니다. 과인은 경들이 정해주는 대로 움직일 것입니다. 신라 천 년 사직의 향방을 경들에게 묻고 싶소."

경순왕은 허탈한 눈빛으로 신료들을 바라보았다.

"지금 우리 신라의 운명은 풍전등화입니다. 고려가 굳이 쳐들어오지 않는다 하더라도 우리 신라는 자체적으로 존립하기가 어렵게 되었사옵니다. 우리 신라의 명운이 이제 다 되었습니다. 우선 국토의 경계를 보더라도 재암성載巖城(지금의 청송)의 선필善弼 장군이 최근까지 견디다가 결국 고려에 투항하였사옵니다. 또한 고창(안동부)의 북일 장군도 고려에 투항하였다 하옵니다. 강주(진주)의 규웅 장군도 고려에 투항하였고 영안, 하곡, 직명, 송생 등 삼십여 개 군현의 장수들과 동해 바닷가의 명주溟州(지금의 강릉)의 순식 장군까지도 고려에 투항하였습니다. 이제 우리의 서라벌은 그 외곽에 다섯 개의 작은 군현만 남겨 놓고 더 이상은 국토를 유지하지 못하는 지경에 이르렀습니다. 삼국통일을 이룩했던 선조들의 낯을 뵈올 수 없게 되었사옵니다."

대아찬 김밀은 신라 천 년 사직이 이토록 허망하게 빛을 잃어 가고 있다는 사실에 통분을 감추지 못하고 있었다.

"그렇다면 우리 서라벌의 재정은 앞으로 얼마나 더 견딜 수 있겠소?"

경순왕의 목소리가 떨리고 있었다.

"앞으로 일 년을 견디기 어려울 것 같습니다."

대아찬 김밀이 고개를 푹 숙였다.

"대아찬, 그렇다면 과인이 이제 어떤 결정을 해야 옳다고 생각하시오?"

"신은 드릴 말씀이 없습니다. 유구무언이옵니다."

대아찬의 유구무언이라는 말에 경순왕은 끓어오르는 슬픔을 참지 못하고 끝내 굵은 눈물방울을 쏟아냈다. 이를 본 대아찬과 다른 신료들 모두 어깨를 들썩이며 울음을 토해냈다. 영원할 줄만 알았던 신라 천 년 사직이 기울자 임금과 신하들 모두 처연한 마음이 되었다.

경순왕은 고개를 들어 숲이 우거져 있는 밖을 바라보았다. 나뭇가지에 잠시 머물며 지친 몸을 쉬어 가는 새들의 날갯짓이나, 가녀린 이파리를 살짝 흔들고 지나는 바람 소리조차 변함이 없었다. 따스한 햇살은 여지없이 고루 비추고 있었다.

"과인은 오늘 뼈를 깎는 아픔을 경들과 함께하려고 하오. 후백제 견훤왕도 고려에 이미 왕권을 이양했습니다. 우리 천 년 신라의 사직을 이제 그만 고려에 평화스럽게 넘겨야겠소. 그 방법밖에는 해결할 방도가 없는 것 같소. 경들 중에 다른 의견을 가진 사람이 있다면 서슴없이 말해 보시오."

경순왕은 살며시 눈을 감으며 겨우 입을 열었다. 그때 문이 세차게 열리며 태자 김일金鎰이 신료들을 쏘아보며 들어섰다.

"아바마마! 나라의 존망이라는 것이 천명天命에 달려 있기는 합니다만, 충신들과 힘을 모아 민심을 수습한다면 이 나라의 사직을 지키지 못할 바가 없을 것입니다. 민심을 수습하고 국력을 키워 후일을 도모한다면 이 나라의 사직은 결코 무너지지 않을 것이옵니다."

태자는 어깨를 떨며 울분을 토했다.

"그래, 태자의 말도 틀린 말이 아니고 맞다. 우리는 마땅히 후

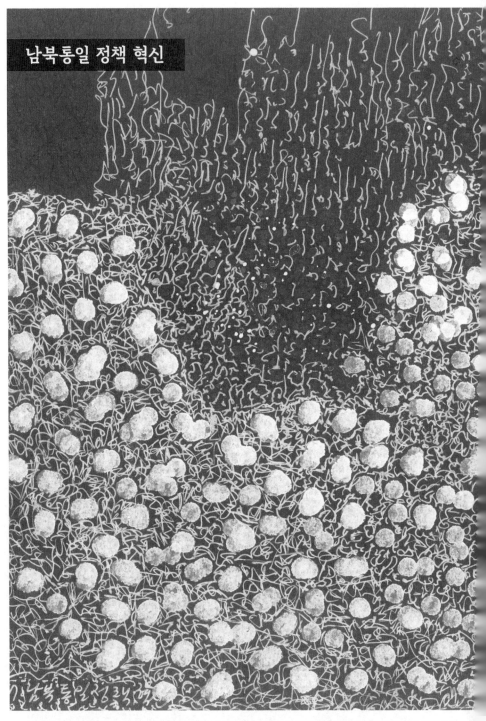

남북통일 정책 혁신

남북통일 정책 혁신의 중요성을 형상화한 이미지. 후고구려와 후백제의 여러 정황들을 오랫동안 면밀하게 관찰하던 최치원은 마침내 전쟁 없는 자주적 평화통일을 핵심으로 하는 '평화이국서'를 작성했다.

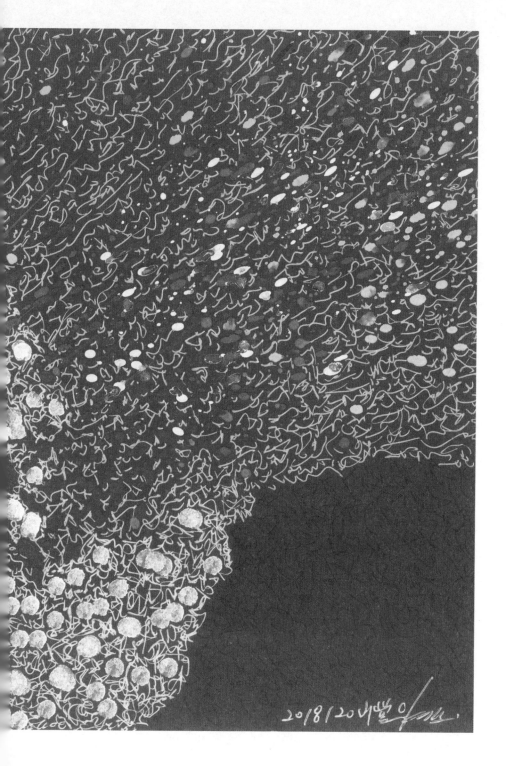

2018 / 20나라 이야기 이름.

일을 도모해야 한다. 그러나 문제는 무슨 힘으로 잃어버린 군현을 고려로부터 다시 찾을 것이며, 어떤 방법으로 고려에 투항한 장군들과 백성들을 다시 설득해서 데려올 수 있단 말인가? 태자의 안타까운 마음은 모르는 바 아니나 지금은 후일을 도모할 여력이 없구나. 그나마 지금 고려는 우리에게 호의를 가지고 있어서 우리의 의사를 존중하고 있다. 고려 태조는 얼마 전에 우리 서라벌에 와서 기분 좋게 우의를 확인하고 서로 형제국을 맺고 돌아가기까지 하였다. 그런데 우리가 다시 군대를 키워 나라를 부흥시킨다고 하면 고려가 계속 호의적으로 우리를 대해 줄 수 있겠느냐? 하루아침에 대군을 몰고 와 우리 서라벌을 쳐부순다면 불쌍한 서라벌의 우리 백성들만 희생될 것이고 월성이나 만조백관도 포로 신세가 되거나 죽음을 면치 못하게 되리라고 본다. 그리고 일천 년을 지켜온 우리 전통 문화유산도 계속 보존되기 어려울 것이야. 이래도 태자는 더 할 말이 있는가?"

경순왕은 고개를 끄덕이며 자신의 한탄스러운 마음을 자책하면서 또 한편으로는 태자의 괴로운 심정을 이해하고 다독여 주었다.

"아바마마, 어쨌든 소자는 절대 고려에 항복하지는 않을 것이옵니다."

태자 역시 별별 방책을 다해 왕건을 암살하려고 하였으나 실패하고 별다른 대책을 찾지 못해 마음만 무거울 뿐이지만, 신라의 천 년 사직이 이토록 허무하게 막을 내린다는 것에 대해서는 결코 마음속으로는 용납할 수 없었다.

"태자마마. 저희들도 고려에 항복하는 일은 죽기보다 싫은 치욕입니다. 그러나 지금은 선택의 여지가 없는 것 같습니다."

대아찬 김밀이 나서 태자를 위로했다.

"저는 서라벌에 끝까지 남아 있겠습니다."

그러면서 태자는 황급히 일어나 어전 문을 박차고 나갔다. 비틀거리며 달아나듯 밖으로 나가는 태자의 어깨가 심하게 흔들리고 있었다. 이내 밖에서는 미친 듯이 내지르는 태자의 괴성이 어전의 잠잠한 공기마저 흔들고 있었다. 경순왕은 말을 이어 나갔다.

"대아찬, 앞으로 열흘 동안 서라벌의 온 백성에게 전하시오. 고려에 들어가 살고 싶은 사람은 가솔들을 이끌고 과인을 따라 나서도록 하고, 여기에 계신 경들도 집으로 돌아가 가족과 함께 고려에 복속할 준비들을 하시오. 그리고 대아찬께서는 믿을 만한 사람을 해인사에 보내 그곳에 머물고 계시는 최치원 어르신을 이곳으로 속히 오시도록 불러주시오."

태자가 나가고 나자 경순왕은 단안을 내렸다. 그러자 어느 누구도 이에 불응하거나 선뜻 찬동하고 나서지를 못했다. 모두 고개를 떨어뜨린 채 소리 없이 눈물만 흘릴 뿐이었다.

경순왕은 고개를 들어 청명한 하늘을 바라보면서 하늘의 명령이라고 생각하였다. '모든 것을 내려놓고 나니, 마음이 이렇게 평화로울 수가……. 바람에 몸을 맡겨 지나는 새들의 날갯짓이 저리도

아름다웠단 말인가.'

경순왕은 왕의 자리라는 무거운 짐을 내려 놓는다고 결심하니 그간의 침울했던 마음을 모두 열어젖히고 맑고 푸른 자연이 주는 화사함을 온몸으로 받으며 고려로 향하고 있었다.

제일 앞에 군마 오백 필이 앞장을 서고, 그 뒤에 역대 신라의 군왕을 표시하는 사직의 깃발이 나부꼈다. 보병 오백 명이 열을 맞추고, 다시 그 뒤에는 무희 오백 명이 화려한 복장을 하고 경순왕을 따랐다. 그러나 그들 모두 끓어오르는 감정을 애써 참으며 눈물을 찍어 내고 있었다.

귀족들의 가족 천여 명도 행렬의 무리에 섞여 있었다. 그 진골들의 수레 뒤를 경순왕과 왕후가 탄 어가가 따라갔다. 어가 뒤에는 월성에서 챙긴 천 년 사직의 보물과 귀중품을 실은 마차 이백 대가 따르고 있었다. 그 보물을 실은 마차를 호위하듯 기병 오백 명이 경계를 서고, 그 뒤에 서라벌의 호족들과 육두품 가족들 천여 명이 고개를 숙인 채 걷고 있었다.

경순왕을 따라 서라벌 백성 천여 명도 뜻을 같이하고 동행하였다. 참으로 대단한 행렬이었다. 그 행렬의 길이는 삼십 리가 넘었으며 꼬박 열이틀 만에 개경에 닿을 수 있었다. 경순왕은 고개를 돌려 주위를 살폈다. 아무리 둘러보아도 누구 하나 마음을 터놓고 말을 건넬 사람이 없었다. 고려로 향하는 길에 지친 마음이라도 기대고 싶었던 최치원마저 행렬에 참여하지 않았다.

"최치원 어르신께서는 부득이한 사정으로 대왕마마와 함께 개경으로 가시지는 않겠다고 하셨습니다. 해인사에서 곧바로 개경으로 갔다고 했습니다. 개경에서 대왕마마를 뵙고 부득이한 사정을 말씀드리겠다고 하셨습니다."

얼마 전에 해인사로 향했던 내관이 돌아와 최치원의 뜻을 그대로 전했다.

'최치원 같은 국가의 대원로가 항복을 청하기 위해 줄지어 가는 무리 속에 함께 섞이고 싶지는 않았겠지.'

경순왕은 내관이 전하는 말을 들으며 서운한 감정이 앞섰지만, 이내 마음을 추스르고 최치원의 마음을 헤아렸다.

'개경에 가서 만나면 되지.'

경순왕은 고개를 끄덕이고 또 끄덕였다. 그때 송악산 남쪽 기슭에서 먼지가 뿌옇게 일며 기병들이 달려오고 있었다. 순간 호위병들이 경순왕을 에워싸며 경계 태세를 취했다. 그러나 자세히 보니 경순왕의 행렬을 호위하기 위해 마중을 나온 고려의 기병들이었다.

경순왕의 행렬은 고려 기병들의 호위를 받으며 무사히 고려 왕궁으로 들어갈 수 있었다. 경순왕은 태조 왕건 앞에 항복의 예를 갖추고 무릎을 꿇었다. 그러자 내관이 신라의 상징인 천마도를 태조 왕건에게 전했다.

"대왕마마, 이 깃발이 천 년 신라의 사직을 상징하는 천마도입니다. 천 년 사직을 받아 주십시오."

그 천마도에는 하늘로 비상하는 천마가 그려져 있고, 천마 밑에는 신라의 붉은 새들이 날고 있었다. 신라의 새들은 날개를 활짝 펴고 비상하는 천마를 쫓고 있었다.

"고맙소, 내 길이 간직하리다. 신라가 추구하던 웅혼한 삼한통일의 기상을 잘 이어가겠소이다. 하늘로 비상하는 천마와 새들처럼 우리 함께 새 고려의 하늘 위로 날아 봅시다."

신라의 천마도를 받아 든 왕건의 얼굴에는 고려 태조로서의 엄숙함과 위엄이 서려 있었다. 그러면서 신라의 천 년 사직을 싸우지 않고 평화스럽게 손 안에 넣은 것에 대해 깊은 감회에 젖어 들었다.

경순왕은 일어나며 왕관을 벗었다. 그리고 내관의 도움을 받으며 옥대를 풀고 곤룡포를 벗었다. 그리고 그것을 태조 왕건의 옥좌 밑에 가지런히 올려놓았다. 그리고 경순왕은 다시 내관에게 손짓하여 마지막 선물을 태조 왕건에게 올렸다. 번쩍번쩍 빛나는 황금 옥대에 붉은색 보석과 푸른색 보석이 신묘하게 얽혀 있었다.

"이 옥대는 어떤 것입니까?"

태조 왕건이 얼굴에 미소를 가득 지으며 경순왕을 바라보았다.

"대왕마마, 사실 이것은 우리 신라의 세 가지 보물 중에 가장 진귀한 것입니다. 예로부터 우리 신라 왕실에는 세 가지 보물이 전해져 왔습니다. 첫째가 바로 이 천사옥대天賜玉帶입니다. 진평왕께서 왕위에 오르시던 해에 한 천사가 상제의 명을 받아 하늘로부터 이 옥대를 직접 가지고 내려와 진평대왕께 하사한 것입니다. 진평대왕께서는 이 옥대를 신라의 상징으로 삼으셨고, 국가의 중요한 행사가 있을 때만 차고 나오셨습니다. 이 외에 황룡사의 장육존상丈

六尊像이 두 번째 보물이옵고, 세 번째는 황룡사 9층탑이옵니다. 장육존상과 9층탑은 모두 장대한 물건이라 가져오지 못했으나, 오늘 이 자리에서는 진평왕의 천사옥대를 바치고자 합니다."

경순왕의 목소리가 심하게 떨리고 있었다.

"여봐라, 이 옥대를 우리 고려의 국보로 삼고 영원토록 간직하여라."

신라의 보물인 천사옥대를 받은 태조 왕건은 가슴이 벅찬 나머지 두 눈을 크게 뜨며 옥대를 살피고는 내관에게 전하며 고려의 국보로 삼을 것을 명했다. 그리고 내관에게 손짓을 하여 푸른색 관복을 들고 나오도록 했다.

"오늘로서 천 년 서라벌은 경상도 중심이 되는 경주로 명명하겠소. 또한 오늘부로 경을 경주의 사심관事審官(한 지역을 관장하는 고문)으로 임명하겠소. 그리고 경의 식읍食邑(생활 터전으로 삼는 지역)은 경주로 정하겠소."

태조 왕건이 하사한 새로운 관복과 관모를 쓴 경순왕은 끓어오르는 슬픔을 참지 못하고 결국 뜨거운 눈물을 쏟아냈다. 잠시나마 신라의 마지막 왕으로서 자리를 지키던 경순왕은 자기 스스로 왕관과 어의도 벗고 고작 고려의 한 고을에 불과한 경주의 사심관으로 격하되었으니, 그의 속은 검게 타들어가고 있었다. 경순왕 뒤에 서 있던 오십여 명의 진골과 백관들 모두 이 처참한 광경을 마주하고는 분노를 삭이며 눈물을 흘렸다.

"경들과 백성들은 모두 울음을 그치시오. 오늘부터 우리는 고려의 신민이 된 것이오. 싸워 피 흘리지 않고 평화롭게 고려의 하늘 밑에서 다시 태어난 것을 자축합시다."

경순왕은 돌아서서 한때나마 자신의 신하였던 자들을 향해 단호하게 꾸짖었다.

"경주 사심관, 그렇게 긍정적으로 받아 주시니 고맙소이다. 앞으로 우리 모두 평화를 추구하며 새 고려의 하늘 밑에서 태양처럼 밝게 살아갑시다. 자, 오늘 저녁은 신라와 후백제가 고려와 함께 평화롭게 하나가 된 일을 축하하며 큰 잔치를 벌입시다."

태조 왕건이 옥좌에서 일어나 큰 소리로 말하며 밝게 웃었다. 그러자 악대가 요란한 소리를 울리며 흥겨운 음악을 연주하고 무희들이 몰려나와 가락에 맞추어 춤을 추었다. 그렇게 시작된 잔치는 열흘 동안 밤새 이어졌다. 송악산의 소나무가 울울창창한 가운데 고려가 신라와 후백제를 합병하고 삼한을 통일하는 기쁨을 온 천하에 전했던 것이다.

잔치가 다 끝난 후 최치원은 옛 사람들과 만나 회포를 풀었다.

"어르신, 제가 이 사람과 서라벌에 들어갔을 때 제일 먼저 어르신을 찾았습니다. 그랬더니 해인사에서 나오시지 않으셨더군요."

하늘을 뚫을 듯한 기상을 자랑하던 견훤도 이제 많이 늙어 만감이 서려 있었다.

"아마, 그때 나는 자오곡 계곡에 가 있었을 거요. 그때 거기서 삼한의 운수를 알아보았소."

최치원이 견훤을 바라보며 옅은 미소를 지었다.

"자오곡의 선사들이 뭐라고 말하던가요? 이 견훤이 삼한을 통일하지 못할 뿐 아니라 자신의 아들과 창과 칼을 겨눌 운세라고 말해 주던가요?"

견훤이 힘없이 웃었다.

"뭘, 그렇게까지 알 수야 있었겠소? 다만, 견훤왕은 삼한을 통일하기 어렵다는 안타까운 예언만 있었을 뿐이오."

최치원이 눈을 감으며 고개를 끄덕였다.

"우리가 좀 더 겸손한 마음을 갖고 서라벌에 들어가 복수보다는 덕을 베풀었어야 했는데 참 안타까웠소. 경애왕을 자진하게 하여 서라벌 백성들을 벌벌 떨게 했으니 그때 오라버니가 계셔서 저희들을 지도해 주셨더라면 그런 우는 범하지 않았을 텐데 말입니다."

백발이 된 보리가 씁쓸한 표정을 지으며 한숨을 내쉬었다.

"왕후마마, 다 운명이라 생각하십시오. 그 옛날 당나라에서 청춘으로 만났을 때, 오늘날 우리가 이런 모습으로 고려의 개경에서 다시 만나리라 누가 상상이나 했겠어요? 그저 두 어르신께서 함께 노후를 편안히 도모하십시오."

호몽이 보리의 손을 잡아 주며 해맑게 웃었다.

"나무관세음보살……."

보리는 손에 쥐고 있는 염주를 헤면서 한숨을 쉬었다.

"우리가 한때는 최치원 어른과 함께 서라벌에서 삼최로 이름을 날렸는데…. 그때 진성대왕마마께서 최치원 어른의 시무십조를 받아들여 우리를 중심으로 개혁을 완수했더라면 오늘날과 같은 결과는 일어나지 않았을 텐데 말입니다. 참으로 인생만사는 알 수 없는 것입니다. 우리의 당대에 신라의 천 년 사직이 이런 모습으로 무너질지, 누가 알았겠습니까?"

최승우가 최언위에게 술잔을 건넸다.

"나무관세음보살."

보리는 또다시 염주를 굴리며 탄식했다.

"다 지난 일이니 여쭙겠습니다. 최치원 어른을 떠나 끝내 견훤왕께 가신 이유가 도대체 무엇입니까?"

최언위가 최승우의 잔에 술을 따르며 물었다.

"나는 개혁과 혁명이 좋았어. 삼한의 낡은 것들을 모조리 부숴버리고 새로운 세상을 만들고 싶었어. 그래서 싸움을 잘 하고 용감한 견훤대왕을 찾아갔지. 한때는 꼭 삼한이 우리 후백제의 손아귀에 들어올 줄 알았는데. 허, 참!"

최승우는 껄껄 웃으며 술잔을 들었다.

"어르신께서는 앞으로 어찌하시렵니까? 지금 태조대왕께서는 형님만 좋으시다면 꼭 왕사로 모시려고 하는데요?"

최언위가 불콰한 얼굴로 최치원을 바라보며 물었다.

"이제 내가 할 일은 다하지 않았던가? 신라의 천 년 사직이 무너진 것은 한없이 안타깝지만, 서라벌의 백성들이 피 흘리지 않고 고려의 하늘 아래 안착한 것을 감사하고 있네. 그리고 우리 견훤왕과도 끝까지 싸우지 않고 이렇게 고려의 하늘 아래에서 평화롭게 어깨를 맞대고 있는 것이 얼마나 감사한 일인가? 젊을 때 그대들이나 나나 다 저 곤륜산을 뽑아 대해에 던질 것처럼 동분서주하였는데 이제 모두 머리에 백발을 이고 있는 것을 생각해 보면 인간의 궁극적인 문제는 바로 석가모니께서 일찍이 천착하셨던 생로병사의 문제가 아니겠는가? 나는 앞으로 그 문제에 조금 더 매달려 새로운 사상을 가미해 책으로 서술해 보려 하네."

최치원은 눈을 감고 앉아 조용히 말을 이어갔다.

"어르신께서는 앞으로 시해선이나 천화遷化(도를 많이 닦은 고승들이 흔적 없이 사라지는 모습)를 생각하시는 겁니까?"

최치원의 말을 충분히 알아들은 최승우가 의미 있는 미소를 지으며 물었다.

"우리처럼 도를 닦는 사람들이 마지막에 두드리는 문은 바로 그것이 아니겠나? 나는 앞으로 왕거인과 같은 후학들과 함께 태수 시절 가르쳤던 풍류도와 천부경의 문을 세상에 널리 열어야겠네."

최치원이 눈을 반쯤 뜨고는 빙긋 웃었다.

"천부경과 풍류도가 무엇입니까?"

최언위가 틈을 비집으며 끼어들었다.

"천부경과 풍류도라……. 그건 일찍이 우리 조상 대대로 내려왔던 기본정신에다 현묘지도함을 보태 신라의 화랑들이 추구해 왔던 도道라고 보면 될 것이야. 내가 오래전에 난랑鸞郎이라는 화랑의 비문을 쓰면서 그 서두에 풍류사상을 숨겨 놨는데 언젠가는 후세 사람들이 그것을 보고 깨우쳐 줬으면 해. 유불선儒佛仙에 그 무엇인가 하나를 더 보태면 되는 거야. 아마, 이 정도만 얘기해 두면 영민한 그대들은 알아들었을 테지."

그러자 최언위와 최승우가 동시에 고개를 끄덕이며 웃음으로 화답했다.

"그대들이야말로 증참曾參(증자, 일찍이 공자가 '나의 도는 하나로 꿰었느니라'라는 말을 했을 때 혼자 알아듣고 '예'라고 대답한 인물)이로고."

최치원이 고개를 뒤로 젖히고는 껄껄 웃었다.

"천부경과 풍류도를 깊이 익히려면 어찌해야겠습니까?"

최언위가 또 물었다.

"그것 역시 스스로 체득하는 방법밖에는 도리가 없네. 일찍이 공자께서도 제자들에게 '내 도에 대해서 말하지 않겠다'라고 했다네. 그러니까 제자 중에서 자공子貢이 '스승님께서 말씀하지 않으시면 저희들이 어떻게 도를 전하겠습니까?' 하고 물었지. 그러니까 공자께서 이렇게 말씀하셨다는 거야.

'하늘이 무슨 말을 하더냐? 사시四時가 운행되고 백물百物이 생장하거늘.' 결국 천부경과 풍류도는 우리가 죽을 때까지 몸으로 익혀야 하는 걸세. 나는 앞으로 시해선을 할 때까지 이 천부경과 풍류도를 제자들과 함께 익혀 보겠네."

그러면서 최치원은 웃었다.

"난 오래전부터 입에서 입으로 전해 오는 현묘한 도를 풍류라고 생각하고 왕과 백성에게 이미 가르쳐주었지. 이 천부경과 풍류도 근원에 대해서는 난랑 화랑 비문의 서문에서 자세히 기술했지. 풍류도란 유교·불교·도교……. 이 삼교를 실제로 다 포함하는 것으로, 모든 민중과 접촉하여 우리 고유의 삼신 사상에 이 세상 모든 사상을 융합해야 하는 것이지. 사람이 집에 들어오면 집안 어른에게 효도하고, 나가면 충성하였으니 이는 공자의 유교 사상을 말하는 것이고, 일을 거리낌 없이 실천하고 묵묵히 실행하는 것은 노자의 실학 사상을 이르는 것이며, 모든 악을 짓지 않고 모든 선을 받들어 행하는 것은 석가모니의 불교 사상과 예수그리스도 기독교 사상과 닮지 않았는가?"

최승우와 최언위는 물론 견훤과 보리조차도 최치원의 말에 탄복하며 고개를 끄덕였다. 최치원은 이 세상 모든 것이 우주라는 거대한 집합체에서 시작되어 음과 양 상대성으로 구분되고 있다는 말을 서슴없이 꺼냈다.

그러면서 불교에서는 양을 자비로 표현하고 음을 정도라고 일컬으며, 기독교에서는 양을 사랑으로 표현하였고 음을 정의(모세율법)라고 한다는 것을 알려 주었다. 또한 도교에서는 양을 덕이라고 표현하고 음을 도라고 여긴다는 것까지 차분히 설명했다.

"삼교에서 음양의 근본은 하느님의 우주에 있다네. 불교에서는 성불이라 하고, 기독교에서는 성령이라고 하여 이 모두 마음과 마음에서 일어나 자비와 사랑을 실천할 수 있는 것이지. 천부경과 풍류도 사상의 근본을 위 삼교에서 주장하는 것을 예로 들어 설명한 것은 우리 민족의 홍익인간 및 화랑도 정신을 근본 바탕으로 하는 삼신교와 상호 합치한다는 것을 말하기 위함일세. 우리 민족 고유의 문화는 늘 충효적인 요소, 무위불언의 요소, 위선거악의 요소가 함께 융합된 것일세. 그렇기 때문에 이 세상 우주 만물을 이롭게 하되, 하느님의 뜻에 따라 반드시 실천해야 하는 게야. 그래서 나는 이를 천부경과 풍류도라고 이름 지으면서 수행방법으로는 불교 팔정도에 유교의 정신과 정청 두 가지를 더해 천부경과 풍류도십정도를 가르쳤다네."

최치원이 길고도 흰 수염을 어루만지며 잔잔한 미소를 짓자, 그 자리에 있던 모든 사람이 고개를 숙이며 예를 갖추었다. 최치원의 천부경과 풍류도 사상은 지금껏 많은 도인이 꿈꾸던 것과는 매우 달랐다. 여느 사상보다 융통성과 보편성 그리고 창조성과 다양성이 포함되어 있고, 시대적으로 종교를 관찰한 치원 자신이 기존 사상에서 재발견한 사상을 더하여 새로운 실용 및 실천 사상을 창조했던 것이다.

"하늘이 가장 중요하게 여기는 것은 바로 사람이야."

최치원은 우주 만물의 존재가 사람과 연결되는 하나임을 가르쳤다. 그러면서 이 세상을 살아가는 이치는 천부경에서 말한 일시무시일이라고 했듯이 모두 하나에서 시작되므로, 하나의 핵심은 사람이 으뜸이므로 내 말과 행동이 일치되어야 한다고 강조했다. 천부경 핵심은 일시무시일一始無始一, 인중천지일人中天地一, 일종무종일一終無終一이라고 열다섯 자의 한자로 표현하였다.

"도는 사람들에게서 멀지 않고, 사람은 나라가 다르다고 차별해서는 아니 된다네(道不遠人 人無異國). 사상이나 진리는 사람이 이름을 지어 붙인 것에 불과하거늘. 이 모든 것이 사람의 생명에서 시작된다네. 그러니 이 세상 모든 사람은 결국 하나의 공동체란 말일세."

최치원은 자세를 조금도 흩뜨리지 않은 채 꼿꼿이 앉아 밤새도록 천부경과 풍류도에 관해 가르쳤다. 새벽녘이 되어서야 비로소 그는 말을 마치고 자리에서 일어섰다.

떠나는 그의 뒷모습을 바라보며 최승우와 최언위는 버선발로 달려 나와 큰절을 했다. 그들은 수레를 타고 떠나는 최치원 내외가 보이지 않을 때까지 무릎을 꿇은 채 가만히 지켜보았다.

최치원 내외가 해인사로 떠난다는 소식을 전해 들은 태조 왕건도 남문까지 나와 배웅을 했다. 경순왕과 견훤왕도 왕건의 곁에서 함께 배웅을 했다.

"이 늙은이는 그동안 후삼국의 평화통일을 위해 몸과 마음을 바쳤나이다. 신라 조정에서 받아들이지 아니한 시무십조를 근본 바탕으로 한 훈요십조가 고려 건국 설계의 통치 이념으로 자리 잡아 이미 시행되고 있지만, 세월이 지나면서 그 의미가 퇴색해 지켜지지 아니할까 봐 걱정이 되옵니다. 부디, 대왕마마께서 그 뜻을 후대에 길이 전하시어 이 고려에서 훈요십조를 계속해서 실천하여 줄 것을 당부드리옵니다."

최치원의 간곡한 청을 들은 태조 왕건은 그의 손을 그러쥐며 고개를 끄덕였다. 최치원과 서라벌의 언덕 글방에서 만났던 보리왕후가 가장 애틋하게 눈물을 흘리며 배웅하였다. 그리고 말하였다.

"오라버니, 이제야 말입니다만 저를 신라에서 당나라로 데려와 소림사 무술을 배우게 하고 또한 황소의 난 때 죽음으로부터 건져 주신 것을 진심으로 감사드립니다. 제가 한 번도 감사의 뜻을 온전히 전해드리지 못하였습니다. 왕건태조께서 허락만 해주신다면 오라버니와 호몽언니께서 자운의 빛을 따라 떠나실 때 저도 꼭 끼고 싶습니다. 오라버니 내외와 함께 토함산에도 오르고 그 길로 봉래산까지 함께 하고 싶습니다."

최치원과 호몽내외는 고개를 끄덕였다. 태조대왕도 흔쾌히 허락하였다.

"최치원 어른께서 허락하시면 언제든지 따라가세요. 이제 우리는 통일을 이루었지 않습니까? 무엇이 문제되겠습니까?"

최치원 내외는 태조 왕건이 하사한 백마가 끄는 수레를 타고 무연히 개성을 빠져나갔다. 최언위는 최치원 내외의 수레가 송악산 고갯마루에 오르자 다시 한 번 수레를 향해 큰 절을 올렸다. 최승우도 눈물을 흘리며 함께 예를 올렸고 최치원의 수레가 고개를 넘어갈 때까지 이제는 왕건태조 곁에서 호위대장 박술희를 돕고 있는 무성 장군이 최치원의 수레를 호위해 주었다.

최치원은 송악으로부터 돌아와 해인사에서 쉬고 있었다. 최치원이 해인사에서 주로 쉬는 곳은 학사대學士臺였다. 학사대는 최치원이 해인사 측으로부터 감사의 뜻으로 받은 유일한 쉼터이자 놀이터였기 때문이었다.

최치원은 그때를 생각하였다. 해인사에 막 들어와 이 일, 저 일을 열심히 하고 있었을 70대 무렵만 해도 팔팔하였던 시절이었기 때문이었다.

최치원은 능소화가 한껏 피어 있는 해인사 대적광전을 가로질러 천천히 정자로 향하였다. 최치원이 해인사에 들어와 '신라가야산 해인사 결계량기'를 짓고 다시 '해인사 선안주원 벽기'를 쓰고 화엄원에서 '법장화상전'을 저술한 점 등을 인정하여 해인사 측에서는 최치원이 칠십 살을 넘긴 해에 정자 하나를 지어 주었다. 정자이름을 어떻게 지을까 하고 물었을 때 최치원은 빙긋 웃으면서 말했다.

"학사대라고 하세요. 저는 영원한 학사니까요. 제가 고국에 돌아왔을 때 붕어하신 헌강대왕께서 저에게 처음 내리신 직위가 한림학사였으니까. 저는 영원한 학사인 셈이죠. 그냥 학사대라고만 해주세요."

최치원은 그 학사대에서 글을 쓰고, 명상하고 손님들을 맞았다.

그날 찾아온 손님은 신라의 마지막 태자인 김일이었다. 그는 굵은 삼베로 만든 상복을 입고 있었다. 최치원이 물었다.

"태자, 왜 상복을 입고 오셨습니까?"

태자는 자신이 걸치고 있는 삼베옷을 훑어보며 이렇게 말했다.

"천 년 사직이 죽었는데 어찌 상복을 입지 않겠습니까? 저는 앞으로 평생 이렇게 상복차림으로 살 것입니다. 저야말로 죄인이지요. 천 년 사직을 이어받지 못하고 열성조들에게 제삿밥도 못 올리는 처지이니까요. 그런데 제가 어찌 상복을 벗을 수 있겠습니까?"

최치원은 고개를 끄덕이며 물었다.

"그래, 어디로 떠나실 예정입니까?"

태자가 답하였다.

"태백산 줄기를 쭉 타고 올라가 개골산에 들까 합니다. 그곳에서 신라의 혼을 지키고 힘을 모으다가 일이 도모되면 좋고, 뜻대로 되지 않는다면 한을 안고 죽어야 하겠지요."

최치원은 태자의 손을 꼭 잡아주며 말했다.

"아무쪼록 자중자애하십시오. 특히 그 개골산은 겨울이면 추위가 무서우니 그 마의 속에 솜을 가득 채워 입으십시오. 늘 선식을 하면서 제가 주는 이 책들을 읽어보십시오. 그리고 시간이 나는 대로 실천해 보십시오."

최치원은 태자에게 노자의 도덕경을 비롯하여 선술에 관한 책 두어 권을 건네주었다. 그리고 태자를 쳐다보며 말했다.

"참으로 애석한 일입니다. 동방에서 가장 아름답고 빛나던 땅 서라벌이 이렇게 버려질 줄 어느 누가 어떻게 알았겠습니까? 뜻 있는 사람들이 모두 떠나고 고을은 텅 비고 황폐하게 되었으니 참으로 지리다도파도파입니다. 태자께서도 시중사람들이 외던 이 비기는 알고 계셨지요?"

태자는 눈물을 훔치며 말했다.

"글쎄 말입니다 스승님. 시중 사람들이 이런 노래를 숨어서 외고 스승님같이 애국심을 가진 분들이 이런 말을 했을 때 우리 월성의 왕족들이 일찍 알아듣고 대비를 했더라면 서라벌이 이 지경이 되지는 않았겠지요. 자, 그럼 스승님. 저는 떠나겠습니다."

그러자 최치원이 따라 나서며 태자를 학사대 언덕으로 이끌었다. 최치원은 손에 굵은 지팡이 하나를 짚고 있었고 태자도 먼 길을 떠나며 지팡이를 준비해 가지고 있었다. 두 사람은 언덕 위에 올라서서 사방을 둘러보았다. 훈풍이 밀려오고 어디선가 아련한 새소리가 들려왔다. 최치원이 태자를 바라보며 말하였다.

"후세사람들은 태자를 가리켜 마의태자麻衣太子라고 할 것입니다. 마의태자라고 하는 그 이름 하나와 나무 하나가 길이 남을 것입니다."

"나무라니요 스승님?"

최치원은 손에 들고 있던 지팡이를 거꾸로 땅에 꽂았다. 그리고 말했다.

"태자님, 제가 들고 있던 이 지팡이는 원래 전나무였습니다. 이제 이 마른 지팡이는 푸른 전나무로 되살아날 것입니다. 그리고 이 학사대 언덕에서 한오백 년쯤 살다가 새끼를 치겠지요. 그 새끼나무가 한오백 년쯤 살고 그렇게 하다보면 이 전나무는 새끼에 새끼를 치면서 천 년 이천 년을 견딜 것입니다.

태자께서도 지금 들고 계신 그 지팡이를 살펴보니 은행나무입니다. 지팡이를 짚고 가시다가 저 한수 이북 용문산에 들어서 머물고 있는 동안 꼭 그 절의 경내에 그 지팡이를 꽂아 놓으십시오.

지금 태자께서 들고 계신 지팡이는 은행 알이 많이 열리는 나무로 변하게 될 것입니다. 그 지팡이를 꽂아 놓으시면 그 지팡이 역시 새끼를 잘 치는 은행나무로 자랄 것입니다. 새끼가 새끼를 치면서 천 년 이천 년 이상을 견딜 수 있을 것입니다.”

태자가 물었다.

“왜 하필 용문사입니까?”

최치원이 대답하였다.

“그 용문사가 영험한 절입니다. 일찍이 진덕여왕 대에 원효대사께서 창건하셨고 지난 진성여왕 육 년에는 제가 존경하는 도선국사께서 중창하셨습니다. 터가 좋은 곳이니 꼭 그곳에 그 은행나무 지팡이를 꽂아 놓으십시오.”

“죄인에게 많은 가르침을 주셔서 고맙습니다.”

태자는 허리를 굽히며 말하였다.

“분부대로 하겠습니다. 제가 꼭 용문사 경내에 이 은행나무 지팡이를 꽂아놓겠습니다. 부디 강녕하십시오.”

마의태자는 표연히 떠났다.

마의태자에게 속세를 떠나 평범한 상도常道를 이루고 살아가도록 당부한 것이 몹시 안타까운 심정 때문에 송인이라는 시 한 수를 지었다.

송인

뜰 앞에 잎 하나 떨어지고
마루 밑에 온갖 벌레 슬프구나
홀홀히 떠나감을 말릴 수는 없지만
유유히 떠나서 어디로 가는가
한 조각 마음은 산이 끝나는 곳으로
외로운 꿈은 달 밝을 때이고
남포에 봄 물결 흐를 때면
그대여 뒷 기약 잊으면 안 되리

送人 송인

處前一葉落 처전일엽락　床下百蟲悲 상하백충비
忽忽不可止 홀홀부가지　愁愁何所止 수수가소지
片心山盡處 편심산진처　孤夢月明時 고몽월명시
南浦春波綠 남포춘파록　君休負後期 군휴부후기

자운의 빛을 찾아서

　최치원은 자색도복에 검은 허리띠를 찼다. 호몽은 흰 누비도복에 역시 검은띠를 동여맸다. 누런 황토빛 도복을 입은 왕거인이 앞장을 서자 치원이 채근하였다.

　"지필묵은 잘 챙겼겠지? 그리고 각자刻字할 쇠끌과 망치도 잘 준비하였느냐?"

　왕거인이 허리를 구부리며 대답하였다.

　"어련하겠습니까. 명필을 휘지하여 주십시오. 제가 즉각 바위에 새기겠습니다."

　세 사람은 오랫동안 꿈꾼 대로 토함산에 올라 도술하기 전에 행하는 기본의식을 치르고 하늘로 솟아올랐다. 모든 것을 잊고 창공으로 솟아오른 세 도인은 지상의 모든 번뇌를 벗어던진 세 마리의 학처럼 가뿐하고 홀가분하게 구름과 바람을 갈랐다.

　세 사람이 제일 먼저 착지한 곳은 동방군주국(신라) 신선의 경지인 백두산에서 시작되는 백두대간 등줄기를 타고 내려오는 중앙

부분에서 남쪽으로 아름답게 뻗어내리는 곳에 사방으로 병풍같이 둘러막고 있는 산세를 보니 붉은 봉황의 날개가 구름 속으로 치켜올라가는 듯하고 아래로는 백 겹으로 띠를 두른 듯한 물을 보니 이무기가 허리를 돌에 대고 누운 것 같은 봉암용곡鳳巖龍谷으로서 갑옷 입은 기사를 전추로 삼은 듯한 기이한 현상이 신령스럽고 현묘한 회양산曦陽山(837미터, 경상북도 문경시 가은읍 원북리 일대) 중턱 기슭이었다. 왕거인이 물었다.

"스승님, 어찌하여 이곳에 제일 먼저 오셨습니까?"

치원이 빙긋 웃으며 답하였다.

"벌나비가 향기 나는 곳에 제일 먼저 내려앉는 것처럼 사람도 정이 가고 연고가 있는 곳에 제일 먼저 찾아가느니라."

왕거인이 또 물었다.

"무슨 연고가 있으신지요?"

이번에는 호몽이 답하여 주었다.

"이분이 저하고 29세 때에 당나라에서 귀국을 하셨지. 그리고 곧바로 헌강왕을 뵈었는데 대왕께서는 그때 바로 지증대사의 비문을 지으라고 하명하셨어. 그래서 이 어른은 그 후 9년 동안 지증대사의 삶에 대한 자료를 수집하고 비문을 짓고 갈고 닦아 진성대왕 7년에야 비문을 완성하셨지. 경명왕이 즉위하자마자 지증대사의 탑을 즉시 세우라고 하였지만, 주변사정에 의하여 즉시 시행하지 못하고 있다가 8년 만에 완공되었지. 그리고 보면 헌강왕 지시부터 31년이 지나 경명왕 8년(924년)이 되어서야 이곳 봉암사에 탑을 세우게 된 것이지."

치원이 희미하게 웃으며 말했다.

"참 그때만 해도 힘이 왕성했었지. 칠순이 되지 않은 육십 세 후반 나이 때니까. 산을 훨훨 날아다녔지."

왕거인이 말했다.

"그런데 봉암사 절은 왜 이렇게 깊은 산 속에 뚝 떨어져 있는 거죠? 해인사보다도 더 후미진 곳에 위치하고 있는지요?"

치원이 답하였다.

"원래 이 절터는 산도둑떼의 소굴이었어. 하도 많은 화적떼들이 이 산에 터를 잡고 있으니까 부처님께서 법력으로 그놈들을 물리치시고 경문대왕 때에 지선智詵선사(일명 심충心忠)께서 회양산 남쪽 중턱 남아도는 땅에 국태민안을 위해 반드시 선사를 지어야 한다는 강력한 간청을 받은 지증대사는 왕실의 지원을 받아 이렇게 훌륭한 절터를 마련하셨지. 봉암사라는 절 이름은 헌강대왕(재위 7년)께서 사액賜額(임금이 절 이름이 적힌 현판을 내려주시는 일)해 주셨지."

왕거인이 또 물었다.

"사부님, 소인은 아직 글이 짧아 스승님의 학문과 사상이 녹아 있는 비문을 잘 이해할 수가 없습니다. 언젠가는 다 읽고 이해할 수 있는 날이 오겠지요. 아무튼 스승님께서 그렇게 정성들여 쓰신 그 지증대사님은 어떤 분이십니까?"

최치원이 가르쳐주었다.

"그분은 저의 부친과 같이 우리 서라벌에서 태어나신 분인데,

나보다는 사오십여 년 먼저 태어나셨지. 이상하게도 어려서부터 자당님을 조르며 출가시켜 달라고 애원하셨다는 거야. 그 어머님께서 어린 아들을 멀리 떨어져 있는 절에 보낼 수가 없어서 조금만 더 크면 들어가거라 하고 말리셨는데 그분께서는 겨우 아홉 살이 되셨을 때 기어이 출가를 단행하여 부석사로 가셨다는 거야. 부석사의 범체스님께서 받아주시고 가르쳐주신 끝에 큰스님이 되셨지. 큰스님이 되시고 나자 헌강대왕께서는 아예 왕사로 모시려고 했는데 궁중생활은 답답하다고 하시면서 훌쩍 떠나고 마셨다는 거야. 결국 세수 59세로 결가부좌를 트시고 명상수행을 하시다가 열반하셨지. 헌강대왕께서는 그 높은 지증스님을 잊지 못하시고 내가 당에서 돌아왔을 때 그 큰스님의 비문을 쓰라고 명하셨지. 진성여왕 재위시 비문 내용을 서면으로 작성완료하였으나 왕실의 사정과 내가 바쁘다는 핑계로 삼십여 년이 넘도록 비를 세워드리지 못하다가 내 나이 육십 세 후반에 이 봉암사에 비를 세워드렸으니 마냥 죄스러운 일이지. 그래서 이번에 산행을 시작하면서 제일 먼저 이 봉암사에 들르게 된 것이야.”

대학자이자 태조 왕건대왕의 스승인 최치원이 왔다는 소문은 그 깊은 산골짜기에서도 삽시간에 퍼졌다. 주지스님 도문이 말사에까지 사람을 보내어 스님 300명이 모였고 신도 500명이 모여 거의 1,000여 명에 이르는 신도와 승려가 봉암사 일대에 모여들었다.

최치원이 사흘을 쉰 후에 최치원 일행과 주지스님, 그리고 불자 1,000여 명이 지증대사 적조탑비를 중심으로 탑돌이를 하루 종일

청량사(경북 봉화) 출처, 한국관광공사

했고 그날 밤에는 최치원으로부터 설법을 들었다. 모두 흥분된 마음으로 학문이 높고 도력이 깊은 최치원의 말씀에 심취하였다.

최치원 일행이 다음으로 들른 곳은 남쪽의 작은 봉래산이라고 불리는 수산水山(경상북도 봉화군 소재, 지금의 청량산)이었다. 그곳은 경관이 수려하고 기암괴석이 장관을 이루고 있어 소금강산이라고 부르는 명산이었다. 수산의 주요 봉우리로 자소봉, 경일봉, 금탑봉이 있고, 봉우리 아래 곳곳에는 불교의 요람이라고 할 수 있는 20여 개의 암자들이 있었다. 최치원은 그중에 응진암이 제일 조용하다고 판단해 그곳으로 발걸음을 옮겼다.

"새로운 나라인 고려의 부흥과 국태민안을 위한 기도를 올리고 싶습니다."

응진암을 찾아간 최치원은 주지 스님을 만나 이 같은 마음을 전했다.

"최 한림학사가 아니십니까? 그동안 한림학사의 소임을 다하시면서 여러 스님의 비문을 쓰셨지요? 어디 그뿐입니까? 천령 지방의 태수로 계실 때는 그곳 백성들을 위하여 명륜당 학사루를 지어 몸소 학문을 가르치셨다지요? 소승, 어르신의 능력을 이미 들어서 알고 있습니다. 당나라에서도 황제군총사령관(병권과 국가재산처분권까지 부여받은 자)의 전략 및 전술가로서 역적 황소에게 스스로 황궁을 떠나야 살 수 있다는 이유를 적은 격문을 보내 황소가 읽어 보고 스스로 황궁을 떠나게 한 공적으로 자금어대를 하사받으셨고 또한 천재 시인으로 우주의 빛이라고 인정받으셨고, 새 나라 고려의 왕건 대왕이 국사로 모시겠다는 것을 정중히 거절하셨다지요?"

명월스님의 따뜻한 배려로 최치원은 아늑한 기도처에서 고려의 부흥과 국태민안을 위한 기도를 무사히 마칠 수 있었다.

명월스님은 최치원의 이 같은 업적을 후세에 전하기 위해 응진암을 치원암으로, 금탑봉을 치원봉으로 이름을 바꾸었다. 또한 봉화 수산에서 가장 신비스러운 봉우리들이 많은 곳 중 절승절경이고, 바위가 가장 아름답고 힘차게 우뚝 솟아올라 돌출되어 있는 봉우리를 치원대 혹은 고운대로 불렀다.

그곳에는 천길 절벽이 위 아래로 우뚝 솟은 곳에서 물이 일정하게 흘러나오고 있었다. 가뭄이나 장마에도 상관없이 일정하게 흘러내리는 샘물이 웅덩이에 항상 가득 차 있고, 투명하기가 거울

무위당(경상북도 봉화군 청량산)

과도 같았다. 얼음장과 같이 차가운 물맛이 몸속 깊은 곳까지 맑게 했다.

최치원은 풍류도 수행을 하는 동안 이 계곡물을 마시며 몸을 맑게 했다. 이를 지켜본 명월스님은 이 샘물의 이름을 치원샘이라 했고, 이 물을 마시는 사람은 최치원과 같이 총명해질 수 있다고 하여 총명수(봉화군 청량사)라 이름을 붙였다. 또한 최치원이 기도를 하던 동굴 입구에는 두 개의 판이 있는데, 치원이 독서하고 바둑을 즐긴 곳이라 하여 풍혈대라고 이름을 지었다.

최치원이 이곳에서 기도를 한다는 소문이 퍼지자 인근 마을에서 백성들이 몰려와 학문을 배우고자 청을 했다.

'백성들에게 학문을 가르치는 것 또한 국태민안의 길이 아니던가.'

이렇게 생각한 최치원은 풍혈대 아래에 조그마한 암자(경북 안동시 청량사 무위당)를 새로 지었다. 그곳을 학사루(지금의 극일암)라 이름을 붙이고 자신을 찾아오는 백성들에게 풍류도경 및 처세지도를 가르쳐 주었다. 처세의 달인이 되기 위하여 처세지도 십훈을 실천해야 된다고 강조했다.

첫째 습기당제習氣當除 무의식중에 되풀이하는 좋지 아니한 습관적인 버릇을 끊어야 한다.

둘째 심행단식心行斷息 바쁘게 열심히 살더라도 항상 평온한 상태를 유지하는 것이 필요하다. 즉 평상심을 잊어서는 안된다.

셋째 제악당단諸惡當斷 모든 악은 단호히 끊어야 한다. 즉 나쁜 생각, 행동, 버릇은 당연히 단절해야 된다.

넷째 중선당행衆善當行 남들에게 좋고 착한 일을 당연히 하며 살아야한다. 즉 손해나 피해를 주어서는 아니 된다는 것이다.

다섯째 오욕당감五慾當減 오감이 부추기는 욕망을 당연히 줄여야 한다. 즉 권력 및 명예욕, 성욕, 재욕, 식욕, 생명욕을 줄여야 한다.

여섯째 삼업당정三業當淨 몸으로 입으로 마음으로 짓는 일을 당연히 되돌아보며 깨끗이 씻어내야 한다.

일곱째 위난당구危難當救 어렵고 힘든 처지에 있는 사람을 마땅히 구해 주어야 한다. 즉 복을 지어야 한다는 것이다.

여덟째 영만당외盈滿當畏 가득 차서 넘치는 것을 당연히 두려워

총 명 수(聰明水)
Chongmyeongsu

금탑봉(金塔峰) 중층(中層)에는 신라 말 대문장가로 알려진 최치원(崔致遠, 857~?)에 관한 유적이 많이 남아 있다. 그와 관련한 유적으로는 치원암(致遠庵)·총명수·풍혈대(風穴臺) 등을 들 수 있는데, 그 중 총명수는 최치원이 마신 뒤 더욱 총명해졌다하여 붙여진 이름이다. 천길 절벽이 상하로 우뚝 솟은 곳에서 물이 일정하게 솟아나는데, 가뭄이나 장마에 상관없이 그 물의 양이 일정하다고 한다.

이 물을 마시면 지혜와 총명이 충만해진다고 하여 예로부터 과거 준비를 하던 선비들은 물론, 경향각지에서 많은 사람들이 찾아와 그 효험을 보았다고 한다. 총명수 바로 옆은 최치원의 이름을 딴 치원암(致遠庵)이 있던 곳이다.

Many relics related to Choi Chi-won(崔致遠, 857~?), who is known as a great writer in the late Shilla Dynasty, are found halfway up Geumtapbong(金塔峰) including Chiwonam(致遠庵), Chongmyeongsu and Punghyeoldae(風穴臺). According to a tradition, Chongmyeongsu was named so because Choi Chi-won drank the water and became much brighter. Water springs up at a constant rate from the side of the precipice stretching up high and down deep. The amount of water from the spring does not change whether it is a dry or rainy season.

As it was believed that the water makes people full of wisdom and intelligence, scholars preparing the state examination came to the spring from all over the country and drank the water. Just beside Chongmyeongsu is Chiwonam(致遠庵) named after Choi Chi-won.

총명수(경상북도 봉화군 청량산)

해야 한다. 즉 분수에 넘치는데도 자제할 줄 모르면 그 끝에는 파멸이 기다리고 있다는 것이다.

아홉째 선사당성취善事當成就 착하고 좋은 일에는 기꺼이 힘을 보태 성취할 수 있도록 도와줘야 한다는 것이다.

열째 위인당갈력爲人當竭力 남을 위해서는 마땅히 힘을 다해야 한다. 즉 남을 위해 살고 죽음에 부끄러움이 없어야 한다는 것이다.

최치원이 치원암에 머물면서 가르치고 기도하는 동안 끼니를 제대로 해결하지 못해 건강을 해칠까 우려한 명월스님의 특별한 배려 덕분에 그의 곁에는 심부름을 하고 따뜻한 밥을 지어 주던 노파가 있었다. 어느덧 세월이 흘러 기도를 무사히 마친 최치원은 그 노파가 밥을 짓고 머물던 곳을 안중암터라 하였다.

치원 일행이 그 산의 중심부에 있는 청량사淸凉寺에 들렀을 때 이미 소문을 듣고 온 사람들이 1,000여 명에 이르렀다. 그 중에서는 해동의 왕희지로 불리던 김생金生(성덕왕 때의 명필)의 후계자라고 자처하며 신라말기의 명필로 소문이 난 요극일姚克一이 있었다. 그는 주지스님 난혜의 안내로 치원에게 삼배하고 가르침을 청하였다.

"스승님, 여기에 머무시지요. 만약 스승님께서 여기에 머무신다면 제가 스승님의 거처를 훌륭하게 마련하고 저는 그 앞에 조그만 암자를 하나 짓고 평생 가르침을 받고자 합니다."

그러자 치원은 지필묵을 꺼내어 다음과 같이 썼다.

봉래산이 지척에 보이니
내 장차 신선을 찾으리라

蓬萊看咫尺 봉래간지척 吾且訪仙翁 오차방선옹

요극일이 금방 알아듣고 안타깝게 말하였다.

"아, 봉래산을 가시고자 하시는군요. 그럼 그곳에 가셔서 신선과 노신 후에 꼭 이곳에 다시 와주십시오. 소인이 글 잘 쓰는 청년들을 모아놓고 스승님의 가르치심을 받도록 이곳에 풍류도장을 만들어놓겠습니다."

치원이 말하였다.

"아무튼 고맙네. 그대가 그렇게 간청하니 내가 당분간 여기서 여름을 보내고 봉래산에는 가을에 가도록 하지."

이렇게 해서 최치원은 그 해 여름을 봉화의 수산, 즉 청량산에서 보냈다. 그러면서 명필 요극일과 바둑을 자주 두었다. 산사 주변의 풍혈대風穴臺는 바람도 잘 통하고 비가 와도 비를 맞지 않았다. 그래서 최치원과 요극일은 바둑에 열중하였다. 치원과 극일이 바둑에 열중할 때에는 무료해진 호몽은 왕거인을 데리고 뒷산을 훨훨 날아다녔다. 치원이 극일과 바둑을 둘 때 때맞춰 음식을 지성으로 봉양하는 소녀 하나가 있었다. 원래 양가집 딸이었는데 흉

년 때에 노비로 팔린 것을 주지스님 난혜가 거두어들인 소녀였다. 지극정성으로 봉양을 받던 치원은 그 소녀를 치하하며 바위에 그림 하나를 남겼다. 소녀가 그 그림을 보고 깜짝 놀라며 말했다.

"할아버지, 그건 할머니 그림이잖아요?"

치원은 허허 웃으며 대답하였다.

"애야, 너는 지금 피어나는 봄꽃처럼 젊고 아름답다만 너도 세월이 지난 후 언젠가는 여름이 지나고 가을낙엽이 되고 이렇게 할머니가 될 때가 있단다. 하지만 이 할머니는 보통 할머니가 아니다. 일생동안 남에게 지극정성으로 봉양을 잘 하여 부처님께서 아주 귀하게 여기는 할머니가 되었단다. 내가 이 그림을 남겨 놓을 테니 평생 사람들을 봉양하고 성불하거라."

그 해 가을, 최치원이 봉화 청량산을 떠날 때 왕거인이 정성스럽게 그 그림을 바위에 아로새겨놓았다. 새로이 건국된 고려의 번영을 기원하며 백성들이 그 평화스러운 나라에서 평안한 삶을 이어가기를 바랐다.

문경세재를 지나 운봉사雲峰寺(경상북도 문경시 산북면에 있는 절)를 넘으며 솔바람이 불어오는 산마루에 앉아 시 한 수를 읊었다. 왕거인이 급히 받아 적었다.

칡덩굴 부여잡고 운봉에 오르니

펼쳐진 세상은 텅 비어 보이네

여러 산들이 손바닥처럼 갈라지며

여러 일들이 가슴 속에 확 트이네

탑 그림자는 해 가장자리 눈이며

솔바람 소리는 하늘 반쪽 바람이네

연기와 노을이 나를 보고 웃어대니

발길을 돌려 다시 속세로 들어가네

捫葛上峰雲 문갈상봉운 平看世上空 평간세상공

千山分掌上 천산분장상 萬事豁胸中 만사활흉중

塔影日邊雲 탑영일변운 松聲天半風 송성천반풍

煙霞應笑我 연하응소아 回步入塵籠 회보입진농

최치원은 수레를 타고 봉래산(지금의 금강산)으로 향했다. 그곳은 산 좋고 물이 좋아 고려의 번성과 백성들의 안락한 삶을 기원하기에 안성맞춤인 장소였다.

'봉래산이 가까워 오니 신선들을 찾아뵙고자……'

치원은 눈을 감은 채 젊은 시절을 회상하며 '범해'라는 시를 떠올렸다. 이 시는 당나라에서 서라벌로 돌아올 때 지었던 시로서 치원의 마음속에서 항상 떠나지 않았다.

신선들이 자유스럽고 평화롭게 사는 것처럼 신라에 돌아와서 백성들 각자가 가지고 있는 재능대로 자기가 좋아하는 전문분야에서 미소지으며 즐겁게 생활할 수 있도록 사회제도 개방 개혁을 해야 되겠다고 다짐하였다. 제도 개혁을 통하여 백성들이 행복을 느끼고 정의가 살아 있는 태평성대 세상을 실현시키고자 했던 꿈이 새삼스럽게 회상되었다.

산 입구에 일주문처럼 버티고 있는 웅장한 신계사神溪寺에 도착했다. 그 절은 고구려 안장왕 때 세워진 절로 봉래산의 입구를 지키고 있는 거찰이었다. 치원과 호몽은 대웅전의 황금불상에 큰 절을 올리고 왕거인도 뒤에서 따라 하였다. 동쪽에 있는 칠성각, 대향각, 극락전을 둘러보고 서쪽의 나한전, 어실각을 둘러본 후 대웅전 앞에 있는 삼층석탑을 세 번 돌고 본격적인 산행에 들어갔다.

치원은 봉래산 중 외봉래산을 찾으면서 만물상이 있는 곳이 아닌 구룡계곡으로 접어들었다. 사람들이 어지럽게 바위 이곳저곳에 낙서를 많이 해 놨다. 주로 자신의 이름을 쓰거나 어설픈 글씨로 옥류동 구룡연이라고 써 놓은 것이 제일 많았다. 치원이 질서 없이 써놓은 것들을 보고 탄식하며 말하였다.

"세속의 어지러운 손끝들이 명산의 돌들을 멍들게 했구나. 거인아, 속히 닦아 내거라."

왕거인은 두말없이 바위를 오르내리며 가지고 온 끌과 정으로 글자들을 깨끗이 지워버렸다. 구룡계곡은 삼한에서 가장 웅장하고 아름다우며, 옥류동이 보이는 곳에서 하늘 위를 쳐다보면 옥류폭포에서 힘차게 쏟아지는 물줄기가 마치 비단을 펼쳐놓은 것처럼 수직으로 흘러내린다. 햇살이 드리울 때는 흐르는 물과 바위가 한데 섞여 아름답게 빛나면서도 그윽하고 현묘하기도 하고 기묘하기도 하여 보석 중 가장 빛나는 옥구슬에 비유되기도 한다.

'그 어떠한 문자나 말로도 표현할 수 없을 정도로 신비스러웠도
다.'

치원은 이 광경을 보고 한참 동안 바위에 앉아 신이 빚은 산의
모습과 계곡으로 흘러내리는 폭포 비경을 마음에 담았다. 그렇게
깨끗해진 바위 위에 치원은 손을 걷어 붙이고 구룡연이라는 글씨
를 썼다.

구룡연

천 길 흰 비단을 드리웠는가
만 섬 진주알을 뿌리었는가

九龍淵 구룡연
千丈白練 천장백련 萬斛眞珠 만곡진주

시 한 수를 지어 바윗돌에 새겨 두면서 이곳을 옥류동의 천화
대라고 쓰고는 글씨를 왕거인이 정성스럽게 각인했다. 먼 훗날 이
곳을 찾는 사람들이 이 글씨와 자연을 하나하나 관찰해 보고 세
상을 살아가는 도리와 이치를 스스로 깨닫게 되기를 간절히 바랐
던 것이다.

"봉래산에 왔으니 이제는 신선을 만나야지. 아마도 그 신선은

유점사楡岾寺의 53불과 함께 계실 거야."

왕거인이 물었다.

"스승님, 유점사의 53불은 어떤 것입니까?"

치원이 대답하였다.

"유점사에는 참으로 오래전부터 신묘한 황금부처 53불이 모셔져 있느니. 그 부처들은 원래 부처님의 나라 사위성舍衛城 사람들이 생전에 부처님을 뵙지 못한 것을 한스러워 하여 온 나라의 금을 모아 53구의 불상을 조성하였지. 그런 뒤에 그 불상들을 배에 태우고 불국정토와 인연이 있는 불국의 나라로 가서 안착해 유연국토有緣國土의 연고가 되어 줄 것을 발원하였지. 그런데 그 배는 900년 동안 수많은 나라를 떠돌아다니다가 우리 신라의 안창현安昌縣포구에 닿았다는 거야. 현의 관리 노춘盧椿이 배를 찾았는데 그 배 속에는 불상들은 없고 나뭇잎만 가득 하더라는 거야. 그런데 그 나뭇잎들은 모두 봉래산 쪽으로 쌓여 있었다는 거지. 하도 이상하여 노춘은 나뭇잎을 따라가는데 흰 개가 나타나서 인도를 하였대. 그 개가 당도했던 곳이 바로 유점사였고, 그 유점사에 53불이 온전하게 모셔져 있더라는 전설이 구전으로 전해져 내려온 것이지."

호몽이 호기심 어린 말투로 말했다.

"선재동자가 53명의 선지식인을 만나 깨달음을 얻은 것을 전하기 위해서 만들어진 절이군요. 우리 모두 53 선지식인의 부처님이 모셔진 곳으로 가서 그 황금부처님들께 예를 올려요."

일행이 서둘러 유점사에 닿았을 때 유점사에는 생각지도 않던 큰 손님들이 먼저 와 있었다. 송악에서 견훤의 왕후인 보리왕후가 무성 장군과 함께 와 있었는데 주지스님 학고스님과 함께 절 입구까지 마중나와 최치원 일행을 아주 반갑게 맞아주었다. 치원이 반가워서 말했다.

"보리왕후께서 어인 일로 여기까지 왕림하셨소?"

보리왕후는 합장하며 말했다.

"저도 그동안 수많은 전란과 셀 수 없는 세상사로 지칠 만큼 지쳤습니다. 오라버니와 호몽언니가 모든 걸 훌훌 떨쳐놓고 오붓하게 주유천하하신다는 것을 풍문으로 듣게 되자 시샘이 나서 이곳으로 곧장 달려왔습니다."

호몽은 흰 머리를 쓸어 올리며 소녀처럼 수줍게 웃었다.

"왕후님도 참, 말씀도 재미있게 하십니다. 저희들이 뭘 오붓하게 다녔겠습니까? 아무튼 오랜만에 만나 뵈어 너무 반갑고 기쁩니다. 왕후마마님."

그때 무성 장군이 나서며 말했다.

"큰 스승님, 사실은 왕건 태조대왕께서 보리왕후님께 청을 드린 겁니다. 지금쯤 봉래산에 최치원 큰 스승이 오셨을 터이니 잘 모시고 고려왕국의 번성을 위해 제를 올려주십사 하시면서 많은 예물을 보내주셨습니다."

주지 학고스님이 나서며 최치원에게 아뢰었다.

"황공하옵게도 대왕님께서 공양미 500석과 별전을 지을 수 있는 불사금을 보내주셨습니다. 제가 오늘 저녁은 최치원 큰 스승님을 위해 백고좌를 열고 큰 법회를 열도록 하겠습니다."

그날 밤 유점사의 대웅전과 큰 뜰에서는 대법회가 열렸다. 봉래산 내의 수많은 원사찰과 말사 사찰들로부터 500명이 넘는 스님들이 모이고 오색 단풍구경과 산행을 위해 봉래산을 찾아온 백성 1,000여 명이 합석하였다. 예불과 함께 고려 천년을 위한 장중한 법회가 열리면서 그 법회의 끝에 학고스님이 이런 말을 덧붙였다.

"오늘 밤 우리 유점사에서는 이 세상 어느 성현들보다 큰 스승님을 모셨습니다. 일찍이 당에 건너가 큰 업적을 이루시고 신라와 후백제를 고려에 평화적으로 통일하는데 기여하고 이국을 실천하신 최치원 어르신께서 설법을 해 주시겠습니다."

최치원은 단 위에 올라가 편안한 자세로 앉았다. 그리고 천천히 자신의 사상을 펼쳐 나갔다.

"하늘은 집이며 땅은 잠자는 방입니다. 저 앞에 펼쳐진 청산은 이불이며 저 산 위에 걸려 있는 달은 촛불입니다. 저 동해 위에서 출렁이는 넓은 바닷물은 우리의 마음 움직임이며 바람은 우리 몸 속의 혈맥과 호흡입니다. 마음은 우주와 통해 있고 우주와 이 자연 그리고 우리 인생은 보이지 않는 하나의 실타래 같은 연결고리로 이어져 있습니다. 어떤 이는 그것을 부처님의 순환고리 인연법이라고 말합니다. 어떤 이는 공맹의 순리라고 말합니다. 또 어떤 이는 도교의 초월성이라고 표현합니다. 그리고 당나라 장안의 대진사에 있는 야훼를 믿는 사람들은 하느님께서 이 우주를 주관하신다고 합니다. 그러나 저는 여기에 하나를 덧붙여 신선의 도를 말하고 싶습니다. 우리들은 이슬을 맞으며 저 공중에 걸려 있는 구름과 허공을 한 자락 잘라 허리에 매면 공중을 훨훨 날 수 있는 신선이 될 수 있습니다. 저는 이런 이치를 풍류도라고 말했습니다. 따라서 저는 다음과 같이 요약하였습니다.

風流道心一 풍류도심일 天人本心一 천인본심일

處靜觀動行 처정관동행 心笑心樂法 심소심락법

實得人百言 실득인백언 之己千之必 지기천지필

愛國愛民如 애국애민여 利國利民始 이국이민시

大德生心用 대덕생심용 天福共受一 천복공수일

풍류의 도(도교의 참선)와 경(불경, 성경의 말씀)은 땅·물·불·바람과 같이 있는 그대로의 자연을 보면서 하늘의 음양오행 질서에 따라 사람도 이들과 함께 하나가 되어 살아가야 된다고 봅니다. 즉 처정관동행 중 정靜은 음陰이고 동動은 양陽이며 심소심락법 중 소笑는 음陰이고 락樂은 양陽에 해당됩니다. 나라를 사랑하고 백성을 사랑하면 나라를 이롭게 할 수 있으며 백성을 이롭게 할 수 있습니다. 언제 어디서나 고요한 마음으로 우주 만물을 있는 그대로 관찰하여 몸과 마음이 같이 실천하게 되면 늘 마음, 눈, 입이 함께 미소지으며 반드시 즐길 수 있습니다. 남이 백 마디 한 말을 듣고 나는 천 배 이상 노력하여 깨우친 지식과 기술을 남을 위해 필히 실천함으로써 마음의 덕을 바다와 같이 넓게 행하고 비우면 하늘의 복을 우리가 함께 누릴 수 있습니다."

이 말씀을 들은 모든 고승이 고개를 끄덕이고 설법을 듣고 있던 사람들이 크게 박수칠 때 치원은 결론삼아 큰 소리로 왕거인을 불러 붓을 가져오게 해서 글을 써 걸었다. 글의 내용은 일찍이 최치원이 「해인사 선안주원벽기」에 썼던 것이다.

위대하고 위대하도다!
하늘이 귀하게 여기는 것은 사람이요,
사람이 으뜸으로 삼는 것은 하늘이다.
사람이 도를 실천하는 것이요.
도는 사람에게서 멀리 있지 않다.
그러므로 도가 높아진다면 사람은 저절로 귀하게 된다.

偉矣哉 위의재
天所貴者人 천소귀자인 人所宗者道 인소종자도
人能弘道 인능홍도 道不遠人 도불원인
故道或尊焉 고도혹존언 人自貴矣 인자귀의

젊은 학승들은 이 글을 보고 감탄하기도 하고 지필묵을 꺼내어 열심히 적는 이도 있었다. 그리고 도의 지름길을 가르쳐주시어 감사하다는 눈인사를 보내는 이도 있었다.

그 다음날 밤, 최치원은 유점사 대각암자를 찾아가 선 공부에 뛰어난 혜능선사를 만났다. 반가운 얼굴로 서로서로 미소지으며 인사를 나누었다. 두 사람이 마주앉아 저녁 공양을 마치고 차 한 잔을 나누며 치원은 문득 오래전 진감선사의 비문이 갑자기 머릿속에 떠올랐다.

"제가 오래전 진감선사의 비문을 지은 일이 있었지요."

최치원은 오랫동안 마음속에 담아 두고 있던 것을 풀어 놓으며 혜능선사에게 선문답을 구했다.

"산에 걸린 달 불러 선방 쓸고, 먹구름 잘라와 공양하네. 달빛 차가워 고기 물지 않으니, 배는 마음 가득 싣고, 허공으로 멀어져 가네."

혜능선사는 치원의 선문답을 듣고 즉답을 하지 아니하고 선문하였다.

"참으로 어렵습니다. 아직 배움이 부족한 저로서는 그 심오한 의미를 도저히 알아차리지 못하겠습니다."

최치원이 빙긋 웃으며 혜능선사를 바라보았다. 혜능선사가 말했다.

"하늘은 나를 보고 말없이 살라 하고, 구름은 나를 보고 티 없이 살라 하네. 사랑도 내려놓고 마음도 내려놓아 물처럼 바람처럼 살다가 가라 하네."

이 선문을 들은 치원이 무슨 뜻인지 알면서도 내색하지 않고 선사의 선문을 쉽게 가르쳐 달라고 다시 말했다.

"다시 말하면 그대가 이미 풍류도경에서 밝힌 바와 같은 말이나 굳이 가르쳐 달라고 하니 내 생각을 다시 말하겠네. 우주 만물 중 이 세상에 존재하고 있는 것들인데, 우리 인간이 살아가는 데 없어서는 아니 되는 것이 있지. 그것은 바로 하늘, 태양, 달, 별, 땅, 산, 물, 바람, 구름, 바다, 돌, 나무, 식물, 사람일세. 특히 우리 인간이라는 존재는 부모 몸을 빌리고 도움을 받아야 하므로 혼자서는 도저히 태어날 수 없는 존재라는 것을 가르쳐 일깨워 주고 있다네. 천부경과 풍류도경에서는 이 세상에 존재하는 현실세상과 존재하지 아니 한다는 세상, 즉 눈에 보이지 아니하는 영적 세계에서 신선들과 영원한 빛이 되고자 선문답하신 것이 아닌가?"

그러면서 혜능선사는 껄껄 웃었다.

"그렇다면……."

최치원이 말했다.

"천부경에서 말한 이인일二人一은 여자(음) 남자(양)가 서로 사랑하므로 일어나는 음의 물과 양의 물이 만나서 새 생명이 태어나고, 새로운 생명이 물에서 시작되는 순간부터 마음이 생기나 생로병사로 육신이 사라지면 육생六生으로 눈으로 볼 수 없는 세계에서 영원히 다시 살아간다는 뜻입니다."

"그러므로 마음은 내 몸 안 어느 곳에나 존재한다네."

이 말을 듣고 혜능선사가 말했다.

"인간세계와 신선세계를 말한 것이 아닌가요?"

두 사람의 선문답은 밤이 깊어 가는 줄도 모르고 거침없이 계속되었다. 그러다 보니 어느덧 날이 밝아 문틈이 훤해지고 있었다. 최치원 일행이 봉래산 순례를 마치고 묘향산과 백두산으로 떠나려고 할 때 보리왕후가 물었다.

"오라버니, 어디로 향하시려고 하십니까?"

치원은 잠시 고개를 숙이고 있다가 천천히 말했다.

"곧 겨울이 올 것이니 묘향산과 백두산을 빠른 시일 내에 둘러보고 난 후 따뜻한 동백꽃이 피어나는 남쪽 바닷가로 갈까 하오."

그러자 보리왕후가 말했다.

"저도 데려가주세요."

호몽이 물었다.

"왕후님, 견훤대왕님은 어찌하시고요?"

보리왕후가 웃으며 답하였다.

"그 어른 곁에는 작은 왕후 고비녀가 있잖아요. 워낙 낙천적이어서 저 없이도 다른 여인들과 잘 견디신답니다. 고비녀가 입의 혀처럼 잘 해 드리기도 하고요. 나는 원래 무술을 한 사람이라 성격이 무뚝뚝하잖아요."

이렇게 해서 결국 최치원 일행과 보리왕후 일행은 곧바로 묘향산으로 향했다. 묘향산으로 가면서 최치원은 일행에게 사람이 평생 살아가는 동안 인생지도人生之道 중에서 항상 조심하고 해서는 아니 되는 일 삼도三道와 불교 등각경의 사유품, 언어품, 행위품 세 가지에 대하여 먼저 설명하였다.

첫 번째 사유품에서 생각이 먼저 일어나고 마음과 행동은 생각에 의하여 나중에 일어나므로 생각을 최우선으로 삼아야 한다고 했다. 생각에는 고정되어 있는 생각 염念이 있고 순간순간 떠오르는 상想이 있다. 즉 마음은 하루에 일만팔천 번 일어나고 마음의 속도는 태양빛 보다 빠르다. 착하고 건전한 생각이 일어나야 욕망(貪탐)을 여위게 되고 분노(瞋진)를 여위게 되며 어리석음(恥치)을 여위게 된다. 즉 삼독三毒을 여위게 된다고 했다. 생각이 일어나지 아니하고 정지되어 있는 상태가 본심이라고 말했다.

그러므로 소리에 놀라지 않는 사자같이 그물에 걸리지 않는 바람같이 흙탕물에 더럽혀지지 않는 연꽃같이 또한 어떤 소리에도 멈추지 않고 무소의 뿔처럼 앞을 향해 쉬지 않고 묵묵히 가고 있는 것들과 같이 생각할 줄 아는 사람이 되어야 한다고 하였다. 그러므로 쓸데없는 상념이나 헛생각에 빠져들지 않으면 탐·진·치에서 벗어나 청정한 생각을 하게 된다고 하였다. 즉 이를 생각명상이라고 하였다.

두 번째 언어품에서 생각을 기초하여 일어나는 것이 언어라고 하였다. 사람의 귀에 한 번 들어온 언어는 코끼리의 힘으로도 뽑아내기 어려우므로 말할 때는 거짓말을 하지 않고 이간질을 하지 않고 아첨의 말을 하지 않고 욕설을 하지 않는 것이 올바른 언어이므로 말할 때는 상대방이 어떻게 받아들일지를 순간순간 살피고 또 살펴 올바른 언어(正言정언)를 반드시 사용하여야 한다고 하였다. 즉 이를 언어명상이라고 한다.

세 번째 행위품에서 뭇 삶들의 행위는 생각과 말에 따라 선하게도 나타나고 악하게도 나타나니 한번 만들어진 행위는 활시위를 떠난 화살처럼 되돌아올 수 없다고 하였다.

그러므로 살아있는 생명들을 존중하여 그들의 생명을 죽이지 않고, 상대가 주지 아니하는 것은 빼앗지 말고, 올바르지 아니하고 불건전한 행동을 하지 않는 것이 올바른 행위(正行정행)라고 하였다. 즉 이를 행위명상이라고 하였다.

따라서 행위에 의해서 선비나 수행자가 되고 행위에 의해서 농부가 되고 행위에 의해서 기술자가 되고 행위에 의해서 상인이 되므로 이 세상을 살아가는 이치는 행위로 인하여 존재하며 사람의 인간관계도 행위 때문에 연결된다고 하였다.

이어서 항상 조심하고 스스로 경계하며 해서는 아니 되는 일 삼도에 대하여 말했다.

첫째 심념막망상心念莫妄想이다. 마음의 생각으로 망상을 하지 마라. 염念은 꼭 박혀 안 떠나는 생각이고 상想은 퍼뜩 떠오르는 생각이다. 망상은 망령된 생각, 즉 헛된 생각이나 개꿈이다. 사람도 쓸데없는 상념이나 망상에 빠져서는 아니 된다. 상념은 마음의 찌꺼기와 얼룩을 남긴다. 생각을 깊게 해서 마음을 반짝반짝 빛나게 닦아야 한다. 그러므로 세월을 일 없이 보내서는 아니 된다. 욕심 및 탐욕을 통해서 얻는 이익은 나를 도끼로 찍는 것과 같으므로 분수에 넘치는 과한 욕심을 부려서는 아니 된다.

둘째 진노막자종嗔怒莫恣從이다. 성내고 분노함을 멋대로 말하고 행동하지 마라. 한때의 화남을 못 참으면 백일의 근심을 가져온다. 그러므로 나보다 나은 사람을 시샘해서는 아니 되고 질투하거나 해꼬지하여 짓밟고 못되게 굴면 내 잘못이 스스로 드러나게 되고 또한 내 힘과 역량을 믿고 멋대로 날뛰면 어느 순간 나중에 힘이 빠져 몇 배로 나에게 되돌아올 수 있다. 상대방에게 화내고 힘자랑을 해서도 아니 된다.

셋째 세재막상수世財莫常守이다. 세상의 재물을 지키려하지 마라. 재물은 처음부터 내 것이 아니고 국가나 사람으로부터 잠시 빌려 쓰거나 보관하고 있는 것이므로 재물은 돌고 돌아 주인을 찾아가게 된다.

재물을 지키려고 아등바등 노력하면 할수록 결국 빈손으로 돌아가게 되고 죽음을 맞이하게 된다는 것을 잊어서는 아니 된다. 항상 조심해야 할 세 가지와 해서는 아니 되는 세 가지를 잘 지키고 살아간다면 근심, 걱정 없이 일생을 편안하고 즐겁게 살아 갈수 있다고 일행들에게 소상히 가르쳐 주었다.

경청하고 있던 보리황후가 말했다.

"지금껏 살아오면서 해서는 아니 되는 일과 조심해야 될 무량청 정평등각경을 가끔씩 망각하고 탐욕만을 위해 살아 온 것 같습니다. 남은 여생은 보람된 일을 하고자 하니 제가 지키면서 해야 되는 일 하나 더 가르쳐 주셔요?"

최치원이 또다시 말을 이어서 했다.

"우주만물은 생각으로부터 마음이 일어나게 됩니다. 생각은 머릿속에서 일어나는 것 또는 아직 머릿속에 존재하고 있으나 꺼내지 않은 것 이것을 생각이라 합니다. 한 문장이나 말로 표현되기 이전까지 밖으로 꺼내지 않고 머릿속에 유영으로 존재하고 있을 때 까지는 가능성이며 행동으로 실행되지 않은 것입니다. 생각이 사람의 입을 통해서 나오는 것을 말이라 하고 손끝을 통해서 종이나 조각 그림 등으로 옮기는 것을 글 또는 작품이라 합니다. 말은 한 번 입을 통해 나온 것을 수정할 수 없습니다. 이를 두고 일수불 퇴라고도 합니다. 말을 할 때에는 반드시 깊게 생각하고 또 생각해서 지혜롭고 아름다운 말을 해야 됩니다. 그러나 글로 쓰는 생각은 다시 수정 할 수 있으므로 여러 차례 정제 할 수 있습니다. 따라서 생각은 시간이나 세월을 먹고 어른이 되는 것입니다. 좋은 말과 글은 시간과 세상이 만들어 주는 것입니다. 생각이 자주 발생되는 원인으로는 지나간 세월동안 희로애락의 삶과 경험을 통해서 생각을 다시 하게 됩니다. 그러므로 놓인 처지나 상황에 따라 항상 염두에 두고 또 조심해야 할 열 가지를 하나 더 말씀 드리지요. 첫째, 부귀하게 살 때는 늘 곤궁한 사람을 불쌍히 여겨야 합니다(거부귀상린궁居富貴常憐窮). 즉, 어려울 때의 마음을 항상 간직하면 부귀가 나를 해치지 못한다고 하였습니다. 둘째, 즐거운 일이 있을 때는 늘 재앙과 화근을 염려해야 합니다(수쾌락상공재화受快樂常恐災禍). 즉, 지금 기쁘고 즐거워도 이것이 느닷없이 변해 재앙과 화근을 가져올지 모릅니다. 그러므로 즐거움을 아껴야 한다고 하였습니다. 셋째, 현재는 늘 이만하면 족하다고 마음먹어야 합니다(현재상생지족現在常生知足). 즉, 꿈도 버리지 말고 이만하면 됐다, 그래도 다행이다고 하였습니다. 넷째, 미래는 늘 경계하고 두려워 할 것을 생각해야 합니다(미래상사계요未來常思戒耀). 즉, 헛디딜까 살피고 잘 나갈 때 움츠리며 언제나 삼가고 조심해야 한다고 하였습니다. 다섯째, 원망을 맺었거든 항상 풀어서 면할 것을 구해야 합니다(면결상구해면免結常求解免). 즉, 남에게 심은 원망은 내 손으로 풀어야 합니다. 내가 해결하지 아니 하면 자식 및 후손이 그 독에 쏘인다고 하였습니다. 여섯째, 입고 먹을 때에는 늘 온 곳을 생각해야 합니다(의식상사래처依食常思來處). 즉, 이 음식은 어디서 농사를 지었나, 이 옷은 누가 만들었나의 근원을 항상 생각해야 한다고 하였습니다. 일곱째, 말할 때에는 항상 원인과 결과를 생각해야 합니다(출어상사인과出語常思因果). 즉 나오는 대로 내뱉지 말고 툭 던지는 말 한마디가 상대에게 어떤 반응을 일으킬지 생각하고 말해야 된다고 하였습

묘향산

니다. 여덟째, 생각을 일으킴은 언제나 순수하고 바르게끔 하여야 합니다(기념상교순정起念常教純正). 즉, 사람은 일어나는 생각을 잘 관리해야 순수한 마음으로 바른 삶을 살 수 있다고 하였습니다. 아홉째, 역경은 언제나 마땅하다고 생각하고 순순히 받아 들여야 합니다(역경상당순수逆境常當順受). 즉, 역경 속의 원망은 금물입니다. 그러므로 뒤돌아보고 살펴서 지나갈 때까지 참고 기다려야 한다고 하였습니다. 열째, 동정은 언제나 무심하게 해야 합니다(동정상부무심動靜常付無心). 즉, 다른 마음을 먹으면 뜻하지 않는 파란이 일어납니다. 그러므로 텅 비우고 무심해야 인생이 물 흐르듯 흘러간다고 하였습니다."

백두산

이 열 가지를 생활화하고 실천한다면 풍류도 처정관동행 심소 심락법을 스스로 깨닫게 되는 것이라고 말했다. 서로 서로 소통하며 즐거운 여행을 하다 보니 시간 흐르는 줄 모르고 묘향산에 도착하였다.

묘향산 신선바위에 천부경을 새겨둔 곳에 이르러 글씨가 잘 보존되어 있는 것을 확인한 후 일행들에게 천부경의 핵심 사상을 설명하였다.

"사람의 본심은 태양과도 같아 항상 빛나고 밝아야 되며 태양을 앙명 하여야 된다고 문자로 쓴 것입니다. 그러므로 사람은 하늘과 땅의 중심이며 으뜸이라고 하였습니다." (본심본태양앙명인중천지일 本心本太陽昻明人中天地一)

부산 앞바다

곧바로 일행 모두는 추위가 빨리 오는 백두산 천지에 도착했다. 백두산은 신이 빚은 영산 중에서도 천하제일 산이라고 선대로부터 전해 오고 있다.

이 세상에서 가장 높은 곤륜산(에베레스트 8,848m)으로부터 동쪽으로 뻗어 내려온 산들 중 산 중턱에 물과 호수가 함께 존재하고 있는 산으로 당나라에 천문산, 태백산, 태산 세 개 산이 있고 요동평원을 거쳐 동방군자국(한반도 신라)에 우뚝 높게 솟아 오른 백두산 태백산 두 개 산이 있다고 하였다.

아름다운 비경이 동시에 존재하고 있는 산은 백두산뿐이라고 하였다. 백두산은 이 세상에서 가장 신령스러운 산이며 현자들이 깨달음을 얻기 위해 즐겨 찾는 산이라고 하였다.

해운대

　동방군자국에는 인중천지일을 갖춘 현자가 계속 많이 태어나서 이 세상을 빛내고 밝게 만든다고 하였다. 백두산 정기를 이어받고 살아가는 동방군자국 사람들은 험난한 일을 먼저 하고 얻는 바를 뒤로하며(도전과 겸손 한류 문화 정신의 유전자를 말함) 또한 보옥을 캐는 자가 곤륜산(일반사람이 가 볼 수 없는 설산)의 높음을 꺼리지 않고 진주를 찾는 자가 검은 용이 사는 바닷물 속의 깊음을 피하지 아니 하는 민족이라고 했다.

　그러나 간혹 사람들은 둥근 구멍에 모난 자루를 박는 것과 같이(어리석은 사람을 말함) 뜻을 달리하는 경우도 일부 있지만 뜨거운 열정으로 도전하는 한민족은 창의와 창조 정신이 뛰어나므로 백성들 스스로 질서(최치원 사상에서 질서는 발에 있다고 하였다)를 잘 지키면서 살아가고 있는 우수한 민족이므로 후세에 심법개혁心法改革을 통하여 인중천지일人中天地一시대가 올 것이라고 최치원이 말하였다.

이어서 보리왕후는 백두산 천지와 폭포의 아름다운 경치를 보고 황홀감에 도취되었다고 말했다.

"전쟁터를 누비고 다닐 때는 편안한 마음이 아니고 늘 불안했습니다. 그러나 이번 여행은 가족과 함께하는 여행이 되었습니다. 마음 깊은 곳에 영원한 추억으로 간직하고 남은 여생을 보내고자 합니다. 여러분 모두가 함께 동행해준 덕분에 저는 행복했습니다. 여러분과 만난 인연은 우연이 아니고 하늘이 정해준 필연적 만남으로 생각하며 여러분에게 누가 되지 않도록 부끄러움 없이 세상을 살아가겠습니다. 묘향산과 백두산 여행을 통하여 인생 공부를 너무나 많이 했습니다."

보리왕후 일행은 붉은 동백꽃이 피는 동백섬 바닷가로 향했다.

수일이 지나서 남쪽 붉은 동백꽃이 피는 동백섬 바닷가에 도착했다.

참으로 오랜만에 느끼는 마음의 평화와 고요였다. 모두 바닷가를 뛰어다니며 어린아이처럼 즐기고 짓궂게 쫓아오는 갈매기와 함께 티 없이 놀았다.

비록 머리에는 흰 서리가 내리고 허리는 굽어 몸놀림이 자유롭지는 못했지만 마음만은 모두 서라벌시절의 홰나무 언덕 서당에서 뛰어놀 때의 그때로 돌아가 있었다. (원래 동래에서 동쪽으로 20리쯤 떨어져 있는 곳이었다.) 바다갈매기가 끝도 없이 모여들자 바다갈매기 떼를 유심히 바라보고 문득 글 쓰기 좋은 자리에 앉아 짐보따리 속에서 붓을 꺼내어 바다갈매기海鷗 시를 써 내려갔다.

이리저리 물결 따라 훨훨 날으며
가볍게 깃 벌리니 참으로 물의 신선이구나.
자유로이 세상 밖을 드나들고
선경을 오락가락 걸릴 게 뭐냐
도량의 좋은 맛도 아랑곳없고
풍월의 참 멋을 참으로 사랑하네

慢隨花浪飄然 만수화랑표표연 輕擺毛衣眞水仙 경파모의진수선
出沒自由塵外境 출몰자유진외경 往來何妨洞中天 왕래하방통중천
稻粱滋味好不識 도량자미호불식 風月性靈深可憐 풍월성령심가련

치원이 시를 다 쓰고 일어났을 때 보리왕후가 소녀처럼 웃으며 말했다.

"오라버니, 저 바위 위에 천년만년이 넘도록 오라버니 호가 살아 있도록 호 하나를 써 놓으시죠. 오라버니는 '孤雲고운'이라는 호도 쓰고 '海雲해운'이라는 호도 쓰시지만 여기는 바닷가니까 오라버니의 해운이라는 호를 써서 해운대라고 이름을 지어요."

호몽도 손뼉을 치며 기뻐하였다.

"그래요 여보, 왕거인이 보고 바닷물이 쉽게 들어오지 못하도록 축대를 쌓게 하고 그 축대 위에 그대의 고운이 아닌 다른 아호인 해운海雲 호비를 남기세요."

그날로부터 왕거인은 동네 장정 70여 명을 모으고 섬 주변을 사람들이 쉽게 오르내릴 수 있도록 축대를 쌓아 새로운 도로를 만들었다. 그리고 동해가 한눈에 내려다보이는 큰 바위 한가운데를 정해 놓고 이곳 바위 위에 치원으로 하여금 글을 남기게 하였다. 그렇게 지난 일에 대해 이야기를 나누며 걷다 보니 어느새 동백섬 끝에 이르렀다.

이곳은 동해와 하늘이 맞닿은 수평선 저 멀리서 붉게 솟아오르는 태양은 무척이나 신비스러웠다. 최치원은 가슴을 활짝 펴고 동해를 온몸으로 품었다. 그러자 자신의 마음이 무언가에 이끌리는 듯 새롭게 시작되고 있음을 느꼈다.

최치원은 보리 황후 일행과 함께 섬 주위를 거닐다가 남쪽에 위치한 산의 중턱에서 바다로 내리 뻗은 절벽으로 향했다. 마치 누에의 머리가 바닷속으로 들어가 있는 것처럼 보이는 곳에서 잠시 발걸음을 멈추었다.

함께 온 사람들이 바위에 걸터앉아 먼 바다를 바라보며 숨을 크게 들이마셨다. 나라를 잃어버리고 외국으로 피난가서 낯설고 말이 잘 통하지 않는 외국 사람들과 생활하는 우리나라 사람은 '외롭게 날아다니는 갈매기의 모습들과 다르지 않고 마치 외롭게 주유산천하는 모습과 같구나. 지금쯤 해인사 스님들은 공부를 하

기 위해 바쁘게 오고 가겠지. 그 모습이 눈에 선하구나'라며 시 한
수를 지었다.

참상의 천상인

바닷가 구름 속 암자 푸른 소라처럼 붙어 있고
속세를 멀리 떠났으니 스님들의 집이라 부르네
그대여 파초에게만 물어 보려 마시고
봄바람 물결 이는 꽃처럼 요동치는 것 보아 주시구려

海畔雲菴倚碧螺 해변운암의벽라 遠離塵土稱僧家 원리진토칭승가
勸君休問芭蕉喩 권군휴문파초유 看取春風撼浪花 간취춘풍감낭화

최치원은 자유로이 나는 갈매기를 바라보며 해인사의 스님들이
떠올라 '참상의 천상인'이라는 시를 바위 위에 남겼다.
"가히, 명문장이오."
최치원의 시를 본 왕거인과 보리 황후일행이 감탄을 한 나머지
입을 다물지 못했다. 함께 온 사람은 해가 저물도록 바위에 앉아
떠나지 않았다. 속세 사람들이 이해할 수 없는 심오한 이야기를 나
누며 시간 가는 줄 모르고 있었다. 그러다가 저물녘이 되어 석양
이 수평선에 기울며 붉은 노을을 만들자 자리를 털고 일어섰다.
최치원은 돌아오는 길에 붉게 물든 바다 위의 구름을 무심히

바라보며 고려의 역사가 오래도록 이어지기를 기원했다. 산봉우리에 걸쳐 희미하게 빛나는 달빛이 치원의 간절한 마음을 뜨겁게 달구고 있었다.

'바다 구름(해운) 타고 이웃 왜나라로 찾아가 우리 후손들 만나서 이곳에 함께 오고 싶구나.'

최치원은 다음날 왕거인과 보리왕후 일행이 축대 완성을 마무리하는 것을 보고 헤어지며 전날 시를 지었던 동백섬 바닷가로 다시 찾아 갔다. 축대가 완성되던 날 치원은 정좌하고 앉아 바위 위에 '海雲臺해운대'라고 썼다. 이곳을 찾아오는 사람들이 이 글씨를 보고 나를 생각하게 될 것이다. 그리고 천 년이 넘도록 오래오래 남아 있을 것이라고 주위 사람들에게 말했다.

최치원은 그 바위에 앉아 흐르는 땀방울을 닦으며 잠시 숨을 고르고 있었다. 그때 산 아래에서 헐레벌떡 뛰어오르는 웬 동자승의 모습이 보였다.

"학처럼 떠도는 구름을 벗 삼아 수행하면서 즐기고 있는데…….
스님은 뉘시오?"

최치원이 잔잔한 미소를 지으며 동자승에게 물었다.

"동……래 범어……사의 주지 스님이신 성……광 스님이 보내서 왔습니다. 성광스님께서 어르신을 꼭 뵙……고 싶어 하십니다."

동자승은 숨을 몰아쉬며 제대로 말을 잇지 못했다. 동자승의 말을 들은 최치원은 잠시 눈을 감고 깊은 상념에 잠겼다.

"앞장을 서시지요."

최치원은 자리에서 일어나 동자승을 따라 나섰다.

해가 저물어갈 때에야 겨우 동래 금정산 아래 있는 범어사에 도착했다. 최치원이 일주문에 다다르자 성광스님은 기다렸다는 듯이 달려와 치원을 반갑게 맞이했다.

"어서 오십시오. 그저 차나 한잔 나누면서 풍류도경과 법장화상전에 대하여 가르침을 받고 싶어 염치없이 이렇게 모시게 되었습니다."

다음 날, 성광스님은 절의 모든 스님과 말사의 스님들을 법당에 모이게 했다.

"풍류도경은 사람들이 숨을 쉬고 맥박이 뛰는 것을 말하기도 합니다. 바람은 하늘, 바다, 땅 등 온도변화 조건 때문에 발생하여 서로 이동하게 되므로 일정하게 정해진 것이 없다는 세상 이치를 말한 것입니다. 물은 모든 곳의 가장 높은 것에서 가장 낮은 곳 바다로 흘러가서 하나의 바닷물로 융합되어 서로 구분할 수 없는 것과 같이 이 우주만물도 정해진 것이 없다는 것입니다. 그러므로 사람 모두가 함께 세상을 살아가야 된다는 음양법칙의 도리를 말한 것이오. 즉 나와 나 아닌 자연과 사람들 없이는 혼자서 살아갈 수 없다는 세상의 이치를 말하였습니다. 사람과 사람 간에 믿음을 저버리면 의심이 생겨 나와 나 아닌 자 간에 수평적 관계를 유지할 수 없다고 하였습니다. 그런 연유로 사람과 사람의 약속은 반드시 실천하여 지켜야 되고, 이익을 주고 손해를 주어서는 아니 된다는 도리와 내가 존재하지 아니하고서는 아무것도 없다는 것을 사부대중에게 말한 것입니다."

최치원은 스님들이 모두 모인 자리에서 풍류도경에 대한 가르침을 전했다.

"법장화상전은 불교 경전의 화엄사상과 우리 민족의 사상 천부경과 풍류도를 융합하여 쓴 것으로서 일반 백성들이 살아가면서 근본적으로 지켜야 할 지극한 도를 말한 것입니다. 지극한 도는 문자를 떠나 원래 눈 앞에 있습니다. (至道文字離 元來在目前) 그러니 백성들이 평온하고 행복하게 잘 살 수 있는 복덕을 짓도록 여기 계신 스님들께서 열심히 기도를 해주셔야 할 것입니다."

그러면서 최치원은 붓을 들어 글을 쓰기 시작했다.

風流道心一 풍류도심일　天人本心一 천인본심일
處靜觀動行 처정관동행　心笑心樂法 심소심락법
實得人百言 실득인백언　之己千之必 지기천지필
愛國愛民如 애국애민여　利國利民始 이국이민시
大德生心用 대덕생심용　天福共受一 천복공수일

최치원은 풍류도경 50자를 써서 스님들에게 나누어 주었다.

"백성들이 잘 살게 되면 백성들 스스로 범어사를 찾아와서 기도를 많이 하게 되어 범어사도 천년만년까지 더욱더 번창할 것입니다."

최치원이 이렇게 말을 마치자 성광스님을 비롯한 다른 스님들도 일제히 자리에서 일어나 두 손을 모은 채 공손히 합장을 했다.

"아침저녁 예불 시 반야심경 다음으로 천부경과 풍류도경을 봉독해 주면 스님이나 백성들 모두 복덕을 함께 받게 되어 이 고려에 이익이 된다는 것 아니십니까?"

성광스님은 최치원에게 다가와 합장을 하며 반드시 천부경과 풍류도경을 불교 경전 이전의 기본사상 학문으로 봉독할 것을 약속했다. 이에 최치원도 두 손을 모아 공손하게 합장을 하며 감사한 마음을 전했다.

다음 날, 최치원은 성광스님과 함께 동백섬을 다시 찾아갔다.

"가슴 속에 묻어두고 아무에게도 말하지 아니했던 내 옛날 얘기 하나 들려드릴까요? 돌아가신 헌강대왕의 분부로 당나라 문화와 다른 이웃 섬나라 왜국 문화를 살펴보고 오라는 하명을 받고 조정의 대신들도 전혀 모르게 탐라도 비안도를 거쳐 이웃 나라인 왜국을 방문한 적이 있었지요. 그곳에서 그 나라 사람들의 정치, 경제, 문화, 군사 실상을 직접 파악하고 서라벌로 돌아와 대왕께 당나라 문화와 왜국 문화를 비교 분석한 자료를 비밀리에 보고했답니다."

전혀 예상치 못한 말을 들은 성광스님은 갑자기 발걸음을 멈추더니 놀란 눈빛으로 최치원을 하염없이 바라보았다.

"가야, 백제, 고구려가 차례로 멸망함에 따라 왕족 및 지도층 인사들이 이웃 나라인 왜국과 당으로 이민을 갔었지요. 좀더 구체적으로 말하면 가야 사람은 나라 지역으로, 백제 사람은 오사

카(관서) 지역으로, 고구려 사람은 동경(관동) 지역으로, 신라 사람은 교토 지역으로 나누어져 이민 생활을 했지요. 그들은 스스로 살아남기 위해 역지사지 입장에서 어렵고 힘든 일을 마다하지 아니하고 도맡아 하면서 자신을 낮추고 상대방을 존중해야 한다는 것을 기본정신으로 생활하는 습관을 길렀습니다. 이러한 연유로 인하여 왜국 사람들은 도불원인 인무이국道不遠人 人無異國을 이미 실천하고 있었습니다. 이민 온 사람들을 차별하지 아니하고, 오히려 자기들의 지도자로 인정하기 시작한 것이지요. 왜국의 정치, 경제, 군사, 문화를 두루 살펴보니, 당나라 남쪽 지방의 문화를 많이 받아들이고 또 신라의 향교 문화와 백제 불교문화도 많이 받아들여 이보다 더 발전된 문화를 꽃피운 것으로 볼 수 있었습니다. 어느 지방은 마치 신라와 조금도 다름이 없었소. 절은 신라보다 크고 웅장하게 지어 백성들 모두 열심히 믿고 있었소. 정치적으로는 성주들이 인재 등용을 차별화하지 아니하였고, 누구나 노력한 만큼 잘 살 수 있는 수평적 관계를 유지하고 있더이다. 이 사실을 헌강대왕에게만 보고하니, 헌강대왕이 이렇게 말씀을 하시더이다. '치원, 그대와 나만이 아는 것으로 하고 절대 천기를 누설해서는 아니 된다.' 그래서 그 사실을 여태껏 누구에게도 발설하지 않고 이 늙은이의 마음에 꼭꼭 숨겨 놓았던 것입니다. 그러나 신라가 고려에게 정권을 평화롭게 넘겨주고, 고려의 태조가 나의 이러한 직언을 받아들여 국가 통치의 덕목으로 삼아 실행하고 있기 때문에 이제는 말하는 것입니다."

운문사 출처, 문화재청

성광스님은 최치원의 숨겨진 선견지명先見之明 능력에 대해 다시 한 번 탄복했다.

동래 범어사를 떠난 후 최치원 일행은 유교, 불교, 도교에 회통한 학식 높은 선승이 두문불출 머물고 있는 청도 가지산 운문사로 발걸음을 옮겼다.

운문사 입구는 첩산疊山이 수려하고 흐르는 임천은 성스러운 자연합일과 평정심을 이루는 우주공간의 세계였다.

"특히 선의 세계는 말로 표현할 수 없는 진리를 담아내고 있으며 고도의 상징과 절제는 언어를 통한 언어 너머의 의미를 갖고 있지요. 선이 오직 마음을 가리켜(直指人心) 부처를 이룬다(見性成佛)고 하였는데, 운문사 '지광' 선사께서는 구름이 이는 높드리에 사찰을 지어놓고 50년 동안 한 번도 산문 밖으로 지팡이 짚고 나선 적이 없고, 붓을 들어서 서라벌의 왕과 귀족은 물론 친인척에조차 서찰을 보낸 적도 없었던 분입니다. 오로지 선성仙聖을 수행하는데 몰두하여 탐욕과 어리석음을 멈추(愍)는 지止와 마음속의 부처를 곧바로 들여다 볼 수 있는 관觀을 두루 갖추신 분이지요.”

이 같은 이야기들은 이미 입소문을 통해 알고 있던 터라 주지선사를 상면하자 치원 일행은 공손한 예부터 올렸다.

“주지스님께서 이곳에만 50년 이상 머물고 있는 것은 물 속에 비친 달을 잡는 것과 같고 풀잎 이슬에 구멍을 내는 것과 같이 어려운 점을 감내하고 지켜온 것에 대하여 경하하는 뜻에서 소인이 시 한 수를 올리고자 합니다.”

그러면서 당의 시성 두보의 시에서나 볼 수 있는 대장對仗의 신묘한 운용運用과 같은 음률로 시 한 수를 지어 올렸다.

운문사의 지광스님께

구름이 이는 곳 정사를 지어놓고
선정을 닦은 지 반백 년 흘러갔네
지팡이 없어서 산문 밖 안 나서고
붓 들어 서라벌로 글 보낸 일도 없네
대나무 홈통엔 감기는 샘물 소리,
소나무 창가엔 버성긴 해 그림자

그 높은 경지를 시로도 표현 못해
가만히 눈감고 진여를 깨치려네

贈雲門蘭若智光上人 증운문난약지광상인
雲畔構精廬 운반구정로 安禪四紀餘 안선사기여
筇無出山步 공무출산보 筆絶入京書 필색입경서
竹架泉聲緊 죽가천성긴 松欞日影疏 송령일영소
境高吟不盡 경고금부진 瞑目悟眞如 명목오진여

　지광선사는 치원이 쓴 시문을 읽어보고 두보의 시를 넘어선, 경지를 깨달은 자가 지을 수 있는 아주 훌륭한 시문이라고 극찬했다. 그리곤 눈을 지긋이 감으면서 시구에도 있는 대나무 홈통의 샘물소리를 떠올리며 이렇게 말하였다.
　"차를 마시기 위해 대나무 홈통에 감기는 샘물소리를 잇대어 도학으로 연관하여 생각하였더니 연이어서 똑똑 물 떨어지는 소리가 머리를 꽉 채웁니다. 그 소리가 몸을 감싸는 것을 느끼며 또 그 물로 차를 끓여 마시며 다선일미茶禪一味의 수행을 하노라면, 어느새 저녁이 되어 소나무로 만든 창가에는 해 그림자가 버성기게 놓여 있지요. 새벽에 시작한 선정이 저녁에 이르도록 짙은 삼매에 든 것입니다. 그런 하루를 소승은 1년 360일에 50년을 곱한 것만큼 계속 반복하였지요. 그렇게 하여 깨달음에 이르렀으니, 지극히 높은 깨달음의 경지를 어찌 시 한 수로 표현할 수 있으리오만, 치원 그대는 깨달음의 경지를 넘어선 선의 경지를 빌려 생략과 절제의 미학으로 반짝반짝 빛이 나는 문자와 언어를 통해 언어 너머의 세계를 시로 드러내니 현묘하고 현묘하여 내 평생 치원 그대 같은 인물은 처음 보겠소이다."

지광선사는 치원을 바라보며 껄껄 웃고 난 후 그대가 지은 시문과 같이 후세 현자나 각설자들이 실천하는 준비된 인재가 많이 있을 것이라는 말을 끝낸 후 치원 일행과 차 한 잔을 다정히 나누었다.

지광선사와 헤어진 후 최치원 일행은 남해안에서 바닷모래가 가장 곱고 물결이 가장 잔잔한 합포만合浦灣(지금의 경남 창원시 합포구 월영동 일대)에 도착했다. 그리곤 합포만의 주변 경치와 백사장의 아름다움에 감탄했다.

일행이 그곳에 가자 또 소문이 퍼져 삽시간에 3,000명의 젊은이들이 모였다. 화랑훈련을 받았던 신라계 청년들이 1,000명, 글과 시를 배우겠다고 모여든 선비들이 1,000명, 구경꾼들이 1,000명이었다. 합포만에는 매일 저잣거리가 생겨나고 장사꾼만 500명이 넘었다. 치원은 번거로운 사람들의 인파를 피하여 왕거인과 무성 장군을 시켜 배를 구하고 틈이 나는 대로 합포 앞바다의 저도猪島와 계도鷄島로 건너가 한가한 시간을 가졌다.

날씨가 좋고 바람이 차지 않을 때는 2,000명의 젊은이들에게 풍류도를 설파하고 왕거인과 무성 장군에게 품새를 보이도록 하였다. 호몽과 보리도 지지 않고 도복을 챙겨 입은 채 합포의 모래

월영대 출처, 위키백과

밭에서 단숨에 저도와 계도로 날아가는 시범을 보여주었다. 두 마리의 학처럼 호몽과 보리가 바다를 가로지를 때 사람들은 넋이 나가 모두 쳐다보고 환호하였다.

그 장엄한 최치원의 풍류도 시범과 호몽이 보리와 함께 비상하는 것을 바라보며 이를 지켜 보고 있던 사람들은 최치원을 위해 그 무엇인가를 해 주고 싶어 하였다. 그래서 그들은 합포 바닷가에 높다란 대를 쌓아 완성된 이후 이 대에 대하여 이름을 지어 글씨를 남겨 달라고 하였다. 치원은 주저하지 않고 지필묵으로 '월영대月影臺' 석 자를 쓰니 왕거인은 즉시 돌에 각자하였다.

그 이후 사람들은 이 대를 '월영대'라고 불렀다. 그 월영대에서 수평선 위의 바다를 바라보면 바다를 비추는 달빛 그림자의 넓이가 눈으로 헤아리기 어려웠다. 최치원이 한 계절을 이곳에서 지내고 다른 곳으로 떠나면서 해변한보海邊閑步(바닷가를 한가로이 걸으며) 시 한 수를 지었다.

바닷가를 한가로이 걸으며

밀물 나간 뒤 고요한 모래밭 올라 걷노라니
지는 해는 산마루에 걸리고 저녁노을 끼여 있네
봄 빛깔도 나를 길게는 괴롭히지 못할 것이니
고향 뜰 꽃향기 취하는 것 돌아가서 보고 말 거네

海邊閑步 해변한보

潮波靜退步登沙 조파정퇴보등사　落日山頭簇暮霞 낙일산두족모하
春色不應長惱我 춘색불응장뇌아　看看卽醉故園花 간간즉취고원화

최치원 일행은 두류산의 제일 높은 봉우리가 소재하고 있는 천왕봉(현재 경남 산청군 시천면 중산리)으로 향했다.

'참으로 신비로운 기운이 느껴지도다.'

길을 걷다 보니 최치원은 갑자기 어디에선가 이상한 기운이 스며 있음을 느꼈다. 그래서 주변 땅의 기운을 관찰해 보니 두류산 북쪽과 동남쪽에서 흘러내리는 물과 덕유산 남쪽과 황매산 서북쪽에서 흘러내리는 물이 합쳐져 모이는 것을 발견했다.

석상왜송

'이 주변에는 옥토가 형성되어 있으므로 백성들이 살아가는 데 어려움이 없겠구나. 또한 평안하게 잘 살 수 있는 곳이 되어 각설자와 현자가 태어날 지세로다. 이곳의 아름다운 자연을 보고 성장하는 젊은이들은 학문을 열심히 배우고 연구하여 이 나라 고려는 물론 당에까지 이름을 크게 떨칠 인물이 계속 배출되는 땅의 기운이 뻗치고 있구나.'

최치원은 산수가 예사롭지 않음에 놀라움을 감추지 못한 채 고개를 들어 하늘을 쳐다보니 절벽 위에 꼿꼿이 살아 있는 작은 소나무의 절경을 보고 시를 지었다.

바위에 작은 소나무

재목감 못 되어 노을과 연기 속에 늙어만 갔으며
시냇물 밑이 어찌 바닷가 절벽만 하오리까
해 저물자 그림자 늘어나 섬 나무 키 같아지며
바람은 밤중에 솔씨 흔들어 모래밭에 떨구네
바닥 돌에 절로 내린 뿌리 길고도 튼튼하니
구름 넘어갈 길 멀다고 어찌 한탄만 하오리까
키 낮은 안목이라 괴이타 의아해 할 것 없으며
안영의 집 들보감으로 맡길 만하다네

石上矮松 석상왜송

不材終得老煙霞 부재종득노연하　潤低如何在海涯 간저여하재해애
日引暮陰齊島樹 일인모음제도수　風敲夜子落潮沙 풍고야자락조사
自能盤石根長固 자능반석근장고　豈恨凌雲路尙賖 기한능운로상사
莫訝低顏無所愧 막아저안무소괴　棟樑堪入晏嬰家 동량감입안영가

　시를 짓고 난 최치원은 또다시 고개를 들어 먼 하늘을 바라보
았다. 앞에 보이는 하늘과 산봉우리가 맞닿아 있는 것을 보고 각
설자와 현자들이 신선들과 함께 서로 마음으로 소통하고 드나드
는 곳이라 생각을 했다. 그래서 최치원은 개울가 절벽을 깎아 광제
암문廣濟嵒門이라는 글씨를 새겨 놓았다.

광제암문(경상남도 산청군 단성면 청계리)

　　그리고 그리 멀리 떨어지지 않은 곳에서 마치 거북이 하늘로 승
천하는 모습과 같은 바위를 발견했다. 이곳에 사는 사람들은 천인
처럼 이 세상을 살아가는 사람들이 될 것이라 하여 구룡고비九龍古
碑라는 글씨를 다시 새겨 두고, 천왕봉 정상에 올라가 나라와 백성
의 평화와 안녕을 위한 기도를 했다. 최치원은 잠시 후 산마루 위
에 우뚝 솟은 바위를 보고 '산정위석(산마루에 우뚝 솟은 바위)'이라는
시를 지었다.

　　　산마루에 우뚝 솟은 바위(현 지리산 천왕봉)

　　세월이 만들어 낸 것 닦은 것보다 나으며

높고 높은 꼭대기에 푸른 소라처럼 서 있네
떨어지며 날리는 물줄기에 건너뛰지 못하며
한가로운 구름만이 자주 스치어 가네
높은 산 그림자 바다에 솟는 해 먼저 맞이하며
위태로운 모습 썰물에 떨어질 듯하네
아무리 옥을 많이 지닌들 그 누가 되돌아보며
세상 모두 제 몸만 돌보며 변화를 비웃었네

山頂危石 산정위석

萬古天成勝琢磨 만고천성승탁마 　高高頂上立靑螺 고고정상입청나

永無飛溜侵凌得 영무비류침능득 　唯有閒雲撥觸多 유유한운발촉다

峻影每先迎海日 준영매선영해일 　危形長恐墜潮波 위형장공추조파

縱饒蘊玉誰回顧 종요온옥수회고 　擧世謀身笑卞和 거세모신소변화

　산 정상에서 일행과 같이 국태민안을 위한 기도를 끝내고 내려오면서 남해가 보이고 저 멀리는 왜나라가 있는 곳이라고 생각되어 나라와 나라 간의 국태민안을 위한 기도를 며칠간 더해야 되겠구나 판단하고 법계사 암자에 머무르면서 기도하기로 마음먹었다. 법계사 주지 일법스님과 저녁 공양을 마치고 차 한 잔 나누는 동안 주지 스님은 물었다.

　"의상조사 법성게에서 부처님도 진실을 거짓으로 아는 것과 거짓을 진실로 아는 것 이 두 가지가 중생 마음에서 사라져야 지혜

를 깨닫게 된다고 말씀하셨습니다. 최치원 한림학사께서도 해인사에서 법장화상전 찬술한 것을 구전을 통하여 들어서 알고 있습니다. 의상조사 법성게와 법장화상전을 비교해서 가르쳐 주시지요."

치원은 말했다.

"사람들은 인생이 영원한 것이라고 생각하고 앞으로 좀 더 잘 살아 보겠다며 목표를 세우고 끝없이 노력하고 있습니다. 사람과 이 우주 만물은 생로병사에서 벗어 날 수 없습니다. 태어남도 지수화풍地水火風 원인에서 태어나고 모든 생명이 죽게 되면 지수화풍으로 분해되나 마음은 우주와 자연과 함께 살아가고 있습니다. 다시 말하면 우주의 자연에서 왔다가 자연으로 돌아간다는 뜻입니다. 즉, 오랜 세월이 흘러가고 다시 시작되면서 우주만물을 사용하여 변화시키지만 원래 근본(본래 있는 그대로의 원소, 즉 금이나 물)은 변화되지 아니 하는 것을 말하고 있습니다. 천부경의 만왕만래萬往萬來 용변부동본用變不動本이 이와 같은 뜻이라고 보면 됩니다. 인생은 영원한 것이 아니라 순간순간뿐이라는 것을 깨달아야 됩니다."

치원은 오늘 하루 지금의 순간순간에 최선을 다해 노력하고 살아가되 동서남북東西南北 상하上下가 없는 가운데(中) 자리, 즉 자기 자신의 본마음에서 살아가는 것이 지혜로운 삶을 살아가는 것이라고 가르쳐 주었다. 법계사에서 며칠간 기도를 끝내고 칠불사가 있는 신선계곡으로 발걸음을 재촉했다.

길을 걷다 보니 푸른 하늘의 햇빛이 나무와 나무 사이를 비추는 대자연의 절경을 보며 세월이 멈추어 있고 세속을 잊어버리고

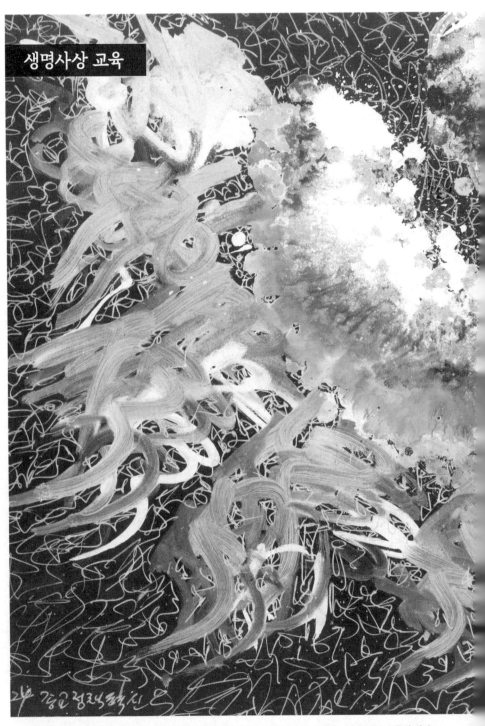

생명사상 교육

생명사상의 중요성을 형상화한 이미지. 최치원은 풍류도를 통해 숨결과 물의 흐름은 우주만물의 흐름과 같다고
강조하면서 이 둘의 원활한 흐름에 따라 우리네 생명이 계속 유지된다는 글을 후세에 전했다.

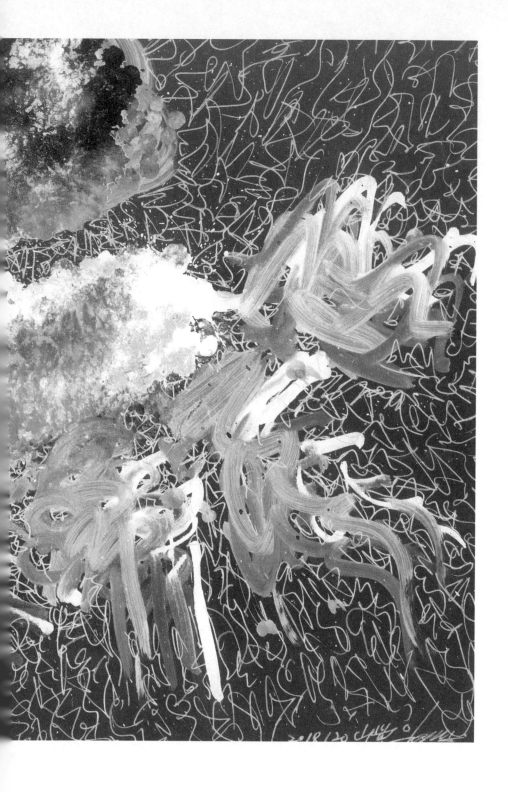

어머니의 뱃속에 있을 때를 생각하여 호리병 속의 별천지, 즉 단지 속의 하늘 세상이 존재하고 있다는 느낌을 받았다.

그래서 '화개동천' 또는 '호중별유천壺中別有天'이라는 시를 지었다.

동쪽나라의 화개동은
별천지 속에 신선의 경지
신선 옥 베개 밀치고 일어나니
어느새 천 년이구나

東國花開洞 동국화개동　壺中別有天 호중별유천
仙人推玉枕 선인추옥침　身世欻千年 신세훌천년

일만 골짜기 우렛소리 울리고
일천 봉우리에는 비 빛이 새로우며
산 속의 스님은 세월을 잊어버렸고
오직 잎새 사이로 봄을 기억하네

萬壑雷聲起 만학뢰성기　千峰雨色新 천봉우색신
山僧忘歲月 산승망세월　唯記葉間春 유기엽간춘

비온 끝에 대나무 빛깔 고운데

옮겨 앉으니 흰 구름 열리고

고요한 가운데 나를 잊고 있나니

솔바람이 베개 위를 스치네

雨餘多竹色 우여다죽색　移坐白雲開 이좌백운개

寂寂因忘我 적적인망아　松風枕上來 송풍침상래

냇가에는 달이 처음 비치는 곳

솔바람도 움직이지 않을 때

소쩍새 소리 귀에 들려오니

그윽한 흥취를 저절로 알게되네

澗月初生處 간월초생처　松風不動時 송풍부동시

子規聲入耳 자규성입이　幽興自應知 유흥자응지

숲 속의 흥취를 말하려 하니

어느 누가 이를 알아채랴

무심히 달빛을 보며 말없이 앉아

돌아갈 것도 잊어 버렸네

擬設林泉興 의설임천흥　何人識此機 하인식차기

無心見月色 무심견월색　黙黙坐忘歸 묵묵좌망귀

비밀스러운 뜻을 어찌 애써 말하며
강물이 맑으니 달그림자 통하고
긴 바람 일만 골짜기에서 일어나니
붉은 단풍잎들이 가을 산 허공을 가득 채웠네

密旨何勞說 밀지하노설 江澄月影通 강징월영통
長風生萬壑 장풍생만학 赤葉秋山空 적엽추산공

소나무 위로 담쟁이덩굴 얽히고
냇물 가운데에는 흰 달이 흐르며
돌 틈으로 물소리 울려 퍼지는 소리는
온 골짜기에 헤아릴 수 없는 눈이 휘날리는 것과 같네.

松上靑蘿結 송상청라결 調中流白月 조중유백월
石泉吼一聲 석천후일성 萬壑多飛雪 만학다비설

봄이 오니 꽃들이 땅에 가득하고
가을 가니 잎들이 하늘에 날리네
지극한 도는 문자를 떠나
원래 눈앞에 있다네

春來花滿地 춘래화만지 秋去葉飛天 추거엽비천

至道離文字 지도이문자 **元來在目前** 원래재목전

시문 작성을 끝내고 이어서 말했다.

자연에 흥취 있다고 말들 하지만
어느 누가 이 기미를 알겠는가.
무심히 달빛을 쳐다보며
묵묵히 앉아서 돌아가는 것도 잊어버리네.
천지의 비밀을 말해 어찌 혀를 수고롭게 하겠는가.
강이 물을 버리니 달빛이 그림자 되어 내 마음과 통하네.
흩날리는 바람은 수많은 골짜기에서 일어나니
붉은 잎 가을 산과 하늘이라네.

최치원이 칠불사에 들어오자, 주지승인 무량스님이 그를 반갑게
맞이했다.

"칠불사에 얽힌 이야기를 아시는지요?"

"가야를 세운 김수로왕이 왕자 9명을 낳았지요. 훗날 왕위를
계승할 수 없는 왕자 일곱 명이 왕위를 계승한 왕자가 백성을 위
해서 소신껏 통치할 수 있도록 도와주기 위하여 7명의 왕자는 더
이상 정치에 관여하지 않겠다는 뜻을 함께하고 백성들에게 알리
기 위해 속세를 떠나 두류산 위쪽에 자리한 신선 계곡으로 들어
갔답니다. 입에서 입으로 전해 내려오는 신선 계곡은 신선들이 모

여 사는 곳이라고 백성들이 말을 했지요. 일곱 왕자는 신선 계곡에서 바위가 가장 아름답고 평온한 곳에 칠불사 암자를 짓고 불교경전 수행에 용맹정진하였습니다. 그러다가 마침내 일곱 왕자 모두 신선이 되었다고 해서 백성들이 일곱 왕자를 칠불 도사라고 불렀다 합니다."

무량스님은 칠불암에 도착한 최치원에게 아침 상좌승이 가져온 아침 공양을 올리면서 칠불사에 얽힌 이야기를 또다시 풀어 나갔다. 그 말을 들은 최치원은 고개를 끄덕이며 스님을 향해 잔잔한 미소를 지어 보였다.

"석가모니는 인도 왕국의 왕자로 태어나서 고행을 했다지 않습니까? 스스로 깨닫고 마음에서 우러나는 생각 하나하나에 따라 있는 그대로를 볼 수 있는 지혜가 있으면 누구나 부처(불성, 佛性)가 될 수 있다고 가르치셨지요. 팔만사천대장경을 설법하신 이후 수백 년이 지나 달마대사가 불국정토를 찾아 양나라로 가지 않았습니까? 양나라 황제가 달마대사의 불법을 듣고 절을 많이 지어주면 빨리 성불할 수 있는 것이 아니냐고 물었습니다. 황제의 말을 들은 달마대사는 절을 많이 짓는다고 성불하는 것이 아니라고 하며, 불성이 없다고 말하고는 황궁을 빠져나왔다고 합니다. 또한 위나라에는 신동으로 소문난 종요라는 사람이 있었는데, 종요는 어려서부터 재능이 탁월하고 남보다 모든 것이 뛰어나며, 특히 시문에 능통함은 물론 천문지리도 통달했다 합니다. 아무리 청명한 날씨일지라도 비가 온다고 하면 어김없이 비가 왔고, 아무리 비가 쏟아지고 있는 중이라도 비가 곧 그칠 것이라고 하면 틀림없이 비가 그쳤으니……. 사람들은 그를 만물박사 및 천기 도사라고 하였답니다."

위나라 왕이 궁궐을 나와 민정을 살펴보기 위해 잠행을 하고 있던 중에 이러한 소문을 듣고 백성들이 현혹될까 두려워 종요를 죽이려고 감옥에 가두었다. 왕은 거짓과 진실 여부를 판단해 보고자 종요에게 하루를 줄 것이니 너의 생각을 문자로 써서 보고해 보라고 했다. 보고한 문자 내용이 이치에 맞고 정당하면 너를 살려 줄 것이고 정당하지 아니 하면 죽게 된다고 했다.

"왕명을 받은 종요는 하루 내내 생각하고 또 생각한 끝에 하늘과 땅, 우주의 움직임이 일정하고 음양오행을 근본으로 하여 순환되고 있는 자연의 이치를 깨닫고 스스로 천자문 글자를 하룻밤에 지었다 하지 않습니까? 천자문을 읽어 본 왕은 세상 이치와 부합되는 글이 틀림없으므로 감탄한 나머지 종요는 하늘이 내린 선각자임을 알아보고 즉시 살려 주었습니다. 천자문에서 시작되는 천지현황天地玄黃, 우주홍황宇宙洪荒은 사람의 눈으로 보아서 가까이 보이는 하늘은 높으나 저 멀리 보이는 하늘은 차츰차츰 모든 물체와 맞닿아 원 모양이 되면서 하늘과 땅 위의 물체와 맞닿은 곳은 가물가물하여 알아 볼 수 없이 작게 느껴지므로 그 속의 사람의 존재는 우주 속에서 티끌과 먼지처럼 하나의 자연에 불과하다는 것을 문자로 말한 것이고 우주는 한 없이 크고 넓으므로 은하계는 무한하여 크고 넓다는 것을 말한 것입니다. 그러므로 하늘과 땅의 현황과 우주속의 홍황은 상대성 원리인 음양의 이치를 말한 것입니다. 자고로 천자문은 천지현황天地玄黃, 우주홍황宇宙洪荒, 일월영측日月盈昃, 진숙렬장辰宿列張, 한래서왕寒來暑往, 추수동장秋收冬藏 ……. 이렇게 시작하여 고루과문孤陋寡聞, 우몽등초愚蒙等誚, 위어조자謂語助者, 언재호야焉哉乎也를 끝으로 했습니다. 이것은 무엇을 뜻하는 건가요?"

최치원은 아침 공양을 한 후 배가 부르자, 무량스님과 함께 따끈한 차를 나누어 마시며 선문답을 했던 것이다.

"그것은 사람들이 살아가면서 지켜야 할 법도와 기본원칙으로서, 임금에 대한 충의, 어버이에 대한 효성, 인간 사회에 대한 관계로 인하여 발생하는 의리와 도덕, 예절에 이르기까지 이 세상에 미치지 아니 한 곳이 없다는 뜻입니다. 백성들은 이 천자문을 종요가 직접 쓴 것이라고 믿지 못하고, 하느님이 내린 천자문을 대신 받아 쓴 경전이었다고 말하고 있습니다. 백성들이 깨달아야 할 도리와 이치를 일천 자 글씨로 다 말한 것을 보고 불교계의 선사들이 팔만사천경전을 통틀어 '마하반야바라밀다심경관자재보살행심반야바라밀다시摩訶般若波羅蜜多心經觀自在菩薩行心般若波羅蜜多時'로 시작하여 '아제아제 바라아제 바라승아제 모지사바하阿諦阿諦 婆羅阿諦 婆羅僧阿諦 菩提娑婆訶'에 이르는 이백칠십 자로 끝냈지 않았습니까? 그렇다면 그대는…… '풍류도심일 천인본심일風流道心一 天人本心一'로 시작해서 처정관동행 심소심락법處靜觀動行 心笑心樂法 대덕생심용 천복공수일大德生心用 天福共受一'의 오십 자와 천부경에서 일시무시일로 시작하여 일종무종일 81자를 합치면 131자로 끝낸 이유는 무엇이오?"

무량스님도 결코 만만한 상대가 아니었다. 천자문을 거슬러 팔만사천경전에 이르는가 싶더니, 이내 치원이 지은 풍류도경 및 천부경이라는 사상을 예로 들며 응수했던 것이다. 최치원이 계속 말을 이어갔다.

"종요가 지은 천자문도 음양오행을 근거로 하였듯이, 풍류도경도 불교의 연기 및 인연법 유교·도교·경교·천부경 등을 근거로 음양오행과 이분법二分法을 적용했지요. 어디 그뿐이겠습니까? 우리나라에서 오래전부터 전해 내려오고 있는 삼신법의 하나인 각설이 타령에서 영감을 얻기도 했고요. '어얼시구시구 들어간다 저얼시구시구 들어간다, 작년에 왔던 각설이 죽지도 않고 또 왔네……'

이를 천자문 글씨로 해석하면 깨달은 자, 즉 성인들의 말씀을 뜻하는 것으로 생각했습니다. 그리고 '시구 시구 들어간다.'는 사내와 여인의 정욕과 애정을 서로서로 깊이 느끼게 되는 경우를 이릅니다. 사내와 여인의 뜨거운 음양기운이 몸에서 일어나 성기 쪽으로 그 기운이 몰려오므로 인하여 그 기운을 발산하기 위해 사내의 성기가 여자의 성기 속으로 들어가는 것이 아니겠습니까? 그렇게 해서 새로운 생명은 물과 물이 만나 여자의 몸을 빌려서 하나의 생명이 태어난다는 뜻이 되는 것이지요. 이러한 인연법을 두고 우리 선조들이 어머니는 각설자(깨달은 자의 가르침)로 믿었습니다. 노래를 통해서 '아버지 날 낳으시고 어머니 날 기르신다.'고 말씀하신 것이지요."

　최치원은 잠시 말을 멈추고 눈을 지그시 감았다. 자신도 어머니를 관세음보살과 같은 각설자로 굳게 믿어 왔다고 생각하니 가슴이 울컥했던 것이다. 더구나 진성여왕이 살아생전에 자신의 어머니 반야 부인을 위해 천령군 백운산 자락에 상연대라는 암자를 지어 하사한 것이 주마등처럼 머리를 스치고 지나갔다. 다시 눈을 뜬 최치원은 숨을 고르고 계속해서 말을 이어갔다.

　"깨달은 자, 즉 각설이도 가르칠 상대의 사람이 있어야 가르칠 수 있으므로 새 생명 탄생이라는 종족 보존을 가장 근본으로 생각한 것입니다. 사내(하늘)와 여인(땅)의 기운이 서로 만나 사람이 태어나는 자연의 이치를 천부경에서도 이인일二人一로 말하였고, 서역 사람들은 성경에서 하느님(성령, 聖靈)이 사내와 여인을 창조하시고 종족을 번창하라고 말했다 합니다. 사람이 태어나면서 주먹을 불끈 쥐고 태어나는 것은 무엇을 가지려고 하는 마음이 순간순간 일어나서 소유하려는 욕망과 변화하여 새로운 것을 찾고자 손을 쥐었다 폈다하는 마음을 항상 갖고 있기 때문이라고 합니다. 나와 나 아닌 자 또는 자연 없이는 혼자 살아갈 수 없다는 세상 이치와 도리를 가르쳐 주면서 나라와 사람을 사랑해야 되고, 언제 어느 때나 마음이 멈추어진 상태, 비교하지 아니한 상태, 고요한 상태에서 우주에 존재하고 있는 그대로를 관찰하여 살펴보아야 한다는 것이 아닐런지요? 그리고 공부하고 관찰한 것을 반드시 실천함으로써 나 아닌 모든 사람에게 손해주는 일은 일체 하지 말고 이익을 주어야 되며, 마음에서 생기는 크나큰 덕을 나 아닌 다른 자들에게 베풀고 사랑하면 하늘에서 복덕을 모든 사람에게 나누어 준다는 풍류사상 진리를 한자 오십 자의 문자로 표시한 것입니다. 천부경에서 말한 오십일五十一의 뜻은 현상으로 보는 세계(지금의 세상)와 현상으로 볼 수 없는 세계(영혼 및 마음의 세상)의 경계를 하나의 세계로 본 것입니다. 팔십일자 중 전후중앙에 숫자 육六을 둔 것은 살아 있는 세상과 영혼의 세상이 순환되는 것으로 보았습니다. 육은 하늘·땅·사람으로 만들어진 한자이지요. 즉 중앙 하나(부처의 본마음: 진여)가 나의 본마음입니다. "

최치원은 말을 마치자마자 고개를 뒤로 젖히고는 껄껄 웃었다.

"불교에서도 각설이타령을 몸소 실천한 분이 계셨지요. 이를 제일 먼저 실천한 스님은 바로 원효대사가 아니겠습니까?"

그러면서 무량스님도 크게 웃었다.

"그렇다면……. 문자 '관觀'의 의미를 아시는지요?"

최치원이 눈을 내리깔고 무량스님을 바라보며 슬며시 웃음을 지었다.

"그 부분에 대해서는 금강도사가 말한 사례를 하나 들어 주겠소이다. 금강산 산신령도 산신령이 되기 이전에 여인들에게 너무 많은 도술을 알려 주었지요. 이를 배운 여인네들은 힘이 센 사내들로부터 새로운 생명의 씨앗을 받고자 했지요. 그대도 잘 아시다시피……. 여인은 깨달음의 인도자인 어머니가 되고자 하였기 때문에 어머니의 산고를 겪으면서 새 생명을 탄생시키는 것입니다. 그리하여 어머니는 새로운 생명을 탄생시키는 구멍(시구)을 사내보다 하나 더 가지고 있다 합니다. 사람 얼굴에 7개의 구멍이 있는데 그 중 입을 통해서 들어온 음식물은 각 구멍을 통하여 배설되고 있습니다. 그리고 배꼽 아래에 사내는 2개, 여인은 3개의 구멍을 가지고 있지요. 여자가 구멍 하나를 더 갖고 있는 것은 새 생명을 탄생시키는 장소입니다. 이를 보고 사람들이 상대방을 비방할 때는 '니 어미 십구멍이라고 비아냥거린다'고 합니다."

무량스님이 입에 올리기 거북한 말을 하며 실눈으로 치원의 표정을 살폈다. 최치원은 무량스님의 노골적인 말을 듣고는 고개를 돌리며 헛기침을 연신 해댔다.

"여인의 입을 뜻하는 같을 '여如' 자에 대해 아시는지요? 부처님께서 항상 '여여'하게 세상을 살아가라고 하신 말씀은 새 생명이 탄생하는 순간(시점)에는 번뇌 망상이 존재하지 아니함을 가르쳐 주신 것입니다. '관세음보살, 관자재보살 모두 살필 '관觀' 자가 들어 있습니다. 이렇듯 풍류도경에도 처정관동행에서 살필 '관'이 들어 있지요? 관은 깨달아서 모든 것을 갖추어진 자를 말하는 것으로, 각설자는 생명이 태어나면서부터 죽을 때까지 세상을 살아가는 동안 나 아닌 모든 사람에게 손해나 피해를 절대로 주지 아니하고 이익만을 주는 자가 되어야 함을 가르치고 있습니다. 부모 자식 간은 물론 다른 사람들을 모두 존중하고 배려해야 된다는 두 가지 실천 방법을 의미하는 것이랍니다. 따라서 '각설자'는 백성

누구나 통합하고 융합하여 포용하게 되면 함께 하나가 되는 것입니다. 이를 실천하기 위해 쉽고 흥겨운 풍류가락을 통해 백성들에게 미소지으며 인사하고 도와주면서 서로서로 사랑하여야 된다는 사상, 즉 미인도사(美불교 仁유교 道도교 思경교)를 가르치고 있는 것이지요."

최치원은 말없이 고개를 끄덕이며 자리에서 일어났다. 그런 최치원을 따라 무량스님도 일어나서 두 손을 정성스레 모아 합장을 했다. 치원도 합장을 하며 스님에게 감사한 마음을 전했다. 최치원은 그토록 그리운 해인사를 향해 발걸음을 옮겼다. 오랜만에 해인사로 향하는 최치원은 여느 때보다 발걸음이 가볍다는 것을 느꼈다.

'원효대사와 신라의 요석 공주 사이에서 태어난 아들 설총은 아버지와 많은 시간을 함께 하지 못한 세월의 흐름에 대해 마음이 얼마나 아팠을까.

허나, 모든 인연법 따라 생긴 것이니, 모든 것은 같으므로(만법여일) 모든 것은 한군데로 되돌아간다(만법귀일) 하지 않는가. 그러므로 살아있을 때 대덕을 넓은 바다와(大德如海) 같이 아낌없이 나누어 주고 살라지 않는가.'

최치원은 해인사로 돌아오자마자 이 같은 깊은 상념에 빠져 들었다. 무량스님과 나누었던 선문답에서 원효대사에 대한 부분이 자꾸만 뇌리를 스쳤던 때문이다. 그러면서 최치원은 백성들을 위해 당의 한자 소리음으로 새로운 이두문자를 만든 설총을 높이 평가했다. 그러나 백성들이 이를 어려워하며 일상 생활에 잘 사용하지 못하는 현실을 매우 안타깝게 통감하고 우리 고유의 소리음으로 이두문자를 다시 글로 써야 되겠다고 마음먹었다.

그리고 설총의 비결에서 예언한 글이 머릿속에 떠올랐다.

먼 훗날 동방군자국(한반도) 이 땅에는 유교, 불교, 도교에 하나를 더 한 종교와 융합된 사상을 갖춘 가장 위대한 큰 성인이 나타나고 그 이후 또다시 대 도인이 나타나서 이 세상 사람들이 존중하는 세계 중심 국가가 된다고 비기(설총비기)에 남겼다.

설총비기

한양(이씨 조선을 말함)의 운수가 다 끝날 무렵 용화세존이 다음 세대에 올 것이다. 금강산 위에 큰 돌로 천기의 기초를 세우니 일용과 만호가 응해 주었다.

일만이천 도통군자 문명의 꽃을 피우니 서기가 넘치는 영용은 기운이 새롭다. 인류의 성씨가 여자 성씨에서 출발하여 다시 여자 성씨(姜)로 이루니 이는 천도가 원래 그렇게 이루어진 까닭이라 동북방(한반도)의 큰 밭이 영광스러운 중심지가 되니 36궁(모든 세상)이 조선에 은혜를 갖는구나.

후세대에서 백 년 후 일어날 일을 백 년 전에 내놓으니 백 년 전에 듣는 소 울음소리로 도를 통하지 못한 것이다.

"백 년 앞의 사람은 이렇게 급하건만 백 년 후 사람의 걸음은 더디기만 하니 남겨진 시간은 불과 방촌이건만 게으른 신앙의 더딘 걸음은 어인 일이란 말인가? 배은망덕하고 의리없는 자들이여 임금과 스승의 도는 어디로 돌아갈 것인가? 예절도 의리도 없어져 인륜의 도가 끊어졌으니 가련한 창생들이 스스로 진멸하고 마는 구나."

설총비기

漢陽之運過去除 한양지운과거제　龍華世尊末代來 용화세존말대래
金剛山上大石立 금강산상대석립　一龍萬虎次第應 일용만호차제응
一萬二千文明花 일만이천문명화　瑞氣靈峰運氣新 서기령봉운기신
根於女姓成於女 근어여성성어여　天道固然萬苦心 천도고연만고심
艮地太田龍華園 간지태전용화원　三十六宮皆朝恩 삼십육궁개조은
百年後事百年前 백년후사백년전　先聞牛聲道不通 선문우성도불통
前步志急後步緩 전보지급후보완　時劃方寸緩步何 시획방촌완보하
背恩忘德無義兮 배은망덕무의혜　君師之道何處歸 군사지도하처귀
無禮無義人道絶 무례무의인도절　可憐蒼生自盡滅 가련창생자진멸

최치원은 설총의 비기에서 예언한 인물이 되고 싶었다. 그리고 오래전부터 전해져 온 우리의 고유문화 사상을 설총이 당나라식 소리음인 이두문자로 만들었다. 당나라식 소리음을 우리의 소리음으로 다시 만들어서 백성들 누구나가 편안하게 사용할 수 있도록 했다.

이국이민시의 실천

　고려 제4대왕으로 광종光宗이 보위에 올랐다. 고려를 설계한 왕건 태조는 건강하였고 사내대장부들 보다 매우 튼튼하였기 때문에 재위가 무려 26년에 이르렀다. 그러나 제2대 왕에 올랐던 맏아들 혜종은 건강이 좋지 않아 만2년 만에 승하하였고 둘째 아들이자 제3대 왕이었던 정종 역시 키가 작고 건강이 좋지 않아 재위 4년 만에 승하하였다.

　뒤를 이은 태조의 셋째 아들 왕소는 키가 크고 건장하였다. 말을 잘 타고 활을 잘 쐈으며 책도 많이 읽었다. 태조의 아들 중에서도 가장 뛰어나게 잘생긴 미남이었다.

　왕소왕자는 보위에 오르자 고려를 빛내겠다는 각오를 다지며 스스로를 광종이라 칭하고 연호도 광덕光德이라 하였다. 스물다섯의 팔팔한 젊은이였다. 광종은 보위에 오르던 날 자신의 어머니인 신명순성왕후를 상좌에 앉히고, 좌측에는 자신의 첫째 부인 대목왕후 황보씨를 앉히고, 우측에는 둘째 부인 경화궁부인 임씨를 앉했다.

어머니 신명순성왕후는 아버지 태조대왕의 부인들 중에서도 가장 키가 크고 늘씬한 미인이었다. 충주를 대표하는 호족 유긍달의 딸이었다. 태조와 만나 열에 가까운 자녀를 두었다. 자신의 잘생긴 아들이 보위에 오르자 부인은 아직도 사십대와 같은 팔팔한 미모를 자랑하며 세를 과시하였다. 광종의 첫째 부인 황보씨는 신정왕태후와 태조 사이에서 태어난 딸이었다. 자신의 이복누이였다.

그리고 둘째부인 임씨는 제2대 왕 혜종의 맏딸로 광종에게는 조카였다. 광종이 왕자시절부터 이복동생을 왕비로 삼고 형의 딸인 조카를 또 하나의 부인으로 삼은 것은 선대 왕보다 야심이 있었기 때문이었다.

신의 나라 신라에서 성골이나 진골들이 자신의 핏줄끼리 족내혼族內婚(모계나 부계의 혈족끼리 가내결혼을 하는 것)을 하는 것을 본뜬 것이었다. 족내혼을 해야 핏줄이 순수해지고 왕권이 바로 설 수 있다고 믿었기 때문이었다.

광종은 형님이자 선왕인 정종의 묘를 선대 왕릉과 차별화하여 위엄 있게 조성한 후 제사를 모셨다. 그리고 그 선왕의 능 앞에서 굳게 맹세하였다.

'저의 형님이며 선왕이신 정종이시여, 지하 영혼의 세계에서 편히 쉬십시오. 형님께서 더 큰 나라를 만들기 위한 방안으로 북쪽 땅으로 진출하기 쉬운 곳에 새로운 왕도 하나를 세우려 꿈꾸었던 서경을 제가 언젠가는 형님 뜻을 받들어 건축할 것입니다.'

그러나 보위에 오른 광종에게는 엄청난 당면 과제들이 너무나 많이 산적해 있었다. 그중 하나의 사례는 선대왕이 평화통일을 하기 위해 신라와 후백제를 합치면서 지나치게 많은 호족들이 궁 내외에 버티고 있었다. 그 중 하나의 사례로는 모두가 무슨 대신이요, 무슨 장군이요, 무슨 대군이요, 어디어디 호족이라고 하면서 그 위세를 자랑하였다.

　　태조가 나라를 세우고 혜종과 정종이 그 뒤를 이어 새로운 고려를 경영하였지만 태조 이후에는 왕명이 서지 않고 도무지 기강을 잡기가 어려웠다. 심지어는 궁을 출입하는 대신들이나 중신들이 저마다의 복장과 복식을 자랑하고 있었다.

　　신라에서 온 중신들은 신라관복과 관모를 자랑스럽게 입고 쓰고 다녔으며 견훤의 뒤를 따라 온 후백제 출신들은 후백제의 관복과 관모를 착용하고 궁을 출입하는 형편이었다.

　　장군들도 옛날 궁예를 따르던 장군들은 그때 그 시절의 투구와 갑옷을 입고 다니고 견훤을 따라 온 후백제 장군들 역시 그 옛날 무장 그대로였다. 신라출신 장군들은 더 말할 필요가 없었다.

　　한마디로 고려는 창건한 지 삼십여 년이 지났음에도 고려식 관제나 군편제 그리고 고려식 문화 중 뚜렷이 내세울 만한 가치 있는 일들을 한 것이 무엇하나 없었다. 광종은 대신급인 태학사太學士가 되어 있는 신라계 최언위와 궁을 지키는 근위대장으로 지금은 노장군이 되어 있는 무성 장군을 불렀다.

　　"과인이 보위에 오르고 보니 할 일이 태산 같소이다. 도대체 어디서부터 문제를 풀어나가야 할지 그 단초를 알 길이 없소. 이 막중한 때에 과인을 도와 사심 없이 국사를 논해줄 수 있는 왕사감이 없겠소? 과인이 스승으로 모시고 마음껏 상의하고 지도받을 수 있는 새로운 스승님을 추천해 보시오. 너무 난감하오.”

최언위가 허리를 굽히며 아뢰었다.

“옛날 태조대왕께서 개국하시면서 신라의 최치원 어르신을 왕사로 모시고자 많은 노력을 했습니다. 그러나 그때는 후삼국 평화통일을 위해서 어느 나라에 소속될 수 없다고 했으나 그후 천 년이나 지속해온 신라가 고려에 복속하도록 적극 도와주셨으며 풍류도인(자유인)으로 먼저 전국 주요 지방도시를 자유롭게 오고가면서 백성들에게 충효정신을 가르치기 위해서 백성과 함께 소통하였습니다. 한동안 신라의 녹을 드셨던 것을 이유로 하여 어른께서는 선뜻 왕사되기를 허락하지 않았습니다. 그러나 지금은 신라나 후백제가 모두 고려에 통일되었고 시간도 삼십여 년이 지나는 동안 전국 방방곡곡에 실학사상 정신교육을 모두 끝내고 잠시 해인사에 머물러 계신다는 소문이 있습니다. 이제는 그 어르신을 국사로 한 번 모셔보는 것이 어떻겠습니까?”

광종은 의아해하면서 하문하였다.

“뜻은 좋소만 그 어르신이 아직도 살아 계십니까?”

이번에는 무성 장군이 아뢰었다.

“소장이 듣기로는 최치원 어르신께서는 아직도 해인사에 건재하시고 호몽부인과 함께 산행을 하시며 해인사의 법회 때 가끔씩 강론을 하신다고 들었습니다."

그러자 광종은 용안을 환하게 펴며 최언위와 무성 장군 앞에서 큰 소리로 웃었다.

"그렇다면 됐소이다. 우리 궁에서 제일 튼튼한 말과 화려한 수레를 고르시오. 빨리 해인사로 가서 정중하게 어르신을 모셔오시오."

광종의 명을 받은 무성 장군은 무술이 뛰어난 호위무사 수십 명을 데리고 해인사로 가서 최치원을 만났다. 광종대왕께서 고려 국정운영 개혁을 위해 어르신의 높고 높은 고견을 듣고자 한다는 뜻을 전했다. 최치원은 100세를 눈앞에 두었지만 노령을 잊어버린 듯 즉시 행장을 갖추고 호몽 부인과 같이 무성 장군이 안내하는 수레마차에 올라 송악으로 향했다.

송악으로 가는 수레 위에서 승하하신 태조대왕과 도선국사와 함께 고려설계를 논의했던 것이 새삼스럽게 회상되었다. 특히 고려 설계를 위해서 당나라 강남에서 제일가는 송파선사와 강북에서 제일가는 명사 주곡선사를 만나 삼한도 위에 비보처로 표시해 두었던 곳 중 백두대간의 금강산에서 사패산, 도봉산, 북한산으로 힘 있게 뻗쳐 한강의 배수지기를 가장 많이 받는 보현봉에서 동남쪽으로 뻗어내리는 산줄기 아래 비보처가 있던 것이 머릿속에 갑자기 떠올라 무성 장군 보고 한강을 배산으로 하는 북한산 보현봉 자락을 거쳐 송악으로 가자고 하였다.

구복암(서울시 종로구 평창동)

　북한산이 가까워지자 한강의 물 흐름과 한강을 배산으로 우뚝 솟은 보현봉을 바라보면서 금강산에서 느껴보지 못한 또 다른 뜨거운 지기가 넘쳐흐르는 것을 새롭게 발견하였다. 보현봉 자락에서 뻗어 내려온 두 개의 봉오리(현재 형제봉이라 함) 밑으로 힘차게 이어진 너럭바위 아래로 발길을 돌렸다.

　바위 아래 북두칠성(죽은 후 별이 되고자 하는 인간의 희망 세계)을 통하여 우주의 강력한 기운이 감도는 것을 느끼고 주변 하늘과 산줄기의 흐름을 살펴보니 아주 큰 거북이가 승천하는 바위 밑에 조그마한 암자 하나가 있었다. 최치원은 이곳 암자에서 고려국의 이국이민시 실천을 위해 먼저 기도를 드려야겠다고 마음먹었다.

　최치원이 암자에 도착하여 고승에게 신분을 밝히자 스님도 소

구복암 성모전(서울시 종로구 평창동)

승은 성묵聖默이라고 말하였다. 최치원은 성묵스님에게 이곳 암자에 대한 유래를 물었다.

"원효스님께서 삼국통일을 위해 삼한의 명산을 찾아다니며 지기와 천기가 강한 곳마다 사찰을 세우고 기도하였습니다. 이곳은 특별히 북두칠성이 따로 점지한 곳이라고 하셨다고 합니다. 이곳 바위 속에 암자를 만들고 북두칠성암(현재 서울 종로구 평창동 구복암龜福庵)이라고 이름을 지었습니다."

성묵스님은 북두칠성암의 유래를 소상히 말했다.

최치원은 그날 새벽 북두칠성을 보고 하루 속히 고려국에 이국 이민이 실천되어 백성들이 평안하게 살 수 있기를 기도드렸다. 국태민안을 위해 지극정성을 다하여 밤낮으로 기도를 드리던 7일째 되는 밤에 기도를 드리면서 고려 개국 시 태조대왕님에게 훈요십조를 통하여 과거시험과 노비해방을 각별히 권유했으나, 30여 년 세월이 지난 현재에도 아직 이행되지 아니한 것이 또다시 생각이 났다.

이 제도가 실용화되지 못한 아쉬움이 항상 남아 있던 것을 성취시키기 위하여 마음속으로 계속 기도를 드리자 갑자기 북두칠성의 별빛이 강렬히 빛나는 순간 "노비들은 곧 해방되고 과거시험이 실시될 것이다"라는 나지막한 소리가 어디서인지 들려왔다.

마치 꿈을 꾼 것 같았다. 그리고 이 소리는 계속 머릿속에서 떠나지 아니했다. 새벽 아침의 별빛은 더욱더 아름답게 빛나고 있었다. 너럭바위 바로 위에 머무르면서 찬란히 빛나던 북두칠성 별빛도 아침이 가까워오자 점점 희미해지고 있었다.

치원은 북두칠성의 계시를 받은 것이 옛날 당나라 종남산에서 종리권선사와 여용지 도사가 말해준 것과 같고 해인사 마애불 앞에서 후삼국 평화통일을 위해 기도했을 때 계시해준 점과 비슷함이 새삼스럽게 회상되었다. 성묵스님과 아침 공양을 같이 하고 다(茶) 한 잔 나누었다.

"이 몸은 시간과 세월이 많이 흘러 어느덧 일백 년이 가까워 오고 있소이다."

"지난 세월 동안 삶의 중요성을 가르쳐 주시지요."

성묵스님은 기다렸다는 듯이 최치원에게 간청했다.

그러자 치원이 찻잔을 내려놓으며 말을 시작하였다.

"한번 흘러간 시간은 우리 모두의 간절함에도 불구하고 영원히 되돌아오지 않는 것이므로 시간은 한없이 무심한 것입니다. 오늘도 깨달음 공부가 끝나지 않습니다. 세월이 흐르는 동안 악을 짓는 일은 날로 많아지고 시간이 흐름에 따라 악업은 더욱더 많아지게 됩니다. 그러므로 번뇌는 끝이 없어서 시간의 흐름에 따라 공부를 더하게 됩니다. 시간이 흘러가면서 깨달음은 다시 일어나게 됩니다. 시간을 옮기고 옮겨 낮과 밤이 어느새 바뀌면 하루가 지나고 하루하루의 세월이 흘러 어느새 한 달이 지나고 한 달 한 달의 세월이 흘러 한 해가 지나가고 한 해 한 해의 세월이 흘러 잠깐 사이에 죽음의 문턱에 이르게 된다고 봅니다. 즉 사람은 태어나면서부터 죽음과 함께 살아가지요. 지나간 시간은 세월에 도둑맞은 것이 되지요. 내 몸 안 시간이 늦어지면 몸 바깥 시간은 빨리 지나가게 됩니다. 어릴 적 시간은 한없이 길게 느껴지지만 나이가 들어늙어갈수록 시간은 더욱더 활 시위를 떠난 화살처럼 쏜살같이 빠르게 지나갑니다. 따라서 시간은 악을 그치게 하는 것이었고, 번뇌를 지우는 것이었고, 깨달음을 알게 하는 스승이라고 할 수 있지요. 시간이 지나간다는 것을 깨달았을 때 순간순간들이 사라져 간다는 것을 깨닫고 보면 내 몸이 소우주이고 내가 숨 쉬고 심장의 맥박 움직임이 내 몸 기운을 조절하는 것을 깨우쳤을 때를, 순간순간의 시간들이 지나간 것을 일생이라고 생각하게 됩니다. 그러므로 순간순간 지금의 시간을 가장 중요시하면서 살아가야 된다고 봅니다. 하루가 새벽 태양빛으로 시작하여 저녁노을과 함께 저무는 시간이면 '오늘도 하루가 저물었구나 아침부터 왜 서두르지 못했는가?'하고 탄식하게 됩니다."

최치원은 차를 한 모금 들이키고 시간의 의미에 대한 이야기를 이어나갔다.

"원효스님도 저녁노을을 보고 살아 있는 사람이 부르는 인생의 절창이라고 말했습니다. 그러므로 시간의 의미를 깨닫는 것은 인생의 의미를 깨닫는 것이 됩니다. 탐욕의 존재인 우리 인간은 일생의 의미를 쉽게 잊어버리고 살아가고 있습니다. 어느 시간을 침묵하면서 무소유해야 된다고 마음을 내려놓으면 그 시간들은 행복한 일생을 살아가는 시간들이라고 말하지요. 시간에 대해 옛 선승이 선문답한 사례를 하나 더 말해 보겠습니다. 당나라 운문雲門 선승(?-949)이 중생들에게 물었습니다. 15일간 이전 일에 대해서는 그대들에게 묻지 않겠다. 15일 이후에 대해서 한마디 말해 보라고 묻자 아무도 대답하는 중생이 없었지요. 그러자 운문 선승이 스스로 말했습니다. '날마다 좋은 날이지……. 과거를 묻는 것은 부질없다. 시간은 양적인 깊이이기도 하고 의미의 깊이이기도 하다. 시간이 의미의 깊이가 될 때 시간은 언제나 현재가 되고 영원이 된다. 시간은 끊임없이 의미를 창조해 나가는 사람에게 소중한 가치를 만들어줌과 동시에 자신이 주인공이라는 것과 자신을 사랑하고 있다는 것을 가르쳐 준다.'고 하였습니다. 이것이 바로 행복이라고 봅니다. 행복한 사람의 시간은 매일매일 좋은 날이 되고 좋은 기억으로 머릿속에 계속 남아 있는 것입니다. 사람은 세월이 가고 오는 것을 나무와 자연의 변화를 바라보면서 살아가야 됩니다. 즉 봄이 되면 새잎이 나고 꽃 피었다가 여름이면 열매를 만들게 되고 가을이 되면 그 열매가 무르익어 떨어져 땅속으로 묻혀서 새로운 씨앗으로 새 나무를 만들게 됩니다. 튼튼한 나무는 뿌리부터 땅 깊숙이 뻗어내리듯이 사람도 어릴 적부터 올바른 공부를 해야 합니다. 사람의 마음은 항상 밝게 빛나면서 바르고 깨끗해야 몸 세포마저도 깨끗해지고 바른 인생을 살아가는 시간이라고 봅니다. 사람의 생각과 마음에서 일어나는 모든 것, 즉 시간, 자연, 우주도 자신의 믿음에 있는 것이고 믿음은 의심을 버리게 되어 무엇과도 비교하지 아니하고 구분하지 아니할 때 있는 그대로 보는 것이 깨달음을 갖게 합니다."

세월과 시간에 대한 말을 마치면서 풍류도에서 말한 처정관동행 심소심락법處靜觀動行心笑心樂法 및 천부경의 만왕만래용변부동본萬往萬來用變不動本이 시간의 사용使用이라고 말했다.

"불교에서 말하는 이 세상 모든 것의 현상은 꿈과 같고 흘러가는 구름과도 같아 있다가도 없고 없다가도 있으니 지금의 순간순간 한 생각生覺이 가장 중요하다는 것이군요."

성묵스님은 생사여일生死如一 일체유심조一切唯心造 또는 일체유위법一切有爲法 설법을 들은 것 같다고 감사의 뜻을 표시했다.

최치원은 고려국의 또 다른 개혁을 위해 북한산 기도를 마치고 곧바로 송악으로 달려갔다.

해인사에서 수레를 타고 송악으로 들어온 최치원 내외는 제일 먼저 태조대왕릉에 예를 올렸다. 6년 전에 세상을 떠난 태조왕건의 능은 송악산 지맥인 만수산 언저리에 웅장하게 조성되어 있었다. 생전에 애틋한 정을 나눴던 신혜왕비와 합장되어 있었다.

최치원 내외는 태조왕릉에 예를 올리고 거기에서 십리나 떨어진 견훤의 능에도 찾아가 오랜만에 예를 표하였다. 그리고 돌아오는 길에는 10여 년 전에 이미 세상을 뜬 신라 삼최 중의 하나요, 뛰어난 도술을 자랑하며 기개가 훌륭했던 최승우의 묘도 찾았다.

최승우는 당나라에 있을 때부터 보리왕후를 아껴주었고 그 후에도 보리왕후를 그림자처럼 따라다니며 견훤의 휘하에 들어간 인물이다.

정의감이 강하고 무예에도 능하고 학문에도 뛰어났던 최승우의 묘는 견훤왕의 묘역에서 3천 보쯤 떨어진 산중턱에 있었다.

최치원이 궁에 들어가자 광종은 깍듯이 예를 갖추어 모셨다.

"산사에서 편히 쉬시며 후진들에게 학문과 선도仙道를 가르치시는 어르신을 번거롭게 이곳으로 모시게 되었습니다. 젊은 왕의 객기를 용서하여 주세요."

백발을 휘날리는 치원은 공손하게 답하였다.

"세상을 피하여 구름 속에 갇혀 있어 소리내 울 수 없는 은둔자가 이런 기회가 아니면 어떻게 왕도를 구경할 수 있겠습니까? 태조대왕 국상 때도 와 보지 못했던 불충을 이렇게 해서 갚게 되는 듯합니다."

광종은 또다시 치원을 보며 겸손하게 말하였다.

"원로에 이곳으로 오시느라 얼마나 고생하셨습니까? 오늘부터는 편히 쉬시고 며칠 후 과인이 다시 모시도록 하겠습니다. 견훤대왕의 보리왕후께서는 아직도 북궁에 계시니 부인과 함께 만나시면 감회가 새로우실 것입니다. 푹 쉬신 후 제가 모시겠습니다."

치원은 오랜만에 북궁으로 들어가 보리왕후를 만났다. 보리왕후는 머리에 덮인 백발을 쓸며 호몽과 치원의 손을 잡았다.

"세월이 야속합니다. 종의 신분으로 원봉 장군에게 매여 있던 저를 서해바다를 건너 두 분이 달려 와 구해 주신 것이 엊그제 같고 혈기방장했던 제가 소림사에 들어가 이리 뛰고 저리 뛰고 하던 때가 또 어제인 듯하고 붉은 바지와 붉은 깃발을 든 채 당나라의 강호들판을 종횡무진 쏘다니다가 농민을 위해 반란을 일으킨 황소군 장수에게 속아서 황소 군대를 도와주다가 관군에게 잡혀 목숨이 오락가락하던 이 사람을 황제에게 고하여 구해 주셨고 고려국 통일 이후 묘향산을 여행하면서 인생지도와 처세지도를 가르쳐 주신 덕분에 어느 세월보다 가장 행복한 시간을 보낸 것 같습니다. 이제 와서는 만수산을 바라보며 이 송악에서 눈을 감게 됐습니다."

호몽이 나서며 말하였다.

"왜 이러셔요. 마음 약해지게…… 언제나 정의롭고 씩씩하시고 불의 앞에서는 허리 한 번 굽히시지 않으시던 왕후마마께서 왜 이러십니까. 아직도 허리가 꼿꼿하신데요 뭐. 이 어른도 걸핏하면 저보고 등에 쑥뜸을 뜨라고 하십니다. 마마께서도 뜸을 좀 떠보세요."

보리왕후가 말했다.

"뜸도 떠보고, 만수산까지 기를 쓰고 달려도 보고, 언니와 오라버니한테 배운 대로 구름을 잡아타고 산행을 해 보려고도 합니다만 이제는 몸이 쇠약해 뜻대로 되지 않습니다."

보리왕후는 치원을 향해 간곡한 눈빛으로 말하였다.

"오라버니, 제가 혹시 오라버니와 언니보다 먼저 저세상으로 가게 되면 절 견훤대왕 곁에는 묻지 말아주세요."

치원이 눈으로 물었다.

'그럼 어디에?'

"절 서라벌에 데려다주세요. 어릴 적 오라버니와 함께 글을 읽던 서당자리, 그 홰나무가 서있는 고향 뒷산 언덕에 묻어주세요. 지금 그곳에는 경교의 성당이 서 있다죠? 마르코 수도사님도 그곳에 묻혀 있다고 들었습니다만."

치원이 말하였다.

"아, 그곳이 터로 말하면 풍수지리학적으로 아주 좋은 명당이지요. 서라벌이 다 내려다보이고 금오산까지 한눈에 들어오는 명당이고말고요. 자, 그러나 우리가 이제는 지나간 세월의 얘기는 그만합시다. 인명은 재천이라, 우리가 언제 어느 때 자연으로 돌아갈지는 하늘만이 아시는 일이니……."

그러자 보리왕후도 평상심을 되찾고 의연하게 대답하였다.

"글쎄 말이에요. 지금 오라버니께서는 광종대왕의 어명을 받잡고 막중한 국사를 도모하시기 위하여 잠시 이곳으로 오셨는데 제가 너무 사사로운 말씀을 드렸나 봅니다. 앞으로 오라버니께서 하실 일이 정말 많으실 겁니다. 광종대왕은 이제 약관을 넘겨 한참 좋은 스물다섯이니 정말 할 일이 태산보다 많은 것 같습니다. 지혜가 높으신 오라버니께서 왕사가 되어 왕실의 번영과 저 수많은 민초를 위해 마지막 헌신을 해주십시오.”

호몽이 안타깝게 말하였다.

“정말이에요. 할 일은 태산 같은데 저 어른 체력이 따라줄지 원.”

며칠 후 광종대왕과 조용히 마주한 최치원이 먼저 입을 열었다.

“대왕마마, 고려왕국은 삼국통일을 완수하면서 인명 피해를 최소한으로 줄여 평화롭게 이룩한 이후 어느덧 삼십여 년이 지났음에도 불구하고 황족 서로 간에 신뢰가 부족하여 왕권 다툼이 있었습니다. 이러한 혼란스러움 때문에 골육상쟁이 일어나기도 하고 지방 토호 세력이 협조를 잘하지 아니하므로 머리는 크고 몸은 아주 작은 괴이한 형색입니다. 몸에 비해 머리통이 너무 큰 모습입니다.”

광종대왕이 머리를 앞으로 내밀며 물었다.

“어르신, 그게 무슨 뜻입니까? 아주 쉽게 말씀해주십시오.”

치원이 웃으며 대답하였다.

“고려왕조가 너무 많은 손님을 모시고 있다는 뜻입니다. 신라의 귀족들이 모두 이곳에 들어와 옛날의 봉토와 노비들을 그대로 가지고 있습니다. 후백제의 귀족들도 모두 이곳에 들어와 옛날 그 식읍食邑(국가에서 공직자에게 지급한 토지)을 다 유지하고 있습니다. 옛날 궁예의 대신들과 장군들도 철원 일대의 땅과 재산을 그대로 유지하고 있습니다. 한마디로 말해 놀고 먹는 토호세력들이 너무 많다는 말이지요. 당나라 때의 백장회해百丈懷海(749-814) 선사께서는 일일부작 일일불식一日不作 一日不食이라고까지 가르치셨습니다. 한마디로 말해서 일하지 않는 자는 먹지도 말라고 가르치셨죠. 그런데 지금 우리 고려에는 일하지 않고 노비들만 부리며 밥을 축내는 사람들이 너무나 많습니다."

대왕은 즉시 대신 최언위를 들게 하여 명하였다.

"경은 지금 현재 우리 송악에서 귀족과 장군의 칭호를 받으며 노비를 부리는 사람이 대략 얼마나 된다고 파악하고 있소?"

꼼꼼한 최언위 대신이 문서를 보며 아뢰었다.

"현재 개국공신으로 정식 등록이 되어 있는 옛날 대감들과 장군의 수만 삼천이백 명이 넘습니다."

대왕은 얼굴이 붉어지며 눈을 치켜떴다.

"뭐요? 개국공신만 삼천이백 명이 넘는다고요? 그렇다면 거기에 딸린 수많은 가솔들과 친인척을 합치면 수만 명이 놀고먹는다는 얘기가 아니요? 그러니 우리 고려의 재정상태가 나날이 피폐해질 수밖에……. 하, 이것 참."

대왕은 고개를 숙였다 들며 치원에게 말했다.

"어르신, 참으로 중요한 내용을 지적해 주셨습니다. 제가 어떻게 해서든 이 과중한 귀족들과 호족들의 문제를 해결해 나가겠습니다. 이렇게 놀고먹는 사람들이 많으니 백성들의 피와 땀이 어디로 가겠습니까?"

치원이 말하였다.

"저는 과거에 태조대왕께도 말씀을 올렸습니다. 올바른 제도를 시행해 나가려면 왕권을 강화시켜 나라 조직을 공정하고 효율적으로 운영하여야 합니다. 귀족과 호족들이 발호하면 왕권을 제대로 세울 수가 없습니다. 따라서 이제부터는 왕권을 새 나라 고려 개국의 기본원칙인 훈요십조에 근거를 두고 나라 조직과 기강을 바로 세워 왕권을 강화해 나가야 합니다. 고려국이 후세에 당나라보다도 더욱더 빛나게 될 것입니다."

광종은 곤룡포를 바로잡으며 치원에게 간곡히 청하였다.

"왕사님, 무슨 말씀이든지 스승님께서 가르쳐 주시는 대로 따르겠습니다. 더 말씀해 주십시오."

치원은 수염을 쓰다듬으며 침착하게 말하였다.

"그동안 태조대왕께서는 나라를 세우시느라 세세한 문제까지는 신경을 쓰시지 못하셨을 것입니다. 그리고 혜종, 정종과 같은 선왕께서는 재위기간이 얼마 되지 아니하여 일할 시간이 많지 않음에 따라 국기를 다듬기에 바빴고, 제도를 바로 잡지 못하셨을 것입니다. 우선 관제를 정비하시고 눈에 보이는 관복부터 통일하소서. 제가 보니 신라계 인사들은 신라계 관복을 그대로 입고 다니고 후백제 귀족들은 후백제 관복을 그대로 입고 다닙니다. 심지어는 사찰에 다니는 사람들은 승복을 입은 채로 입궐을 하고 당나라에서 관직을 얻었던 사람들은 옛날 당나라 관복을 자랑스럽게 입고 다닙니다. 우선 이것부터 통일을 해야 합니다. 관복에는 규율과 엄격함이 갖춰져 있어야 합니다. 우선 크게 관리의 등급에 따라 보라색, 붉은색, 연두색, 자주색으로 관복의 흉배와 소매 끝에 표시를 하게 하십시오."

광종은 최언위에게 일일이 받아 적게 하고 그대로 시행하도록 하였다. 개혁은 발 빠르게 진행되었다. 관제와 관복을 정비한 광종은 막연하게 송악이라고 부르거나 개경開京이라 부르던 고려의 수도를 당당히 황도皇都라고 개칭하고 서경(평양)을 서도西都라고 호칭하였다. 그리고 선대왕들이 중요시했던 서도에 중요한 건축물들을 짓기 시작하였다.

그때쯤 대륙에서는 후당의 시대도 지나고 후주後周가 일어섰는데 광종의 등극을 축하하기 위하여 사신으로 설문우가 왔다. 한 달 간 머물면서 후주의 사신은 황도의 인삼과 호피를 기념품으로 가져가고 후주 측에서 가져 온 수천 필의 비단을 왕실에 바치고 갔다.

그런데 묘한 일이 생겼다. 사신 설문우의 부사로 따라왔던 쌍기雙冀라는 사람이 이질에 걸려 그만 자리에 눕고 말았다. 사경을 헤매는 후주의 사신으로 동행하였던 부사 쌍기를 최치원 내외가 정성껏 보살펴주었다.

우선 당의 말을 하는 사람들이 많지 않았기 때문에 최치원 내외가 외로운 그 환자를 자기 가족처럼 돌보아주었고 장기간의 탈수증세와 허약한 증세를 이기지 못하는 그를 위해 선식을 먹이고 매콤한 음식을 먹여 이질증세를 멎게 해 주었다.

반 년 만에 사경을 헤매다가 최치원의 도움으로 건강을 회복한 쌍기는 최치원의 실득인백언實得人百言 지기천지필之己千之必 풍류도 정신이 너무 좋아서 이를 고려에 널리 전파시키기 위해 자신의 여생을 고려에 바치겠다고 귀화를 선택하였다.

최치원이 후주의 조정에 쌍기의 귀화의사를 서신을 통해 곡진하게 고하자 후주의 조정에서도 쌍기의 고려정착을 허락해 주었다. 최치원은 광종대왕을 알현하고 재주 많은 쌍기에게 한림학사 직위를 하사하도록 제청하자 대왕은 즉시 가납하였다. 그는 학식이 풍부하였고 경서에 능하였다. 치원은 젊은 쌍기를 바라보며 기쁘게 말하였다.

"한림학사라, 거 참 내가 젊었을 적 당나라에서 돌아와 신라 헌강대왕으로부터 제일 처음 하사받은 직위가 바로 그 한림학사였는데 내 뒤를 따르는 것 같네. 앞으로 그대는 고려국에서 당으로 보내는 모든 외교문서는 변려문으로 작성하도록 규정하고 있으므로 당 문화에 익숙한 그대가 외교 담당 최고의 적임자일세. 그러므로 그대는 외교 담당 기관을 관장하면서 나와 함께 큰일을 도모해 보세."

얼마 후 최치원은 쌍기와 입궐하여 광종대왕에게 고하였다.

"대왕마마, 이제는 본격적으로 큰 일에 손을 대실 때가 왔습니다. 제가 일찍이 태조대왕께 건의말씀을 올렸사오나 그때는 건국의 대업을 이루시느라 경황이 없으셨습니다. 그러나 이제는 선대왕 밑에서 백성과 소통하고 백성의 어려움을 몸소 체험하셨던 국정운영 실무경험을 바탕으로 하여 심법혁명을 완수하셔야 합니다. 대왕마마께서 오랫동안 보위를 지키시면서 고려 천 년의 기본 설계를 세우기 위하여 큰 발걸음을 떼셔야 합니다."

젊고 시원시원한 광종대왕은 호쾌하게 말했다.

"왕사님, 무엇입니까? 주저하시지 마시고 말씀해 주십시오."

치원은 큰 호흡을 하고 본론을 꺼냈다.

"과거제도를 실시하셔서 천하의 인재들을 모으시고 그동안 자리만 차지하면서 식읍싸움을 하던 공신들과 귀족들을 하나하나 정리해 나가셔야 합니다. 그러기 위해서는 새 인재가 필요합니다. 대왕께서 직접 어명을 내리셔서 어전시를 실시하십시오. 광종대왕님의 새로운 시대를 끌고 나갈 새로운 인재들을 손수 발굴하소서."

광종은 옥좌에서 벌떡 일어나 성큼성큼 계단을 내려왔다. 그리고 치원의 손을 꼭 그러쥐며 큰소리로 말하였다.

"왕사님, 왕사님께서 신라왕조에서부터 그토록 강조하셨던 과거제도를 과인이 받겠습니다. 왕사님께서 신라 진성대왕께 올렸던 시무십조를 숙독하였습니다. 칼은 뽑았을 적에 써야 합니다. 과거제도와 함께 왕사님께서 도모하시고자 하시는 내용은 또 무엇입니까?"

최치원도 대왕의 손을 마주잡고 눈물을 글썽이며 말하였다.

"제가 오늘에야 그 한을 풀게 되었습니다. 성은이 망극하옵니다. 대왕마마. 수레바퀴가 하나로는 갈 수 없듯이 개혁은 하나만 가지고는 미흡합니다. 한 가지 더 청을 올리겠습니다. 시무십조 마지막 열 번째 항목인 재물 거래로 형벌을 받고 억울하게 노비가 된 노비들을 풀어주십시오. 억울한 노비들을 엄격히 선별한 후 풀어주십시오."

대왕은 엉거주춤하게 서서 물었다.

"노비를 풀다니요? 노비 전체를 해방시키자는 얘깁니까?"

치원이 침착하게 대답하였다.

"현재의 노비들 중에는 엄청난 불합리성과 백성들의 원한이 숨겨져 있습니다. 신라 말기와 후백제 전성기에 참으로 엄청난 일이 벌어졌습니다. 죄 없는 양민들이 세금을 다 못 냈다는 죄목으로 노비로 전락하고 원래 노비가 아니었던 양민들이 먹을 것이 없어 재물을 빌렸다가 갚지 못하여 자식들을 권문세가에 팔아 넘겼습니다. 따라서 지금의 노비 중에는 억울하게 노비가 된 자들이 많고 특히 양민 출신들이 많습니다. 지엄하신 어명으로 각 관아에 억울한 사연을 가진 노비들을 고하게 하고 그들의 사연을 들어 엄격한 심사를 거친 후 억울함이 밝혀지면 풀어주시고 양민으로 속량해 주시기를 바랍니다. 또한 대왕마마께서 앞으로 재물 거래에 대해서 신체적 형벌을 금지시켜 주시옵소서."

광종대왕은 최언위와 무성 장군을 불러들였다. 그리고 절대 비밀을 유지하게 하고 내관을 불러 각 관아에 써 붙일 방문을 준비하도록 하였다. 다음 날부터 고려의 각 고을에는 어명이 붙기 시작하였다. 방문은 크게 두 가지였다.

천하의 인재를 구하노라. 광명의 날이 밝았다. 새 나라를 이끌고 나갈 인재들을 널리 구한다. 신분의 고하를 묻지 않는다. 고관대작의 자손도 물론 허락하지만 죄를 지어 천민이 되지 아니한 모든 양민들의 자손을 모으기로 하였다. 누구나 재능만 있으면 시詩, 부賦, 송頌을 지어 재주를 겨루게 하고 앞으로 국가를 어떻게 운영하는 것이 타당한가 하는 시무책時務策을 널리 구하겠다.
당에서 실시하는 이른바 과거제도를 우리 고려에서도 실시할 것이다. 각 고을에서 향시를 보아 일차 인재들을 거르고 마지막에는 어전에서 어전시를 보게 될 것이다. 이 과거에 합격한 사람은 어사화를 받을 것이고 국가의 중요한 인재가 되어 중앙과 지방에서 국가의 기둥으로 일하게 될 것이다.

또 하나의 방에는 이런 내용이 적혀 있었다.

억울하고 참혹한 사연이 있는 자는 서슴없이 관청에 고하라. 죄 없는 양민이 고리의 돈을 빌려 쓰고 그 돈을 갚지 못하여 자식을 노비로 판 자는 그 억울함을 고하라. 고관대작 장군들에게 억울하게 처자식을 빼앗기고 농토를 빼앗긴 후 노비로 전락한 가장과 가족들도 모두 그동안 말 못했던 사연을 고하라. 지방 관아에 속임 없이 고하면 각 관아에서는 비밀리에 그 사실들을 확인하고 모두 양민으로 속량할 것이다. 따라서 이런 억울한 사연을 고하는 사람을 겁박하거나 협박하는 자는 지위 고하를 막론하고 즉시 왕명으로 잡아들일 것이다. 이런 억울함을 관장하는 새로운 법을 노비안검법奴婢按檢法이라 부르고 재물 거래로 형벌을 주지 못하게 하겠다. 그리고 노비로 삼지 말라고 하는 이 법을 어기는 자는 모두 극형에 처할 것이다.

거리로 인파들이 쏟아져 나왔다. 큰 거리와 저잣거리를 가릴 것 없이 모든 사람들이 모여 하나의 공동체 의식을 갖고 서로 환호하였다.

"아 새 세상이 열렸다. 억울함이 풀리고 팔려간 내 새끼들을 찾을 길이 생겼다. 대왕님 만세! 고려 만세!"

젊은이들도 광장과 저잣거리에 모여 풍물을 울리고 춤을 추며 이제 머나먼 나라로 유학을 가지 않고 우리나라에서 과거시험을 볼 수 있다는 말을 서로서로 해 가면서 방문을 본 백성들 모두가 환호하였다.

"공부하자! 공부하자! 공부하면 과거에 나가고 합격하면 관리가 된다네. 고관대작의 자식들만 활개를 치던 세상이 끝나고 평등한 세상이 되었다. 우리도 실력만 갖추면 국가에 봉사할 수 있다. 대고려 만세! 광종대왕 만세!"

민초들은 서로 끌어안고 백성들은 서로 엉켜 환호하고 흐느꼈다. 대신 3천 명이 넘는 개국공신들과 2천 명이 넘는 호족들은 입을 다물었다. 그리고 자기들끼리 수군댔다.

"아니, 세상이 어떻게 돌아가는 거야? 그럼 우리 집 노비들도 풀어줘야 되나? 그리고 내 자식들이 상민의 아이들과 함께 어깨를 나란히 하여 과거시험을 봐야 한단 말이야? 새 임금을 세웠더니 우리 공신들과 호족들의 뒷덜미를 쳐?"

하지만 그들은 큰소리를 내지 못하였다. 무성 장군이 은밀히 풀어놓은 내금위 병사들과 황도를 지키는 금군들이 모두 눈을 시퍼렇게 뜨고 거리와 사람들을 비밀리에 감시하며 살폈다. 환호하는 것은 좋으나 난동을 엄벌하였고 바른 소리하는 것은 들어서 상부에 보고하였지만 불평하는 자는 어김없이 잡아갔다.

황도와 만수산이 만나는 거리에 귀법사歸法寺라는 큰 절이 들어서고 승려 균여와 탄문이 하루에 천 명씩의 신도와 백성들을 모아 법회를 열었다. 그 법회에서는 왕도의 중요함과 개혁의 당위성을 역설하였다. 사람이 마음을 멈추고 비우면 지혜가 생겨나 우주만물을 정확하게 통찰할 수 있으므로 중도자 또는 경계인이 될 수 있다고 하였다(心止正觀). 옛것을 버리고 새 길을 열며 잘못된 제도를 버리고 올바른 길을 열어가는 것이 부처님의 도리라는 것을 지속적으로 백성에게 알렸다.

후주의 사신으로 온 쌍기의 부친 쌍철雙哲이 특사로 고려에 입국하자 영접하는 관리가 고려에 귀화를 하여 고관이 된 아들이 과거제도를 직접 진두지휘하고 있는 장소로 안내했다. 쌍철 사신은 후주의 황제 공제恭帝의 친서를 아들에게 전하여 대왕에게 보고하도록 하였다.

그 해 추석에는 어전시가 열렸다. 고려의 뜻있는 젊은이 3천 명이 모여 젊은 광종대왕 앞에서 과거시험을 보았다. 쌍기는 지공거知貢擧(과거를 주관하는 직책)가 되어 과거시험장을 총괄하고 광종대왕은 만면에 웃음을 띤 채 옥좌에 앉고 바로 그 옆에 왕사 최치원이 앉아 만감에 젖어 과거장을 내려다보고 있었다. 첫 합격자는 30명이었고 장원급제한 인물은 신라계 김후였다.

그날 광종대왕은 어전시가 실시되었던 위봉루威鳳樓에 직접 나아가 급제한 30명의 이름을 일일이 호명하였다. 그리고 장원급제한 김후에게 어사화를 꽂아주었다. 여하튼 그날 급제한 30명 중에서 20명이 신라출신이었다. 그것은 오랫동안 신라에서 글 읽기와 글쓰기를 장려해 온 덕분이었다. 합격자명단을 보면서 광종대왕은 아주 만족하였다.

왜냐하면 자기 자신이 신라계를 우대하기를 바랐기 때문이었다. 광종대왕이 신라계를 중용한 데에는 자신의 출신배경과도 밀접한 관련이 있었다. 광종대왕의 외조부인 유긍달은 바로 신라출신이었고 자신의 누이인 낙랑공주는 고려에 귀순한 경순왕 김부의 부인이 되었다. 게다가 경순왕의 딸을 며느리로 삼았기 때문에 광종대왕은 신라계의 외조부와 매부 그리고 며느리를 두고 있었던 것이다. 신라계가 고려를 이끌어가자 최치원도 기쁜 마음을 감추지 못하였다.

과거시험을 통해 공개 선발된 유능한 인재가 조정에 등용되어 국정 운영에 참여하게 되면 나라의 이익과 백성들이 원하는 것을 먼저 파악하여 국정 운영에 반영함으로써 국가의 이익과 백성의 이익이 생길 것이라고 풍류도에서 말해 왔기 때문이다. (이국이민시利國利民始)

당 관리들도 이웃나라에서 새로이 실시되는 과거 시험을 반기고 있었다. 그들은 이미 과거 시험을 통해 등용된 유능한 인재들이 나라와 백성을 제일 먼저 생각하고 일하는 모습을 일찍이 경험한 터라, 이제 고려도 당과 다름없이 강한 국가로 발전하게 될 것이라 믿었다. 또 당과의 외교 관계는 물론 국방 관계도 원만히 소통될 것이고 나라와 나라 간 평화가 유지됨으로써 국가 간에 이익이 된다고 생각하였다.

거리 곳곳에 붙어 있는 과거 시험 합격자 방문을 본 백성들은 또 있을 과거시험에 대비하기 위하여 더욱더 학문과 무예에 열중하게 되었다. 뿐만 아니라 백성들 스스로 잘 살기 위해 새로운 농·공법 개발에 노력을 기울이며, 풍수해 재난을 예방하기 위해 치산

치수에도 앞장서는 기이한 광경이 펼쳐졌다.

이것은 그동안 최치원이 풍류도경에서 누누이 말했던 이국이민 시利國利民始의 온전한 실천이었다. 조금은 늦은 감이 있지만 광종 대왕의 대도무문大道無門 정치적 결단으로 과거시험이 이제라도 실 천되는 것을 보니 치원은 신라 때 시행하려고 했던 개혁정책이 고 려에 와서 시행되는 것은 천지신령님들이 내려준 대덕大德이라 생 각했다. 호몽부인도 마음속으로 감개무량함을 느꼈다고 했다.

그 해 가을이 끝나가는 때에 북궁에서 안타까운 소식이 들려왔 다. 보리왕후가 세상을 떴다는 부음이 올라온 것이다. 최치원은 광 종대왕께 나가 청을 아뢰었다.

"이 늙은 사람, 민초들을 위하여 마지막 봉사를 하였습니다. 대 왕님의 결단력에 힘입어 제가 시무십조에서 가장 강조했던 과거제 도가 쌍기를 통해서 실시되었고, 또한 노비제도의 폐지를 실현하 고 대왕 곁을 떠나게 되었습니다. 과거제도와 노비안검법이 실시되 었으니 이제 소신은 서라벌을 거쳐 해인사로 다시 들어가고자 합 니다. 윤허하여 주시옵소서! 다만 세상을 뜨신 보리왕후의 옥체만 은 소신이 서라벌로 모셔가 안장할 수 있도록 윤허하여 주십시오. 보리왕후께서 생전에 서라벌 생가에 묻히고 싶어 하셨습니다."

대왕은 최치원의 청에 안타까운 표정으로 고개를 끄덕였다.

"연만하신 어르신을 제가 억지로 과인의 곁에 모셨습니다. 건국 초반기라 일이 하도 산적하고 난마처럼 얽혀 어찌할 바를 모르다

성주 보령사 터(충청남도 보령시) 출처, 한국관광공사

가 어르신을 왕사로 모신 것입니다. 과인의 지나친 의욕을 너그럽게 용서해 주시기를 바랍니다. 머지않아 백수를 맞이하시는 어르신의 건강상태를 헤아린다면 마땅히 제가 어르신을 편히 쉬시도록 해 드려야 했는데 과인의 욕심이 너무 지나쳤나 봅니다. 가족과 함께 삶이 녹아 있는 해인사로 가서 편안하게 즐거운 여생을 보낼 수 있도록 도와 드리겠습니다."

최치원 내외가 황도를 떠나는 날 광종대왕은 비빈을 거느리고 대신들과 함께 궁성 밖에까지 나와 수레를 타고 떠나는 최치원 내외를 정중한 예로 배웅하였다.

최치원 내외의 수레 앞에는 보리왕후의 꽃상여가 떠날 준비를 하고 있었다. 후백제계 사람들은 보리왕후의 꽃상여를 바라보고 울음을 삼키고 있었고, 억울한 사정 때문에 노비신분으로 있다가 노비안검법의 실시로 자유의 몸이 된 수천의 백성들이 땅에 엎드려 최치원 내외를 향해 감사의 울음을 터뜨렸다. 장중한 나팔소리가 울리자 무성 장군은 보리왕후의 꽃수레 앞으로 나아가 손수 지휘하며 상여 말머리 곁에서 상복차림을 한 상여꾼들을 독려하였다.

이어 최치원 내외의 수레가 먼저 움직이자 노비로부터 양민이 된 수천의 사람들이 울며 수레 행렬을 따르기 시작하였다. 수레가 송악산 고개를 넘고 남쪽 들판으로 내려갈 때까지 사람들은 끝없이 따라왔다.

궁을 떠나온 후 한양땅을 지나면서 점점 쇠퇴해 가는 신라 국운을 부흥시키기 위해 숭엄산 성주사 대낭혜화상비문 제작에 특별한 관심을 가졌던 진성여왕이 문득 회상되면서 수십 년 전 제작된 비문 내용에 잘못이 있나 없나를 한 번 더 관찰해 보고 싶은 생각이 불현듯 일어나 보리왕후 장례를 책임지고 있는 무성 장군에게 태산군과 부성군은 나의 정치 이념과 철학의 신념이 비문이나 피향정·학사루 등에 새겨져 있는 곳이 회상되어 다시 한 번 가봐야겠다는 피치 못할 사정을 이야기하고 보리 왕후의 묘소는 대진사 옆 언덕에 잘 안치하도록 무성 장군에게 다시 한 번 더 간곡하게 부탁하였다.

그리고 곧바로 발걸음을 태산군으로 향했다. 최치원은 신라 시

낭혜화상 백월보광탑비의 비문(충청남도 보령시) 출처, 문화재청

절에 처음 지방 태수를 자처해서 백성들과 함께 동고동락하며 생활했던 태산군에 도착하자마자 이곳의 지방 행정책임자로서 심법 개혁을 통해 자신이 몸소 실천했던 새로운 업적을 살펴보고 난 후 곧바로 태산군 태수를 찾아갔다.

최치원은 태산군 태수를 만난 자리에서 한때나마 신라의 지방 행정을 책임지며 나라의 안위를 걱정했던 옛날이야기를 주고받았다.

"당시 신라는 후백제와 고려의 군대들로부터 여러 곳에서 전쟁을 맞이했지요. 그로 인하여 항상 마음 졸이면서 백성들과 함께 군사 훈련을 했었소. 난 그때 불혹의 나이인데도 관직마저 사양했다오. 그후 경순왕을 비롯하여 견훤왕과 왕건대왕에게 평화이국서를 보내 백성들의 자유 및 평화와 행복을 위해, 각국 왕들에게 평화를 위해 온 힘을 기울여 달라고 각국 밀사를 통해 간곡히 부탁을 하기도 했지요."

최치원은 태수에게 평화이국서에 숨겨진 비밀을 꺼내 소상히 알려 주었다.

"나라와 백성을 위해 취향정 및 학사루를 세워 인재양성 교육에 무척이나 큰일을 해 주신 것에 대해 모든 백성을 대신하여 감사하고 또 감사를 드립니다."

태수는 갑자기 벌떡 일어서더니 최치원에게 큰절로 예를 올렸다.

"학사님, 앞으로도 만수무강하시고 나라와 백성을 위해서 지혜로운 학문을 계속 전수해 주십시오."

태수는 거듭 허리를 굽히며 최치원에게 간절히 부탁을 했다.

"이 고을 백성들은 수백 년 전부터 나라의 안위를 걱정하면서 예절과 학문을 중시하여 남에게 피해를 주지 아니하고, 서로서로 도와서 남에게 이익을 주는 백성들이라오. 그러므로 앞으로 계속 실시되는 과거 시험에 많은 인재가 등용되어 '애국애민여 이국이 민시'하게 될 충성스럽고 정의로운 인재가 후대까지 계속 이어질 것이오."

최치원은 태수와 헤어지면서 '우흥'이라는 시 한 수를 적어 주면서 시를 통해 지난 50년 세월 동안 자신이 나라와 백성들의 이익을 위해 많은 노력을 기울였지만, 실천하고자 하는 꿈의 실현과 현실 세계가 조화롭게 잘 이루어지지 아니하는 아쉬움을 이 시에 담았다고 말했다.

우흥

소원 빌어 말하노니 이문에는 빗장을 걸며
부모님에게서 물려받은 몸 상하게 하지 마시오
어찌하여 이문을 찾아 다투어서
목숨을 가벼이 여기고 바다 밑으로 뛰어 드나요
귀한 몸의 영화는 속세에 물들기 쉬우며
마음 부끄러운 일 씻어내기는 무척 어렵다네

욕심 없고 깨끗한 마음 누구와 더불어 의논하며
세상에 많은 사람들은 단술을 좋아하네

寓興 우흥
願言扃利門 원언경이문 不使損遺體 불사손유체
爭奈探利者 쟁내탐이자 輕生入海底 경생입해저
身榮塵易染 신영진이염 心垢非難洗 심구비난세
澹泊興誰論 담박여수론 世路嗜甘醴 세로기감례

　　최치원은 태산군을 떠나 성주사 대낭혜화상비가 보존되고 있
는 부성군으로 발길을 향하였다. 과거 반세기 동안 기나긴 세월이
지난 후 오늘날까지 비문보존관리가 잘되어 있는지가 궁금하고 비
문 찬술 당시 젊은 시절의 생각과 현재의 생각으로 관찰해 보고
싶어서 성주사 주지 스님 일광국사를 만났다.
　　일광국사는 최치원의 높은 학문과 풍류도경사상을 이미 잘 알
고 있는 터라 반갑게 맞이하며 극진한 예의를 갖추어 모시면서 세
상 돌아가는 이치를 여쭈어 보자 치원은 우선 비문을 보고 와서
이곳에 며칠 머무르면서 천천히 소통하자고 하였다. 주지 방에서
나와 비문 있는 곳을 향하여 갔다. 비문 앞에까지 와서 비문이 훼
손되지 않고 잘 보존되어 있는 것을 확인하고 천년만년 먼 훗날까
지 영원토록 보존될 수 있도록 마음속 깊이 기도를 마치고 난 후
일광국사가 쉽게 알아들을 수 있도록 천천히 비문의 주요 내용을

설명하였다.

유당 신라국 고 양조국사 교시
대낭혜화상 백월보광지탑비명 및 서

회남淮南에서 본국(신라)으로 들어와 국신國信 조서詔書 등을 바친 사신으로, 전에 동면도통순관東面都統巡官 승무랑承務郎 시어사侍御史 내공봉內供奉을 지냈으며, 자금어대紫金魚袋를 하사받은, 신臣 최치원 왕명을 받들어 찬술하였다.

당나라가 무공武功으로써 (黃巢의) 반란을 평정하고 연호를 '문덕文德'으로 고치던 해(888), 11월(暢月) 22일(月缺之七日) 해가 함지咸池에 잠길 무렵, 우리나라 두 조정의 국사國師 선화상禪和尚이 목욕을 마치고 가부좌跏趺坐를 한 채 세상을 떠났다. 온 나라 백성이 두 눈을 잃은 것처럼 슬퍼했거늘, 하물며 문하의 여러 제자들이야.

아아! 이 땅에 사신 것이 89년이요, 불계佛戒를 좇으신 것이 65년이다. 세상을 떠난 지 사흘이 되었음에도 승좌繩座에 의지하여 위의威儀가 장엄하시며, 얼굴이 산 사람과 같았다. 문인 순예詢乂 등이 소리내어 울면서 유체遺體를 받들어 선실禪室 안에 임시로 모셨다. 임금(진성여왕)께서 들으시고 크게 슬퍼하시며, 파발꾼(馹)을 보내 글월로 조

상弔喪하시고 곡식으로 부의賻儀하셨으니, 청정淸淨한 공
양에 이바지하여 돌아가신 이의 현복玄福(冥福)이 넉넉하
도록 한 것이다. 2년이 지난 뒤, 돌을 다듬어 층층의 무덤
(浮屠)을 높이 쌓았는데, 소문이 왕경王京(慶州)에까지 알려
질 정도였다.

보살계를 받은 불제자로서 무주도독武州都督이며 소판蘇判
(迊飡)인 일감과, 집사시랑執事侍郎인 관유寬柔, 패강도호浿江
都護인 함웅咸雄, 전주별가全州別駕인 영웅英雄은 모두 왕족
자손이다. 왕족답게 임금의 덕을 보좌하면서도, 험난한
세상(險道)에서 대사의 은혜에 힘입었으니, 어찌 꼭 출가
한 뒤라야 입실入室할 수 있다고 하겠는가?

그들이 마침내 문인인 소현정서昭玄精署의 대덕大德 석통현
釋通賢, 그리고 사천왕사四天王寺의 상좌上座인 석신부釋愼符
와 더불어 상의하기를 "대사께서 돌아가시자 임금께서도
섧게 여기셨거늘, 어찌하여 우리들은 풀죽은 마음으로
입을 다물고 스승에게 은혜를 갚을 일을 하지 않는단 말
인가"라고 하였다. 그제야 승속僧俗이 서로 호응하여, 시
호를 내려줄 것과 탑비에 (행적을) 새길 것을 청하였는데,
임금께서 이를 승낙하시고, 잠시 후 병부시랑兵部侍郎인
우규禹珪에게, 계원桂苑(중국)의 사신으로 시어사인 최치원
을 불러오게 하였다. 최치원이 봉래궁蓬萊宮에 이르러 옥
수玉樹 같은 사람들을 따라 옥계玉階를 오른 뒤, 주렴珠簾

밖에 꿇어앉아 명령을 기다렸다. 임금께서 말씀하시기를 고인이 된 성주대사聖住大師는 참으로 한 부처(불성, 佛性)가 세상에 나오신 것이다. 옛날에 선고先考 경문왕과 헌강왕께서 모두 스승으로 섬겨, 오랫동안 국가에 복이 되도록 하셨도다. 나도 처음에 (왕위를) 잘 이어받아 선대의 뜻을 계승하고자 했으나, 하늘은 노성老成한 인물을 억지로라도 남겨 두지 않으시어, 더욱 나의 마음을 애석하게 한다. 나로서는 큰 행실이 있는 사람에게 큰 칭호를 주어야 한다는 이유에서, '대낭혜大朗慧(크게 밝은 지혜라는 뜻)'라는 시호를 추증追贈하고, 탑이름을 '백월보광白月葆光'이라 한다. 그대는 일찍이 중국에서 벼슬하여 빛나게 귀국한 사람이다. 돌이켜 보건대, 선고 경문왕께서는 국자國子(公卿大夫의 子弟)들을 뽑아 그들에게 학문을 하도록 명하셨고, 헌강왕께서는 국사國士(나라 안에서 뛰어난 선비)들을 돌보시고 예로써 대접하셨으니, 그대는 마땅히 국사의 명銘을 지음으로써, 그 은혜에 보답하라!고 하였다.

이에 치원이 사양하여 말하기를 황공하옵니다. 전하께서 실속이 없는 이 사람을 굽어 살피시고, 글솜씨가 화려하리라 생각하시어, 글로써 은덕에 보답하라 하시니, 진실로 뜻밖의 천행天幸이옵니다. 다만 대사께서는 유위有爲의 말세(澆世)에서 무인무과無因無果의 신비한 종지를 널리 펴서 알리셨는지라, 소신小臣의 한도 있는 하찮은 재주로 끝이 없는 큰 행실을 기록하려니, 약한 수레에다 무거운 짐을 싣고, 줄이 짧은 두레박으로 깊은 우물의 물을 퍼내려는 것 같나이다.

혹여 돌이 특이한 말을 한다거나, 또는 거북이 돌아다보는 신조神助가 없다면, 결코 산이 빛나고 물이 구슬을 품고 있으면 시내를 아름답도록 할 수 없을 것이며, 도리어 숲이 부끄러워하고 간수澗水가 수치스러워 하게 될 것이오니, 글 짓는 것을 피하고자 하옵니다, 하였다.

임금께서 말씀하시기를 사양을 좋아하는 것은 대개 우리나라의 풍도라서 좋기는 하나, 진실로 비문 짓는 일을 해낼 수 없다면, 과거에 급제한 것(黃金牓)이 무슨 소용이란 말인가. 그대는 힘쓸지어다! 하시고, 갑자기 크기가 방망이만한 두루마리 한 편을 내어 주시며, 내시內侍를 시켜 주고받게 하셨다. 그것은 문제자門弟子가 올린 행장行狀이었다.

다시 생각해 보건대, 중국에 들어가 배운 것은 대사나 내가 피차 다름이 없건만, 스승으로 추앙받는 이는 누구이며, 일꾼 노릇하는 사람은 누구인가. 어찌하여 심학자心學者는 높고 구학자 口學者는 수고롭단 말인가. 그러므로 옛날의 군자는 학문하는 것을 삼가서 하였다.

그러나 심학자가 덕을 세웠다면 구학자는 말을 남겼을 것이니, 저 '덕'이란 것도 혹 '말'에 의지하고서야 일컬어질 것이요, 이 '말'이란 것도 혹 '덕'에 기대어야 썩지 않고 오래도록 전할 것이다. 일컬어질 수 있다면, '마음'이 능히 먼 후래자後來者에게 알려질 것이요, 썩지 않는다면 '말' 또한 옛 사람들에게 부끄러움이 없을 것이다. 할 만한 일을 할 수 있을 때 하게 되었으니, 다시금 어찌 감히 실속 없는 글이라고 굳게 사양만 하겠는가.

비로소 방망이 같은 행장을 뒤적였다. 대사께서 중국에 유학한 해와 신라로 돌아온 해, 불계佛戒를 받음과 선리禪理를 깨달은 인연, 공경公卿과 관리들이 귀의하여 앙모仰慕하였던 일, 불전佛殿과 영당影堂을 개창開創했던 일 등은 고 한림랑翰林郎 김입지金立之가 지은 성주사비聖住寺碑에 자세히 서술되었으며, 부처를 위하고 불손佛孫을 위하는 덕화, 임금을 위하고 스승을 위했던 성가聲價(평판), 세속을 진정시키고 불도를 방해하는 마적魔賊을 항복시킨 위력, 붕새같이 (수천리를 날아 西國에) 몸을 나타냈다가 (丁令威가) 학이 되어 돌아 온 것과 같은 출처出處 등은 태부太傅에 추증된 헌강대왕께서 손수 지으신 심묘사深妙寺 비에 갖추어 기록되어 있음이 나타나 있었다. 그러므로 부유腐儒가 이제 지음에, 마땅히 우리 대사께서 반열반般涅槃의 대기大期(入寂)에 드신 것과, 우리 임금께서 탑(窣堵波)의 이름을 존숭하신 것을 나타내는 데 그칠 따름이다.

입과 손이 이 일을 의논하여 나의 취향에 맞도록 하려 했

정보통신 정책 혁신

정보통신 정책혁신의 중요성을 형상화한 이미지. 최치원이 생애 말년 전국을 주유하며 바위에 남겼던
친필 각자刻字 기록이 오늘날 대한민국 IT혁명의 토대를 만들었다 해도 과언이 아닐 것이다.

는데, 그 사이 수제자인 비구比丘스님이 와서 글(釐臼)을 재촉하였다. 나의 이러한 뜻을 말하였더니, 그가 말하기를 김입지가 지은 비(聖住寺碑)는 세운 지 오래 되었습니다. 그리하여 여태까지 대사께서 수십 년 동안 남기신 아름다운 행적이 빠져 있으며, 태부왕太傅王(헌강왕)께서 신묘한 필치로 기록한 것은, 대개 특별한 대우를 나타내 보여준 것일 뿐입니다. 그대의 경우, 입으로는 옛 선현의 글을 완미하였고, 면전에서는 금상今上의 명을 받았으며, 귀로는 국사의 행적을 실컷 들었고, 눈으로는 문하생들이 지은 행장을 취하도록 보았을 것입니다. 마땅히 널리 기록하고 갖추어 말하여, 반드시 그것을 후생에게 남김으로써, 그들로 하여금 일의 시초를 캐내고 종말을 살피도록 해야 할 것입니다. 만약 중국을 사모(西笑)하는 사람이 혹 비문을 소매 속에 넣어 가지고 떠나, 중국 사람들의 비웃음에서 벗어나게 된다면 매우 다행일까 합니다. 내가 감히 그 이상의 것을 더 구하겠습니까?

그대는 귀찮음을 꺼리지 마옵소서, 하였다. (이에) 광노狂奴와 같은 태도로 얼른 대답하여 말하기를 "저는 초가지붕을 새끼로 졸라매듯이 하려는데, 사師(上足苾芻)께서는 채소를 파는 사람처럼 하시렵니까?"라고 하였다.

마침내 갈팡질팡한 마음(猿心)을 붙들고 억지로 붓을 움직였다. 『한서漢書』「유후전留侯傳」이 머릿속에 떠올랐다.

그 끝부분에 "장량張良이 임금과 더불어 조용하게 천하의 일을 말한 것이 매우 많았으나, 천하의 존망에 관계되지 않은지라, 역사에 기록되지 않았다"고 되어 있었다.

대사께서 (이 세상에) 왔다가 돌아가신 동안의 뛰어난 자취들이 별처럼 헤아릴 수없이 많으나, 후학들을 일깨우는 것이 아닌 사실은 역시 쓰지 않느니. 내 스스로 반사班史에서 무늬 한 점이나마 엿보았다고 믿으면서 이에 관견管見으로 서술한다.

빛이 왕성하고 충실充實하여 온 누리(入紘)를 비출 바탕이 있는 것으로는 새벽해보다 고른 것이 없고, 기가 온화하고 무르녹아 만물을 기르는 데 공효功效가 있는 것으로는 봄바람보다 넓은 것이 없다. 생각건대 큰 바람과 아침 해는 모두 동방으로부터 나온 것인즉, 하늘이 이 두 가지 여경餘慶을 모으고, 산악이 영성靈性(신령스럽고 지혜로운 사람)을 내리어, 그로 하여금 군자국君子國(신라)에 빼어나 불가에 우뚝 서도록 하였으니, 우리 대사께서 바로 그 분이시다.

대사는 법호가 무염無染이며 원각조사圓覺祖師에게 10세 법손이 된다. 속성은 김씨이며 무열대왕이 8대조이다. 할아버지 주천周川은 진골 출신으로 관등이 한찬韓粲(大阿湌)이었으며, 고조와 증조는 나아가서는 장수가 되고 들어와서는 재상을 지냄으로써 다 '장상호將相戶'로 알려졌다. 아버지의 이름은 범청範淸이다. 일족一族들이 진골에서 한 등급을 내려 깎았으니 '득난得難'이라 한다(原註, 우리나라에 5품이 있다.) 성이聖而·진골·득난은 귀성貴姓의 얻기 어려움을 말한다. 「문부文賦」(陸機撰)에 말하기를 "혹 쉬운 데서 구하여 마침내 어렵게 여기는 것을 얻게 된다"고 했다. 따라서 육두품이 수가 많은 것을 귀하게 여기는 것은 마치 일명一命(九品)으로부터 구명九命(一品)에 이르는 것과 같다. 그 나머지 사품·오품이야 말할 것이 없다. 만년에는 검술을 좋아했던 조趙나라 문왕文王의 옛 일을 따랐다.

어머니 화씨華氏가 꿈속에서 긴팔을 지닌 수비천인脩臂天人이 연꽃을 내려주는 것을 보고 이내 임신하였다. 얼마가 지난 뒤 거듭 꿈에 호도인胡道人이 나타나 '법장法藏'이라고 자칭하면서 십계十戒를 주기에 태교胎敎로 행하였다. 열 석 달째 되면서 대사가 태어났다.

(대사는) 아해阿孩(原註, 방언으로 아이를 이르는 중국말과 다름이 없다) 적에 걷거나 앉을 때에는, 반드시 두 손을 합장하거나 가부좌의 자세를 취하였다. 여러 아이들과 어울려 놀면서 벽에 그림을 그리거나 모래를 쌓을 때에도, 반드시 불상을 그리거나 탑을 만들었다. 그러면서도 차마 부모님의 슬하에서 하루도 떠나지 못하였다. 아홉 살에 비로소 취학就學하였는데, 눈으로 본 것이면 반드시 입으로 외우니, 사람들이 '해동의 신동'이라고 일컬었다.

열두 살을 넘기고 나면서(13세), 구류九流를 비속하게 여겨

불도에 입문하고자 뜻을 두었다. 먼저 어머니께 말씀드렸더니, 어머니께서는 당신이 전에 꾸었던 꿈을 생각하고는, 울면서 "그렇게 해라!"(原註, '예'는 우리말로 허락함이다)고 하였으며, 나중에 아버지를 뵈었더니, 아버지께서는 자신이 늦게 깨달은 것을 뉘우치고, 웃으며 "좋다!"고 하였다. 드디어 설악산 오색석사五色石寺에서 머리를 깎고 잿빛 옷을 입었으니, 입은 경의經義를 해석하는 데 정통했고, 힘은 (불교의) 세운世運을 만회하는 데 날랬다. 이 절에 법성선사法性禪師라고 하는 스님이 있었는데, 일찍이 중국에 가서 능가선楞伽禪의 문을 두드렸던 분이다. 대사께서 수년간 사사師事하되, 탐색探索함에 조금도 남김이 없으므로, 법성선사가 감탄하여 말하기를 빠른 발로 달린다면, 뒤에 출발하더라도 앞서 도착한다는 것을, 내가 그대에게서 경험했노라, 나는 만족한다. 그대에게 더 이상 가르쳐 줄 것이 없다. 그대와 같은 사람은 서국(중국)으로 가야 될 것이다!고 하였다.

그러자 대사는 그렇게 하겠노라고 대답했다.

밤중에 새끼줄은 뱀으로 현혹되기 쉽고, 허공의 베올(布纊)은 분간하기 어렵다. 물고기는 나무에 올라가 잡을 수 있는 것이 아니고, 토끼는 그루터기만 지킨다고 해서 기내되는 것이 아니다. 그러므로 스승이 가르친 바와 자기가 깨달은 것에는 서로 장점이라 할 만한 것이 있는 법이다. 진실로 구슬이나 불을 얻었다면, 구슬을 머금은 조개나 불을 일으키는 부싯돌쯤이야 버릴 수 있다. 무릇 도에 뜻을 둔 사람에게 어찌 정해진 스승이 있겠는가.

이윽고, 그곳을 떠나 부석산浮石山의 석등대덕釋燈大德에게 화엄華嚴을 배웠다. 하루에 서른 사람이 외울 분량을 감당해 낼 실력이었으니, 쪽빛풀(藍草)과 꼭두서니풀(茜草)이 제빛깔을 저상沮喪한 것 같았다. (여건이 조성되어 있지 않은 곳에서 소기所期의 목적을 이룰 수 없다는 뜻) 요당坳堂과 배수盃水의 비유를 돌이켜 보고 말하기를 "동쪽으로만 머리를 두르고 바라보다가는, 서쪽의 중국(西墻)은 보지 못할 것이다. 바다 건너 중국(彼岸)이 멀지 않은데, 어찌 고토故土만을 생각할 것인가"라고 하였다. 마침내 대사는 선뜻 산에서 나와 바다에 의지하여 중국에 들어갈 기회를 노렸다. 때마침 국사國使가 서절瑞節을 가지고 천자가 계신 궁궐로 가 뵈올 일이 있게 되자, 그 배에 발을 붙이고 중국에 들어가게 되었다. 그런데 배가 큰 바다 복판에 이르자, 갑자기 풍랑이 일어 성난 듯 뒤집히니, 큰 배가 무너지고 사람들은 어찌할 수 없게 되었다. 대사는 심우心友인 도량道亮과 함께 외쪽 널빤지를 걸터타고 업보의 바람(業風)에 모든 것을 맡겼다. 밤낮없이 반 달 남짓 떠돌다가 검산도劍山島에 표착漂着하였다. 무릎걸음으로 굽어진 안두岸頭에 올라 한참이나 실의에 빠져 한탄하다가 물고기 뱃속에서 다행히 몸을 벗어났으니, 용의 턱밑에다 거의 손을 들이밀 수 있게 되었다. 내 마음은 구르는 돌과 같지 않다. 물러나 다른 것으로 옮길 수 있겠는가, 하였다.

장경長慶(821~824) 초에 이르러, 조정사朝正使로 당나라에 들어가는 왕자 흔昕이 당은포唐恩浦에 배를 댔다. 덧붙여 타고 가기를 청했더니 허락하였다. 지부산之罘山 기슭에 도착하고 나서, 먼저의 어려웠던 것과 나중의 수월했던 것을 생각해 보고는, 해신海神에게 토읍土揖하며 말하기를 "잘 있거라, 고래 물결이여! 풍마風魔와 잘 싸웠소이다"고 하였다.

출행하여 대흥성大興城 남산南山의 지상사至相寺에 이르렀는데, 화엄에 대하여 말하는 사람을 만났으니, 부석산에 있었을 때와 같았다. 얼굴이 검은 미석美石처럼 생긴 노인이 말을 걸고는 "멀리 외계外界에서 도를 취하고자 하는 것이, 어떻게 그대에게 있는 부처佛性를 체인體認하는 것에 비하겠는가?"라고 했다. 대사는 말이 끝나자마자 크게 깨쳤다.

이로부터 필묵筆墨을 버리고 여기저기 돌아다니다가 불광사佛光寺에서 여만如滿에게 도를 물었다. 여만은 강서마조江西馬祖에게 심인心印을 받고, 향산香山 백상서 낙천白尙書樂天의 불문佛門의 벗이 된 사람인데도, 응대應對할 때 부끄러운 기색을 띠면서 말하기를 "내가 사람을 많이 겪어 보았지만, 이와 같은 신라분(子)은 드물었다. 다른 날 중국에서 선禪을 잃어버렸을 때 장차 그것이 동이東夷에게 묻게 될 것인가"라고 하였다.

그곳을 떠나 마곡사麻谷寺의 보철寶徹화상도 찾아뵈었다. 힘든 일에 부지런히 종사하여 가리는 바가 없었고, 남들이 어렵게 여기는 것을 자기는 반드시 쉽게 해내니, 뭇사람들이 그를 눈여겨보고 말하기를 "선문禪門에서의 유검루庾黔婁와 같은 남다른 행실이다!"고 하였다. 철공徹公이 대사의 고절苦節을 어질게 여기고는, 일찍이 하루는 대사에게 일러 말하기를 옛날 나의 스승인 마화상馬和尚(馬祖道一)께서 돌아가실(訣別)때 말씀하시기를, "봄꽃만 번성하고 가을에 열매가 적은 것은, 보리수菩提樹(道樹)를 오르려는 사람이 슬퍼하고 탄식하는 바다. 이제 너에게 인가印可하나니, 다른 날 제자들 가운데 기이한 공로가 있어 봉封할 만한 사람이거든 봉하여 끊어지지 않도록 하라!"고 하셨다.

다시 이르기를 "대법大法이 동쪽으로 흐른다는 말은 대개 구참鉤讖(예언)에서 나왔다. 저 해 뜨는 곳 선남자善男子의 근성根性이 거의 무르익었을 것이니, 네가 만약 동방 사람 가운데 눈으로 말할 만한 사람을 얻거든, 잘 이끌도록 하라! 지혜의 물(慧水)로 하여금 바다 건너 구석진 곳(신라)에서 크게 뒤덮이도록 하면, 그 공덕이 얕지는 않으리라"고 하셨다. 스승의 말씀이 귀에 쟁쟁하다. "나는 네가 온 것을 기뻐한다. 이제 심인心印을 주어 동국東國에서 선후禪侯로 으뜸가게 하나니, 가거든 조심하고 경건히 행동하라! 나는 지금엔 강서마조江西馬祖의 대아大兒이나 후세엔 해동의 대부大父가 될 것이니 선사先師에게 부끄러울 것은 없으리라"고 하였다.

그로부터 얼마 안 되어 보철화상이 세상을 떠났다. 묵건墨巾(黑巾)을 머리에 쓰고 이내 말하기를 "뗏목도 이미 버렸거늘, 배(舟)가 어찌 매어 있겠는가"라고 하였다. 이로부터 유랑함이 바람에 나부끼듯 하였다. 기세를 막을 수 없었고 뜻을 빼앗을 수도 없었다. 분수汾水를 건너고 곽산崞山을 올랐는데, 고적古跡이라면 반드시 찾아보고, 진승眞僧이라면 반드시 만나 보았다. 대저 그가 머물러 있는 곳은 사람들이 사는 곳을 멀리하였는데, 대략은 위험함을 편안하게 여기고, 괴로움을 달게 여김에 있었으니, 사체四體를 종(奴虜)처럼 부리되, 일심一心만은 임금같이 받든다는 것이었다. 이런 가운데서도 오로지 위독한 병든 사람을 돌보며, 고아와 자식 없는 늙은이를 구휼하는 것으로 자기의 임무를 삼았다. 지독한 추위와 더위가 닥쳐, 열이 나고 가슴이 답답하거나, 혹은 손이 트고 발에 얼음이 박히더라도, 게으른 기색을 보인 적이 없었다. 그의 이름을 들은 사람이라면 자기도 모르는 사이에 멀리서도 예경禮敬을 표하였다. 떠들썩하게 동방의 큰 보살이 되었으니, 그가 30여 년 동안 행한 일이 대개 이러했다.

회창會昌 5년(845, 문성왕 7)에 귀국하니, 당나라 황제의 명령에 의한 것이었다. 나라의 사람들이 서로 기뻐하며 말하기를, "연성벽連城璧이 다시 돌아오게 된 것은 실로 하늘이 한 일이니, 이 땅의 행복이라"고 하였다. 이로부터 청익請益을 하는 사람이, 이르는 곳마다 벼와 삼대가 빽빽하게 들어선 것 같았다.

왕성에 들어가 어머님을 뵈오니, 어머니께서 크게 기뻐하며 말씀하시기를 돌이켜 보면, 내가 전일에 꾼 꿈은 곧 우담바라꽃(優曇華)이 한 번 나타난 것이 아닐까. 부디 내세來世를 제도濟度하기 바라며, 내 다시는 네가 돌아오기를 바라는 마음에 흔들리지 않을 것이다, 하였다.

이내 북쪽으로 떠나 헤아리고 눈여겨보아, 종생토록 몸 붙일 곳(終焉之所)을 골랐다. 때마침 왕자 흔昕이 벼슬을 그만두고 산중재상山中宰相처럼 지내고 있었는데, 우연히 만나 바라는 바가 합치되었다.

왕자 흔이 이르기를 대사와 저는 함께 용수龍樹 을찬乙粲(伊飡)을 조상으로 하는데, 대사께서는 안팎으로 용수의 후손이 되시니, 참으로 놀라워 저로서는 미칠 수

가 없습니다. 그러나 푸른 바다 밖에서 소상瀟湘의 고
사를 행하였으니, 친구親舊의 인연이 진실로 얕지는 않
을 것입니다. 웅천주熊川州(公州) 서남쪽 모퉁이(坤隅)에
한 절이 있는데, 이는 나의 선조이신 임해공臨海公(原註,
先祖의 諱는 仁問이다. 당나라에서 獩貊, 즉 고구려를 정벌한 공의 대
가로 臨海郡公에 봉하였다)께서 봉지封地로 받은 곳입니다.
중간에 겁진화 刧盡火로 인한 천재天災를 입어 절이 반
쯤 재가 되어 버렸습니다. 어질고 명철한 분이 아니고
는 누가 능히 없어진 것을 일으키고 끊어진 것이 이어
지도록 하겠습니까. 내키지 않더라도 이 늙은이(朽夫)를
위해 머물러 주실 수 있겠는지요?라고 하였다.
대사가 대답하기를 "인연이 있으면 머물게 되겠지
요"(有緣則住)라고 하였다.
대중大中(847~859) 초에 비로소 나아가 거주하고, 또 말
끔히 정제하여 그것을 꾸몄다. 얼마 되지 않아서 불도
가 크게 행해지고, 절은 크게 이루어졌다. 이로 말미암
아 사방 먼 곳에서 학문하는 길을 묻는 무리들이, 천
릿길을 반걸음으로 여기고 찾아와, 그 수를 헤아릴 수
없었다. 이처럼 문도門徒가 번성하게 된 것은 대사께서
마치 종이 쳐주기를 기다리고, 거울이 고달픈 줄을 모
르는 것처럼 하였기 때문이다. 온 사람이면 혜소慧炤로
써 그들의 눈을 이끌어 주고, 법열法悅로써 그들의 배

를 채워 주지 않음이 없었으며, 군은 의지 없이 머뭇거
리는 것을 깨우쳐 주고, 무지한 습속을 변화시켰다.

문성대왕께서 그가 해 나가는 것이 임금의 덕화德化
에 유익하지 않음이 없다는 것을 듣고는 크게 본받으
시었다. 수교手敎를 급히 보내 대사를 흠뻑 위로하였으
며, 또 대사께서 산중재상(金昕)에게 대답한 네 글자를
중히 여기고, 절의 이름을 '성주聖住'로 바꾸어, 이에 대
흥륜사大興輪寺에 편입, 등록시켰다.

대사가 사자使者에게 말하기를 절을 '성주'라고 이름하셨
으니, 절로서는 참으로 영광스러운 일일 것입니다. 용렬
한 중을 지극히 총애하시니, 재능도 없으면서 있는 것처
럼 흉을 내어(濫吹) 높은 자리를 차지한 느낌입니다. 이는
해조海鳥인 원거鶢鶋가 바람을 피해 뭍으로 오자, 봉황새
로 잘못 안 참새가 날아들었다는 것에 비유할 만하니, 날
씨가 궂을 때 산 속에 숨어 무늬를 윤택하게 한다는 표
범의 고사故事에 부끄러운 일입니다, 하였다.

그때 (즉위 전의) 헌안대왕께서 단월檀越(施主)이며 말째 서
발한舒發韓인 위흔魏昕과 더불어 남북상南北相(原註, 각각 그
직에 있는 것이 左·右相과 같다)이 되었는데, 멀리서 제자로서의
예를 펴고, 향과 차茶를 폐백으로 보내 와, 그것을 받지
않은 달이 없게 하여, (대사의) 명성이 동국에 젖도록 하는
데 이르렀다. 사류士流들은 대사의 선문禪門을 모르는 것

에 대하여 일세一世의 수치로 여길 정도였다.

대사의 발아래 예를 올렸던(足) 사람이면, 물러 나와 반드시 감탄하면서 말하기를 "직접 찾아뵙는 것이 귀로 듣는 것보다 백배나 낫다. 입에서 말씀이 나오기도 전에 이미 마음에 와 닿았다"고 했는데, 문득 조급하고 사나운 사람들 또한 그 경솔한 버릇을 떨쳐 버리고, 그 사나움을 고치어 착한 도리로 다투어 빨리 달렸다.

헌안왕께서 왕위를 이어 받음에 이르러, (대사에게) 교서를 내려 한 말씀 해주실 것을 청하였다. 이에 대사가 대답하기를 "주풍周豊이 노공魯公에게 대답한 말에 뜻이 담겼습니다. 예경禮經에 나타나 있사오니, 청컨대 좌우명으로 삼으소서!"라고 하였다(인재등용을 공정하게 할 것을 건의함).

태사太師에 추증된 선대왕께서 즉위함에 미쳐, 공경하고 중히 여기심이 선조先朝에서 뜻함과 같으면서도 날로 더욱 두텁게 하셨다. 대개 시행할 일이 있게 되면 반드시 사람을 급히 보내 자문을 구한 뒤에 행하였다.

함통咸通 12년(871, 경문왕 11) 가을, 대사에게 곡두서鵠頭書(교서)를 급히 보냈다. 전역傳驛을 통해 부르시며 말씀하시기를 "산림山林은 어찌 가깝게 하시며, 도성都城은 왜 소원疏遠히 하십니까?"라고 하였다. 대사께서 생도들에게 일러 말씀하시되 갑자기 진후晉侯가 백종伯宗을 부르듯 하시니, (30여 년간 여산廬山을 나오지 않았던) 원공遠公에게 매우 부끄러운 노릇이다. 그러나 앞으로 도가 행해지게 하려면 좋은 때를 잃어서는 안 되나니, 불타의 부촉付囑을 생각한 까닭에 나는 임금에게 갈 것이다, 하였다(국가개혁은 시기를 맞추어서 행해야 된다는 것을 말함).

홀연히 일어나 서울(轂下)에 이르러 알현하시니, 선대왕께서 면복袞服 차림으로 경의를 표하시며 왕사王師로 삼으셨다. 군부인郡夫人과 세자 및 태제太弟인 상국相國(原註, 追奉尊謚하여 惠成大王이라 하였다), 그리고 여러 왕자·왕손들이 둘러싸고 우러르기를 한결같이 하였다. 옛 가람伽藍의 그림 벽에 서방의 여러 국장國長(임금)들이 불타를 모시는 것을 그려낸 형상과 같았다.

임금께서 말씀하시기를 제자가 재주는 없습니다만, 글짓기를 조금 좋아합니다. 일찍이 유협劉勰의 『문심조룡文心雕龍』을 보니 "유有에만 머물거나 무無만을 지키면, 한갓 편벽된 해석에만 날카롭게 된다. 진리의 본원本源에 나아가고자 하는 것, 그것은 곧 반야般若의 '경계境界가 끊어진 것'이리라"고 한 말이 있었습니다. 그 '경계가 끊어져 있다'는 것에 대해 설명해 주실 수 있겠습니까?라고 하니, 대사께서 대답하시기를 "경계가 이미 끊어져 있다면, 조리條理 또한 없을 것입니다. 이는 심인心印이니 말없이 행할 따름입니다"고 하였다.

임금께서 말씀하시기를 "과인寡人은 진실로 조금 더 배우기를 청합니다"고 하니, 이에 문도門徒 중에서 쟁쟁한 사람에게 명하여, 여러 가지를 묻게 하되(更手撞擊), 한 가지씩 차근차근 속속들이 알 수 있도록 했는데(春容盡聲), 막힌 것을 해결하고 번거로움을 떨쳐버리기를, 마치 가을바람이 어둠침침한 노을을 베어 없애듯 하였다. 이에 임금께서 크게 기뻐하시면서, 대사를 보게 된 것이 늦음을 한탄하며 "몸을 공손히 하고 남면南面한 사람에게 남종南宗을 가르쳐 이끌어 주시니, 순舜은 어떠한 사람이며 나는 어떠한 사람일까"라고 하였다.

이미 궁궐에서 나왔는데도, 경상卿相들이 늘어서서 마중하니, 사람들과 말을 나누려 해도 틈이 없었다. 사서士庶들이 붙좇아 따르며 떠받드니 떠나고자 해도 그렇게 할 수가 없었다. 이로부터 온 나라 사람들이 불성佛性을 인식하게 되었으니, 이웃의 장로長老들도 (보주寶珠를) 엿보는 것을 그만두게 되었다.

그러나 얼마 있지 않아서, 대사는 새장 안에 갇혀 지내는 것처럼 여기고 바로 도망하다시피 나왔다. 임금께서도 억지로 머물게 할 수 없음을 아시고 이에 교서를 내렸는데, 상주尙州의 심묘사가 서울로부터 멀지 않다 하여 참선하는 별관別館으로 삼을 것을 청하였다. 사양해도 임금께서 들어주지 않으므로, 할 수 없이 가서 거처하였는데, 비록 잠시 머물더라도 반드시 집을 수리하여 엄연하게 절(北城)의 모습을 갖추게 하였다.

건부乾符 3년(876, 헌강왕 2) 봄, 선대왕(경문왕)께서 옥체가 편치 않으셨다. 근시近侍에게 명하되 "빨리 우리 대의왕大醫王을 맞아 오라!"고 하였다. 사자使者가 이르자, 대사께서 말하기를 산승山僧의 발이 왕문王門에 닿는 것은 한 번이라도 심하다 할 것이다. 나를 아는 이는 '성주聖住'를 '무주無住'라고 할 것이요, 나를 모르는 이는 '무염無染'을 '유염有染'이라 할 것이다. 그러나 돌이켜 보면, 우리 임금님과는 향화香火로써 맹세한 인연이 있고, 또 (앞으로) 도리천忉利天으로 갈 날이 정해져 있으니, 어찌 한 번의 작별이야 나누지 않으랴, 하고는 다시 걸어서 왕궁에 이르렀다. 약언藥言과 잠계箴戒를 베풀었더니, 깨어난 가운데 환후患候가 나아 온 나라에서 이상하게 여겼다. 그러나 달을 넘기고는 헌강대왕께서 익실翼室에 거처하시게 되었다. 우시면서 왕손 훈영勛榮을 통해 대사에게 뜻을 알리시되 고孤가 어려서 부왕의 상을 당하여 정치를 잘 알지 못합니다만, 임금께 충성을 다하고 부처를 받들어 많은 사람을 구제하고자 도모하는 것과, 자기 한 몸만 올바르게 하는 것은 같다고 말할 수 없습니다. 바라건대 대사께서는 멀리 가시지는 말고, 계실 곳은 오로지 고르신 대로 정하십시오, 하였다.

대사가 대답하기를 옛 스승으로는 육경六經이 있고, 오늘의 보신輔臣으로는 삼경三卿이 있습니다. 늙은 산승이 무얼 하는 사람이라고, 앉아서 누리(蝗蟲)처럼 땔나무와 쌀을 좀먹겠습니까. 가령 세 글자로 이에 남겨 드릴만한 말이 있다면, 바로 '능관인能官人'이라고 하겠습니다, 하였다. 그 이튿날, 등산 복장을 차리고 새처럼 떠나가고 말았다. 이로부터 역마驛馬가 소식을 전하느라고 산중에 그림자를 이었다. 역졸驛卒들은 가야 할 곳이 성주사에 해당된 것을 알면, 금새 모두들 뛸 듯이 기뻐하며, 손을 모아 말 고삐를 고쳐 잡고 왕명을 받고 가는 길이 조그만큼이라도 지체될까 염려하였다. 이로 말미암아 기상시騎常侍의 윤오倫伍들은 임금님의 급한 명령을 받아도 일을 쉽게 해낼 수 있었다.

당나라 희종 건부제乾符帝가 (헌강대왕의) 즉위를 승인하던 해(878), 임금께서는 나라 안의 진언할 수 있는 모든 사람들에게 '홍리제해興利除害'의 방책을 바치도록 하는 한편, 각별히 우리나라의 종이(蠻牋)를 사용하여 글로써 (대사에게) 말씀하시되 "하늘의 은총天寵을 받은 것은 비롯되는 바가 있는 법입니다"고 하였다. 나라에 보탬이 되는 질문을 내리신 데 대하여, 대사는 하상지何尙之가 송宋나라 문제文帝에게 좋은 일을 권하고 나쁜 일을 하지 않도록 간했던 말을 이끌어 대답하였다. 태부왕(헌강왕)께서 그 말을 들으시고 개제介弟이신 남궁상南宮相(禮部令)에게 일러 말씀하시기를 삼외三畏는 삼귀三歸와 비길 만하고, 오상五常은 오계五戒와 알맞게 어울리느니라. 왕도를 잘 실천하는 일이야말로 불심佛心에 부합되는 것이니, 대사의 말씀이 지극하도다. 나와 네가 정성을 다해야 할 것이다, 하였다.

건부제가 서방으로 순수巡狩하던 해(中和元年, 881) 가을, 임금께서 시인侍人에게 일러 말씀하시기를 "나라 안에 큰 보주寶珠가 있는데, 평생토록 궤櫃에다 감추어 둔다면 그것이 옳은 일인가"라고 하니, 근시가 말하기를 "옳지 않습니다. 때로 한 번씩 내어서 그 보배로운 구슬이 많은 백성의 눈을 뜨게 하고, 사방 이웃의 마음을 푹 취하게 하는 것만 못합니다"고 하였다.

그러자 임금께서 말씀하시기를 나에게 '마니摩尼'라는 가장 좋은 보배가 있다. 숭엄산崇嚴山에 빛을 감추고 있다. 만약 숨겨 둔 것을 열어 놓기만 한다면, 의당 삼천대천세계三千大天世界를 비추어 환하게 할 것이니, 어찌 수레 열두 대(十二乘)를 비췬 것쯤이야 말할 게 있겠는가. 나의 부왕父王께서 간곡하게 맞이하시니, 일찍이 두 번이나 그 모습을 드러냈다.

옛날에 소하蕭何는 한고조漢高祖가 대장大將을 임명하면서

어린 아이를 부르는 듯한 처사를 간하였거니와, 한고조가 상산商山의 네 노인을 불러들일 수 없었던 것도 이 때문이었다.

이제 듣건대, 천자께서 몽진蒙塵하셨다 하니, 달려가서 천자의 여러 신하들에게 위문(奔問)하도록 해야 할 것이나, 천자에게 근왕勤王을 더욱 두텁게 하는 일은 부처에게 귀의함이 우선일 것이다.

이제 대사를 맞음에 반드시 세상의 평판에 따를 것이다. 내 어찌 임금이라는 하나의 존귀함만을 믿고 연치年齒와 덕망의 두 가지 존귀를 겸한 대사에게 거만하게 대하겠느냐, 하였다.

이에 사자를 정중히 하고 말씀도 겸손히 하여 부르시니, 대사가 이르기를 외로운 구름이 산의 암굴巖窟을 나오는 것이, 어찌 무슨 생각이 있어서이리요. 대왕의 풍덕風德에 인연이 있고 보면, '고집(집착)함이 없는 것'은 곧 상사上士의 도리일 것이다, 하고는 마침내 와서 알현하시었다. 임금께서 인견引見하심은 선조先朝(경문왕)의 예와 같았으나, 예에서 한층 빛이 났다. 손가락으로 꼽을 만한 것으로는 첫째, 임금께서 친히 공양을 올리신 것이요, 둘째, 손수 향을 전하신 것이요, 셋째, 몸·입·뜻의 삼업三業으로 일어나는 것을 잘 지켜야한다. 세 번이나 경의를 표하신 것이요, 넷째, 작미로鵲尾爐를 잡고 생생세세生生世世의 인연을 맺으신 것이요, 다섯째, 법호를 더하여 '광종廣宗'이라 하신 것이요, 여섯째, 그 이튿날 조반朝班들에게 명하여 대사께서 머무시는 절(鳳樹)에 나아가 기러기처럼 열을 지어 하례토록 하신 것이요, 일곱째, 나라 안의 시를 연마하는 사람들에게 대사의 귀산歸山을 전송하는 시를 짓게 하였는 바, 재가제자在家弟子로서 왕손인 소판蘇判 억영嶷榮이 가장 먼저 시를 지었는데, 거두어 두루말이로 만들고 시독侍讀이며 한림翰林(翰林臺)의 재자才子인 박옹朴邕이 인引을 지어 증행贈行한 것이요, 여덟째, 거듭 장차掌次에게 명하여 정결한 방을 마련토록 하시고 작별을 나누신 것이다.

고별에 임하여 임금께서 묘결妙訣을 구하시었다. 이에 종자從者에게 눈짓하여 진요眞要를 들려주라고 하였다. 순예詢乂 · 원장圓藏 · 허원虛源 · 현영玄影과 같은 이는 사선四禪 중에서 청정淸淨을 얻은 자로서, 자기의 지혜를 실에서 뽑듯이 하여 그 종지를 섬밀하게 나타냈다. 뜻을 기울여 소홀함이 없었고, 임금의 마음을 계발함에 여유가 있었다. 임금께서 매우 즐거워하시며 두 손을 마주잡고 경의를 표하여 말씀하시기를 옛 부왕父王께서 증점曾點과 같은 현인賢人이셨다면, 지금의 과인은 증참曾參과 같은 아들이 되기에 부끄럽습니다. 그러나 임금의 자리를 이어

받아 덕 있는 사람에게 지도至道를 얻고, 그것을 받들어 간직함으로써 혼돈세계混沌世界의 근원을 열었습니다. 저 위수渭水 가의 태공망太公望은 참으로 명예를 낚으려는 사람이었으며, 흙다리 위의 장량張良도 대개 그러한 자취를 밟았다고 하겠습니다. 비록 임금된 자의 스승이 되었어도, 한갓 세 치의 혀만 놀린 것이니, 어찌 우리 대사께서 말씀을 은밀하게 하시어 일편심一片心을 전한 것과 같겠습니까. 받들어 주선周旋할 것이며 감히 실추失墜하지 않겠습니다, 하였다.

태부왕(헌강왕)께서는 평소 중국말(華言)을 잘하시는 터라, 금옥 같은 소리로 여러 사람들이 지껄이며 시끄럽게 하는 것을 꺼리지 않고, 말씀을 하시기만 하면 짝맞추는 말(儷語)을 이루었다. 평소에 오랫동안 구상한 것 같았다.

대사께서 왕궁에서 물러 나온 뒤에, 또 왕손인 소판 일鎰에게 가서 청함에 응하였다. 함께 이야기하며 몇 차례 말을 주고받았다. 대사께서 곧 감탄하고 말하기를 옛날 임금으로서 원체遠體는 있으나 원신遠神이 없는 분이 있었는데, 우리 임금께서는 둘 다 갖추시었고, 신하로서 재상이 될 만한 재주(公才)는 있으나 그만한 공망(公望)이 없는 이가 있었는데, 그대는 둘 다 온전하구려. 이 나라는 잘 되어 나아갈 것입니다. 마땅히 덕을 좋아하고 자중자애하시구려, 하고는 산으로 돌아가자마자 곧 세상과의 인연을 끊었다. 이에 임금께서 사자를 보내 '방생장放生場'의 경계를 표시하니, 새와 짐승들이 즐거워하였고, 뛰어난 글씨로 '성주사'라는 제액題額을 쓰니, 용과 뱀이 살아 움직이듯 하였다.

성대한 일이 끝나고는 좋은 시절도 덧없이 되었다. 정강대왕께서 즉위하시자, 두 조정에서 총우寵遇한 것을 좇아서 행하였다. 승려와 속인을 거듭 사신으로 보내 맞아오도록 하였으나, 대사는 늙고 병들었다며 사양하였다.

태위대왕太尉大王께서는 은혜를 베풀어 해동의 사표師表가 되시고, 덕 있는 사람을 높은 산처럼 우러러 보셨다. 임금이 되신 지 석 달 동안에 안부를 묻는 사자가 열 번이나 대사에게 다녀갔다. 얼마 되지 않아 대사께서 허리 통증으로 고생한다는 말을 들으시고, 급히 국의國醫를 보내 치료하도록 하였다.

국의가 당도하여 고통의 증상을 물으니, 대사는 슬며시 얼굴빛을 부드럽게 하고 웃으며 "노병老病일 뿐이니 번거롭게 치료할 것은 없다"고 하였으며, 조석으로 하루 두 때 죽과 밥(糜殘)을 들이되, 꼭 공양을 알리는 종소리가 울린 뒤에 올리도록 했다. 스님들이 대사께서 식력食力을 잃을까 염려하여 종채를 맡은 사람에게 살그머니 당부하여 거짓으로 몰래 치도록 하였는데, 대사께서는 들창 밖으로 바라보며 그만두도록 명하였다.

장차 열반에 들려고 할 때, 곁에서 시중드는 이에게 명하여, 많은 사람들에게 유훈遺訓을 일깨우라고 하면서 내 나이 이미 팔십을 넘었으니, 죽음(大期)에서 도망하기 어렵다. 나는 멀리 떠나니 너희들은 (禪道에) 잘 안주安住하도록 하라! 강강講하기를 한결 같이 하며, (마음을) 지켜서 잃어버리지 않도록 하라! 옛적 (조참曹參과 같은) 관리도 오히려 이와 같이 하였으니, 오늘의 선禪하는 사람들이야 마땅히 힘써야 할 것이다, 하였다. 영결의 말을 겨우 마치고는 편안한 모습으로 세상을 떠났다.

대사는 성품이 공손하면서 말을 삼가하여 좋은 분위기를 해치지 않도록 하였다. 『예기』에 이른바, "몸(中)은 겸손하고 유순한 듯하며, 말은 나직하고 느린 듯하였다"는 것일진저! 학승學僧들에게는 언제나 '선사'라고 불렀으며, 손님을 접대할 때에는 신분의 높고 낮음에 따라 공경을 달리하지 않았다. 그러므로 방에 가득한 자비慈悲에 뭇스님들이 즐거이 따랐다. 닷새를 주기로 하여, 배우러 온 사람에게 의심난 것을 묻도록 하였고, 생도를 깨우치는 것에 대해서는 말하기를 마음이 비록 몸의 주인이기는 하나, 몸은 반드시 마음의 사표가 되어야 할 것이다. 그러한 생각을 하지 않음이 걱정일 뿐이다. 도가 어찌 너희에게서 멀리 있겠느냐. 설령 배움 없는 시골뜨기라 하더라도 능히 속세의 얽매임에서 벗어날 수 있느니라. 내가 달리면 (저들도) 반드시 달리게 될 것이니, 어찌 도사導師와 교부敎父에 씨(種)가 있겠느냐, 하였다.

또 말하기를 저 사람의 마신 바가 나의 갈증을 해소시키지 못하고, 저 사람의 먹은 바가 나의 굶주림을 구원하지 못하는 법이다. 어찌 힘을 다하여 스스로 마시고 먹지 않으랴. 어떤 이는 교敎와 선禪을 일러 다르다고 하는데, 나는 아직 (다르다는) 그 종지를 보지 못했다. 말은 본래 많은 법이니, 내가 알 바 아니다. 대략 같다 해도 편들 것은 아니요, 다르다 해도 비난할 것은 아니다. '편안히 앉아서 교사巧詐한 마음(機心)을 삭히는 것' 이것이야말로 도를 닦는 사람들의 행동에 가까울 것이다. 즉 우주만물을 있는 그대로 관찰하는 능력을 갖추어 자기 생각을 상대방과 같이 소통되어야 한다, 하였다.

그 말씀은 분명하고 도리에 맞으며, 그 뜻은 오묘하면서도 믿음직스러우므로, 능히 심상尋相을 무상無相이라 여기게 하고, 도를 닦는 사람(道者)에게 부지런히 그것(無相의 法)을 행하도록 하여, 갈림길 속의 갈림길을 보지 못하게 하였다.

대사는 장년壯年으로부터 노년에 이르도록, 스스로 낮추는 것을 기본으로 삼았다. 먹는 것은 양식을 달리하지 않앉으며, 입는 것은 반드시 똑같은 복장이었다. 대개 어떠한 것을 짓거나 수리할 때에는 뭇사람보다 앞장서서 일을 하였다. 매양 말하기를 "가섭조사迦葉祖師께서도 일찍이 (祇園精舍를 지을 때) 진흙을 이기신 일이 있거늘, 내 어찌 잠깐이라도 편안히 있겠는가"라고 했으며, 먹을 물을 길어 나르거나, 섶나무를 지는 일도 더러는 몸소 하였다. 또 말하기를 "산이 나를 위하느라 더럽혀졌는데, 어찌 내가 몸을 편안히 하겠는가"라고 하였으니, 그가 자기 몸을 다스리고 사물에 힘씀이 모두 이러한 것들이다. 대사가 어렸을 때 유가儒家의 서적을 읽어 남은 맛이 입가에 잠겨 있었으므로, 남과 말을 주고받을 때 운韻이 있는 말을 많이 썼던 것이다.

문제자門弟子로 이름을 지적할 수 있는 사람이 거의 2천 명이다. 따로 떨어져 있으면서 '도량道場에 거처한다'고 일컫는 사람은 승량僧亮·보신普愼·순예詢乂·심광心光이다. 여러 불손佛孫이 많고 그 무리가 번성하니, 실로 마조도일이 용의 새끼를 길러서 동해東海가 서하西河를 덮었다고 이를 만하다.

논論하여 말한다. 『춘추』에 이르지 않았던가. "공후公侯의 자손은 반드시 그 처음으로 돌아갈 것이라"고. 옛날에 무열대왕께서 을찬乙粲(伊湌)으로 계실 때, 예맥獩貊을 무찌르기 위해 군사를 빌릴 계책을 가지고, 진덕여왕의 명령으로 소릉황제昭陵皇帝(당태종)를 폐근陛覲하였다. 정삭正朔을 받들고 복장服章을 바꿀 수 있도록 면전에서 진원陳願하였다. 천자께서 가상히 여겨 허락하시고, 궁정에서 중국식 복장을 내리셨으며, '특진特進'이라는 작호爵號를 주셨다. 하루는 (황제께서) 모든 번국藩國의 왕자들을 불러 잔치를 벌였다. 크게 술자리를 베풀고 온갖 보화를 쌓아 놓은 뒤, 그들에게 마음껏 마시고 가지라고 하셨다.

왕(무열왕)께서는 이에 술 드는 것은 예의를 지켜 난망亂妄함을 방지하셨고, 화려한 비단은 지혜를 써서 많이 얻으셨다. 하직하고 나오기에 이르러 문황文皇(당태종)께서는 눈길 주어 바라보면서 탄복하여 말씀하시기를 "국기國器로다!"고 했다.

신라로 돌아감에 미쳐서는, 친히 짓고 글씨까지 쓰신 온탕溫湯과 진사晉祠의 두 비碑 및 어찬御撰인 『진서晉書』한 벌을 내려 주시었다. 그때 비서감秘書監에서 이 글들을 베껴 두 개의 서첩으로 만들어 올렸는데, 하나는 태자(儲君)께 주시고, 다른 하나는 우리를 위해 내리셨다.

다시 화자관華資官에게 명하여 청문靑門 밖에서 조도祖道하게 하시니, 각별한 은총과 두터운 예우에는 설령 지혜에 귀먹고 눈먼 사람이라 하더라도, 또한 족히 듣고 보는 데 놀랄 정도일 것이다.

이로부터 우리나라가 일변一變하여 노魯나라처럼 되었고,

팔세八世 뒤로 대사가 중국에서 배우고 돌아와 교화하여 더욱 일변함으로써 도에 이르게 되었으니, 비교될 데가 없도다. (우리가) 우리를 버리고 누구를 이르랴.

위대하도다!

선조께서 두 적국敵國을 평정하여 그들로 하여금 외면의 복장을 바꾸게 하셨다면, 대사께서는 육마적六魔賊을 물리쳐 악의 무리로 하여금 내면의 덕을 닦도록 하셨다. 그러므로 천승千乘의 임금께서도 두 조정에 걸쳐 예우하셨고, 사방의 백성들도 만리를 멀다 하지 않고 분추奔趨하였다. 움직이면 반드시 그들을 마음대로 부리다시피 하였고, 가만히 있을 때에도 속으로 비방하는 사람이 없었으니, 어찌 오백년마다 현인이 태어난다는 말대로, (대사께서) 대천세계大千世界에 몸을 나타냄이 아니겠는가. 앞에서 이른바 '처음으로 돌아간다'고 한 말 또한 어찌 마음에 차지 않으랴.

저 장량張良은 한고조漢高祖의 군사軍師가 되어, (食邑이) 만호萬戶에 봉해지고 지위가 열후列侯의 반열에 오른 것을 크게 자랑하여, 이를 한韓나라 승상의 자손으로서 더없는 일이라고 여겼으나, 이것은 (소인배의) 소루小陋한 것이리라. 가령 그가 선도仙道를 배움이 시종일관했더라도 과연 능히 대낮에 승천했겠는가. 도중에서 그만두고 말았으니, 얻은 것이라고는 학의 등 위에 하나의 허망한 몸일 뿐이다. 어찌 우리 대사께서 처음부터 범속凡俗에서 벗어났고, 도중에 대중을 제도하며, 마지막까지 자기 몸을 고결하게 한 것과 같겠는가.

성덕盛德을 아름답게 형용하는 것을 예부터 '송頌'에서 숭상하였다. 게송偈頌의 유類이다. 적묵寂默을 깨고 명銘을 짓나니, 그 글은 다음과 같다.

도라고 할 만한 것이 '상도常道'로 되는 것은
풀 위 이슬에 구멍을 내는 것과 같고
불도에 나아가 진불眞佛이 되는 것은
물 속에 비친 달을 잡는 것과 같도다.
도가 떳떳한 데다 불교의 진수眞髓를 얻은 이는
해동의 김상인金上人(무염)이시로다.
본 가지는 성골聖骨에 뿌리박았고
상서로운 연꽃은 태어날 몸에 의뢰하였네.
오백년 만에 땅을 골라 태어나
열세 살에 진세塵世를 떠나니
화엄이 불법의 거대한 길로 이끌어
배를 타고 파도 험한 바다에 떴다네. 【其一】

중원中原을 두루 살펴보고 나서
큰 방편(巨筏)을 죄다 버릴 수 있었네.

선달先達(高僧)들이 모두 감탄하면서
고행으로는 따를 사람이 없다고 하였네.
불교가 도태淘汰를 당하게 되어
신라로 돌아올 기회를 하늘이 주시었네.
마음의 구슬은 마곡麻谷(寶徹)에서 밝았고
혜안慧眼의 거울은 우리나라 (桃野)를 비추었네. 【其二】

이미 봉새가 훌륭한 모습을 하고 오니
뭇새들이 다투어 뒤따랐네.
시험삼아 용이 변화하는 것을 보시라!
어찌 보통 사람의 생각으로 헤아려 알 것인가.
우리나라(仁方)에 방편을 드러내 보이시고
성주사에 힘써 주지住持하시었네.
여러 절(松門)에 두루 석장錫杖을 걸어둘 때마다
바윗길엔 입추立錐의 여지가 없었네. 【其三】

나는 임금의 우대(三顧)를 기대했거나
임금의 뜻에 영합했던 사람이 아니라네.
때가 도를 행할 만하면 또한 나가게 되는 것이니
부처의 부촉付囑에 따르기 위한 까닭이라.
두 임금께서 대사(下風)를 예경禮敬하시니
온 나라가 부처의 교법敎法에 젖어들었네.

학이 세상에 나오니 동천洞天이 가을이요
구름이 돌아가니 바다 저편의 산이 저물었어라. 【其四】

나와서는 섭룡葉龍보다 고귀하였고
돌아가서는 명홍冥鴻보다 고상하였네.
물을 건너니 소보巢父를 비루하게 여김이요
골짜기에 들어오니 승랑僧朗을 초월함일세.
마침내 중국(島外)에서 돌아온 뒤
세 번이나 궁중에서 놀고 왔다네.
여러 미혹한 이들은 어지럽게 시비是非를 말하지만
종극에 이르면 무슨 다름이 있겠는가. 【其五】

이 도(禪道)는 담백하여 맛이 없으나
모름지기 힘써 마시고 먹어야 하리니
남이 마신 술에 내가 취하지 못하고
남이 먹은 밥에 내가 배부르지 않네.
대중에게 마음속의 사특함을 쫓아내도록 깨우치되
명예와 이욕利慾을 겨나 쭉정이로 여겨야 한다 하였고
속인에게 '몸가짐의 정제'를 어떻게 할지 권면하되
인仁과 의義를 갑옷과 투구로 여겨야 한다고 하였네. 【其六】

이끌고 지도함에 버리거나 빠트림이 없었으니

그야말로 천인사天人師라 하겠네.

옛날 세간에 계실 적에는

온 나라가 유리세계流璃世界를 이루더니

적멸寂滅하여 돌아가신 뒤부터는

발길 닿는 곳마다 가시풀만 돋았구나!

열반은 어찌 그리 빠르신고.

고금에 걸쳐 다함께 슬퍼할 일이로세. 【其七】

탑을 꾸미고 비문을 새겨

형백形魄은 감추고 자취는 드러냈으니

곡탑鵠搭은 푸른 산 속에 한 점 자리하고

거북 등의 비석은 푸른 바위벽처럼 버티고 섰네.

이것이 어찌 여태까지의 마음이리요?

부질없이 문자로 살피는 데 수고롭게 하지만

후인들에게 오늘을 알도록 하는 것이니

오늘의 입장에서 옛날을 보는 것과 같을 뿐이라. 【其八】

임금의 은혜는 천년토록 깊을 것이요

대사의 덕화는 만대토록 흠앙할 것이라.

누가 '자루 없는 도끼'를 잡을 것이며

누가 '줄 없는 거문고 소리'에 맞출 것인가.

선禪의 경역境域은 비록 지킬 것이 없다 하나

어찌 객진번뇌客塵煩惱야 침노하게 하리요.
계족산雞足山 봉우리에서 미륵불을 기다리듯이
장차 동쪽 나라 계림에 길이 계시기를. 【其九】

이 비문이 천년만년 후세까지 전해져 나라와 백성들에게
이익이 될 수 있도록 하기 위해서 이 시대에 서체가 가장
뛰어난 자에게 글씨를 쓰게 하는 것이 좋겠다고 진성여
왕에게 보고하였다. 진성여왕은 조정대신들과 공론을 거
쳐 최언위에게 글씨를 쓰도록 하명하였다.

종제從弟로서 조청대부朝請大夫 전 수守 집사시랑執事侍郎이
며 자금어대를 하사받은 신 최인연崔仁渷(일명 최언위) 왕명
을 받들어 글씨를 쓰다.

최치원은 비문 설명을 마치고 일광 국사에게 말하였다.
"옛날 심혈을 기울여 썼던 것이 현재에도 변함없이 같은 마음
이니 후회없는 학문과 사상을 이 비문에 새겼던 것 같습니다. 비
문찬술 당시에 제가 추구하고자 했던 실용 및 실천 학문과 사상을
낭혜 화상에 은유와 비유법을 적용하여 찬술하였습니다."
비문 서문에 치원의 경력을 적은 이유는 행정실명제를 통해 책
임행정을 후세에 알리기 위한 것이고 또한 왕명을 받아 쓴 이의
인품과 성품을 알리기 위함과 동시에 군신君臣관계와 더불어 행정

실명을 후세에 전하고자 함이었고, 치원 자신이 왕명을 받고 학문적으로 찬술한 진감선사비문, 대숭복사비문, 지증대사비문을 통해서 후세에 백성들이 이 비문을 읽어 보고 스스로 깨우쳐서 백성들의 꿈이 현실화가 되어 자기 뜻대로 이루어지기를 바란다고 일광국사에게 상세히 설명해 주었다.

일광국사는 치원의 설명을 듣고 극찬하였다.

"실로 하늘이 내린 학문과 사상입니다."

주지스님의 거처로 되돌아와서 치원은 일광국사에게 여쭈었다.

"사람이 어떻게 살아야 이국이민시하게 되는 것입니까?"

"부처님 말씀에 의하면 사람이 자기중심에서 가족중심 더 나아가서는 우리중심, 지구촌중심, 우주중심으로 생각하게 되면 자기 마음의 욕심이 사라지게 되어 상대를 존중하게 되므로 타인에게 이익을 주게 된다고 화엄경에서 말하고 있습니다."

일광국사도 이어서 치원에게 물어보았다.

"치원 그대는 이미 풍류도경에서 '애국애민여하면, 이국이민시' 가 된다고 하지 않았습니까? 이 깊은 뜻을 소승에게 쉽게 말해 주시지요."

치원은 다소 부끄러운 듯이 고개를 숙이고 한참 있다가 일광국사에게 말하였다.

"사람이 어머니의 몸을 빌려 태어나는 것은 남자쪽 여자쪽의 조상으로부터 이어받은 기운이 합하여(陰陽合—음양합일) 어머니 몸 물속에서 생명이 시작되고 그 순간부터 자기의 운명이 시작되는 것입니다. 그러나 먼 곳을 향해 꿈과 희망을 갖고 살아가는 것은 결국 죽음으로 가고 있으며 죽음과 동시에 새로운 영혼 세계로 이어지는(천부경에서 六생이라고 했음) 것과 같습니다. 이 말을 다시 말하면 사람은 진실과 거짓을 자기자신이 순간순간 숨쉴 때마다 잘 관찰하여 살펴보고 바르게 생각해서 진실되게 살고 거짓된 일은 하지 말아야 되는 것입니다. 자기운명은 자기만의 노력에 의해서 변화되어 가는 것입니다. 자기의 꿈을 실현하기 위하여 모든 사람이 최선의 노력을 다 하고 있습니다. 자기목표로 정한 꿈이 실현되고 나면 또다시 새로운 꿈을 향하여 많은 노력을 하게 됩니다. 이러한 일들이 계속적 반복적으로 꿈과 희망의 목표를 정하게 됩니다. 사람이 태어나서 자기의 마음기운을 계속 밝고 긍정적이고 좋은 것에만 사용하고 어둡고 부정적이고 나쁜 것에는 일체 눈을 감고 못본 체해야 된다는 것을 풍류도경에서 말한 것입니다. 다시 말하면 진실되게 살고 거짓된 일은 하지 말아야 되는 것입니다. 옛날에 글로 표현한 풍류도경과 천부경이 생각나서 진실과 거짓을 보려거든 내 마음의 거울을 봐야 한다는 뜻이 들어가는 고의故意 시 한 수를 지어 보겠습니다."

고의

여우는 아름다운 여인으로 잘도 둔갑하고
늑대(이리)도 또한 선비로 변한다네

다른 동물 따위들은 누군가 알고 있으려나

사람과 똑같은 모양으로 요술 부릴런지

변하고 바뀌는 것은 언제나 어렵지 않지만

좋은 마음잡기가 홀로서는 어려워라

진실과 거짓을 가리어 내려거든

바라건대 마음의 거울을 닦고서 보시게나

故意고의

狐能化美女 호능화미녀　狸亦作書生 리역작서생

誰知異類物 수지이류물　幻惑同人形 환혹동인형

變化尙非艱 변화상비간　操心良獨難 조심양독난

慾變眞與爲 욕변진여위　願磨心境看 원마심경간

　일광국사와 선문답을 마치고 나서 산수경관이 잘어우러져서 아름답기로 유명한 보금산 쌍계계곡을 함께 찾아갔다.

　치원은 국사에게 신라 태수시절 관직 생활을 하면서 틈나는 대로 이곳을 자주 들려 즐기던 곳이라고 말하고 지리산 하동 쌍계계곡에 새겨두었던 쌍계雙磎와 같이 바위에 쌍계雙磎 최고운서崔孤雲書라고 새기고 나서 옛날 풍류를 즐기면서 백성과 함께 소통하며 시간을 보냈던 장소에 세이암, 취병, 침수대, 금석, 용암, 용두 등 15개의 글씨를 친필로 새겨 각인하면서 자신은 평생 동안 계원필경 서문 및 풍류도에서 천 배 이상 노력하여 깨우친 것을 국가나

무위사에 있는 선각대사 편광탑비(전라남도 강진군 성전면 월출산) 출처, 문화재청

백성에게 반드시 실천해야 한다는 실천사상 학문대로 이국이민시의 실천을 위해서 많은 노력을 했다고 일광국사에게 말했다.

'많은 세월이 흘러가도 암벽에 새긴 글들은 후세에 남아 있게 될 것인가?'

혼잣말로 말했다. 그러고 나서 혈통을 같이 이어받은 종제 최언위가 강진 무위사 주지로 장기간 머물렀던 형미스님(864~917)이 불교에 기여한 빛나는 행적에 대하여 비문의 글을 쓰려고 하니 많이 지도편달해 달라는 서신을 받고 답장해준 것이 회상되고 또한 최언위가 지은 비문 글 표현이 궁금하여 무위사로 향했다. 무위사 옆 뜰에 세워진 선각대사 평각탑비를 세심히 관찰하니 거북 돌 받침은 인간을 형상화한 것과도 같고 머릿돌은 구름 형상의 용문 형식으로 표현 조각된 수법은 새로운 비문 석각임을 발견하였다.

비문 내용을 읽어 보니 자기 자신이 은유해서 글을 썼던 진감선사비문 등처럼 최언위도 자신의 사상과 정치 신념을 선각대사 행적에 은유적으로 적혀 있음을 직감하였다. 비문 받침돌과 몸통 머릿돌 모두가 균형 있게 잘 갖추어진 비문은 매우 정교하면서도 사실적 묘사가 잘 되었다. 944년에 먼저 세상을 떠난 동생 최언위의 명복을 진심으로 빌었다. 그러고 나서 일광국사에게 감사하다는 작별인사를 나누고 해인사로 발걸음을 돌렸다.

눈으로 볼 수 없는 세계

최치원 선생의 철학과 사상이 담긴 대한민국의 창조와 혁신정책, 그리고 미래를 준비하는 방법을 회화 25점으로 작품화하여 대한민국 정부에 제안한다.

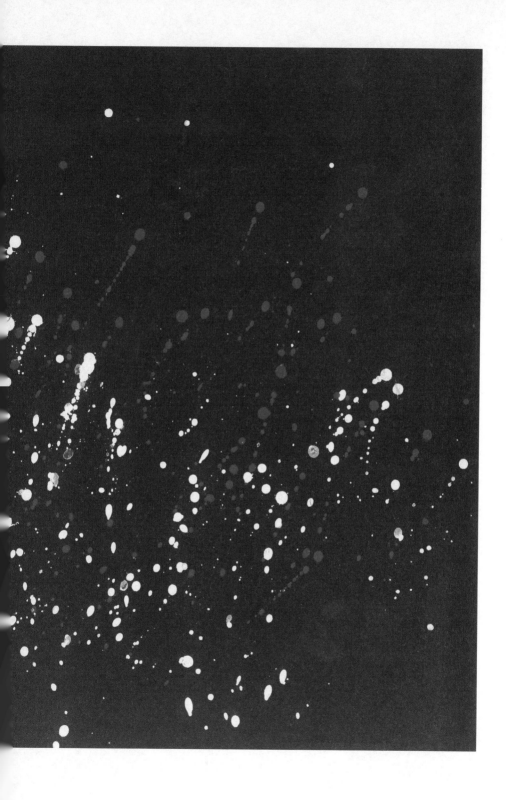

내 몸의 숨결(풍류도)

최치원은 해인사로 돌아와서 내 몸을 움직이는 것을 동動이라 하고 마음의 흐름을 다스리는 것을 행行이라 하여 동행動行의 뜻을 말했다.

일만 년 전 우리 조상 중 한 사람인 '김풍기'라는 도사는 회령시回靈詩를 통해 우리 몸을 유지하고 있는 것은 숨결과 물의 흐름에 따라 생명이 계속 유지된다고 하였다. 숨결과 물의 흐름은 우주만물의 흐름과 같으므로 우주만물 흐름의 원리를 백성에게 가르치고자 하는 말을 후세에 전하려고 치원은 글을 써내려갔다.

회령시回靈詩

하나,
사람이 올 적엔 기쁘다 하고, 갈 적엔 슬프다 하고, 인연 따라 사람이 세상에 태어났다가 밤과 낮을 매일같이 한 바퀴 돌고 가는 것. 애당초 오지 않았으면 갈 일조차 없는 것. 기쁨이 없으면 슬픔인들 있을손가.

둘,
이 몸 세상에 나오기 전에는 그 누구였으며, 이 몸 세상에 태어나서는 내가 또한 누구인가. 이 몸 자라나 크면서 잠시 나라 하더니 눈 한 번 감은 뒤에 내가 누구인가. 신선 옥 베개 밀치고 일어나니 어느새 천 년이구나.

셋,
수천만 년 역사 위에 많고 적은 사람들아. 왜 푸른 산 저문 날에 한 줌 흙이 되었는가. 황금백옥과 권세만이 귀한 줄 알지마소. 세상에 제일 귀한 것은 올바른 깨달음일세(世一貴正得).

넷,
나날이 한가로움을 내 스스로 알겠다. 풍진 세상 속에서 온갖 고통 여월세라. 입으로 맛들임은 시원한 하늘 맛이오, 몸 위에 입은 것은 하늘의 옷이로다.

다섯,
사람은 하늘의 아들이요, 하늘의 주인이로되 이 몸 하늘

과 사람 걱정 몸과 마음 괴로워라. 산에 올라 태양빛을
체득함은 오직 밝은 하늘마음(本心本太陽). 이 몸 이 풍진
세상 속에 누구 위로하려 하산했나.

"오랜 세월 동안 하늘을 'ㅇ'라고 표시하여 'ㅇ'의 상태에서 또 오
랜 세월이 흘러가는 동안에 무엇을 만들어 세상에 처음으로 내어
놓은 것을 '홀'이라고 했습니다. 'ㅇ'와 '홀'은 서로 상대적이지만 질
서정연히 유지되고 있습니다. 오랜 기간 흐름을 통해서 텅 빈 고요
한 가운데를 드디어 '홀'(無極 = 天地創造의 本體)이라 했습니다. '홀'은
절대로 텅 빈 것이 아니라 서로 대할 수 있는 빈 것인즉(相對的인 無)
그렇다고 하여 우리가 느끼고 볼 수 있게 나타난 것도 아닌 것을
말합니다. 무엇이 나오긴 나와 있으나 너무 작은 것이 나누어져서
없는 것과 마찬가지인 그런 모습을 말하는 것입니다. 어떠한 것과
어울리면 곧 모습(象)을 드러낼 수 있는 그런 아주 작은 것을 하늘
(홀)은 수없이 우주만물을 만들어 놓기 시작한 것입니다.

그리고도 하늘(홀)은 한없는 흐름을 보내는 동안에 또다시 하늘
(을)을 만들어 내어 놓으니 텅 빈 것은 아니나 이 역시 아직 '할'과
'알'이 제대로 제 모습을 나타내지 못하고 있는 아주 작은 것으로
나누어져서 그 힘을 발휘하지 못하는 때이니 이를 사람들은 변화
없는 변화, 즉 음·양이라고 말하기도 합니다.

아무튼 하늘은 '할'과 '알'을 만들어 놓고도 오랜 세월이 흘러
가고 있으니 이 '홀'은 도대체 무엇이며, 어떠한 움직임(作用)을 하는

것이며, '울'은 또한 무엇이며 어떠한 움직임(作用)을 하는 것인가? '훌'과 '울'이 아무런 움직임 없이 고요히 같이 있었으나, '훌'이 먼저 나와서 '울'을 누르고 완전히 '훌'의 세력을 잡게 되었습니다. ('훌'의 세력권 성립) '울'이 드디어 싸움을 시작한 것입니다. 이러한 느닷없는 변을 당하게 된 '울'은 다시 싸워 이기려는 생각을 하게 됩니다. 싸워도 순서 없는 싸움이 아니고, 아주 순서 있게 조용히, 그리고 용감하게 돕고 따르면서 두 기운을 합하면 힘(에너지)이 되어 나옵니다. 이를 음양작용陰陽作用이라고도 합니다. '훌'과 '울'은 합하여 힘(힘)으로 나타나 무엇이나 마음대로 만들어 내어놓으니 '훌'과 '울'이 합하여 움직이게 되면 이것을 힘(힘)이라 합니다. 이를 가리켜, 만들고 부수는 힘(氣運)이라고도 말합니다. 이 힘(氣)은 다시 '훌'과 '울'로 나누어 놓기도 하며(死) 다시 모이게(生)도 하면서 한없는(無窮無盡) 재주(造化)를 질서정연히 부리기 시작하게 되는 것입니다. '울'은 느닷없이 '훌'의 포위망에 접어들었다가 다시 싸워서 동등한 위치의 세력을 잡아 한 가지로(統一) 준비를 하게 됩니다. '훌'이 세력을 잡은 것은 무엇을 만들어 내려는 것인가(太極). '훌'과 '울'은 (우주의 본체) 다정하게 모여서 한 가지(統一)를 이루었다가는 다시 싸움이 있었는지 '훌'과 '울'은 나뉘었다(分列)가는 또 다시 다정하게 한 가지(統一)로 모이는 가운데(우주 운동의 본체) '훌'과 '울'이 모여 하나의 '힘'으로 되면서부터는 '훌'이 앞서거니 '울'이 뒤에 서거니, 또한 '울'이 앞서거니 '훌'이 뒤에 서거니(모순과 대립) 하면서 수천만 번, 아니 수없이 되풀이를 하고 있으며(律呂運動) '훌'이 주도권을 잡고 앞에 섰을 때는 조용하고 느리게(정적세계) 움직이고, '올'이 주도권을 잡고 앞에 섰을 때는 바쁘고 빠르게(동적세계) 움직이니 이것은 아마 먼저 세상에 나온 '홀'의 형님이 점잖아서 고요히 움직이고, 세상에 늦게 나온 '올'의 동생은 형을 따라 이기려는 심사에서 아마 바쁘게 빨리 움직이는 모양입니다. 그러는 가운데 질서정연한 힘 대 힘의 움직임이 일어나니 그 '홀'과 '올'의 움직임은 참으로 극심한 싸움과도 같습니다. '홀'이 이기는 듯 하다가는 '올'이 이기고, '올'이 지는듯 하다가는 이기니 참으로 신기한 움직임이며, 누군가 이기고 질지도 모를 싸움을 쉴 줄 모르고 끝없이 조화롭게 하고 있으니 참으로 오랜 흐름 동안 그칠 줄 모르는 이 같은 움직임이 계속되는 것입니다. 아마 이 움직임은 하늘이 없어지는 날까지 계속 될 것으로 보입니다. 어느 한 쪽이 져야지만 끝이 날 터인데 서로 간에 차이가 없으니 누구가 이기고, 누구가 질 것인가, 차이가 있다고 본다면 형인 '홀'이 점잖고, 동생인 '올'이 극성스러운 것이라는 것밖에 아무 차이도 없으니 말입니다. 그 수를 헤아릴 수 없는 '홀'과 '올' 형제의 치열한 움직임은 오랫동안 그칠 줄 모르니 그 뿌연 먼지는 여러 가지로 나타나고, 어느 때는 이리 저리 움직임에 따라 뜨거운 바람이 일어나고 어느 때는 찬바람이 일어나니, 어느 때는 빛이 번쩍이고 어느 때는 엄청난 큰 소리를 치기도 하고, 뜨거운 바람이 불 때는 극성맞은 '올'의 동생이 이기는 듯할 때 일어나고, 찬바람이 일어날 때는 점잖은 '홀'의 형이 이기는 듯할 때 일어나며, 또한 불꽃 튀기는 뜨거운 기운은 빛과 범벅이 되어 한 덩어리로 엉키어 나아가니 이 얼마나 불꽃 튀기는 싸움인가? 그야말로 눈뜨고는 볼 수 없는 무서운 싸움입니다. 그것도 아주 차례가 올바르게, 그리고 힘이 비슷하니 그 불꽃 튀기는 가운데 부서져나가는 뜨겁고 뜨거운 것은 강한 빛을 낼 정도이니 말입니다. 그 뜨겁고 뜨거운 빛은 서로 간에 엉키고 엉키어 큰 덩어리(태양)로, 혹은 작은 덩어리(별)로 떨어져나가다가 식어서 뭉치기도 하니 사람들은 그 덩어리를 각각 이름 붙여 '부'(太陽, 日), '돌'(月), 그리고 무수한 별(星), 또는 우리가 살고 있는 땅덩어리(地球)라 하나, 하여튼 '홀'과 '올'은 이런 것에 아무런 관여도 두지 않고 그저 차례대로, 순서대로 끝없는 움직임과 싸움이 있어 힘 대 힘으로 겨룰 뿐이며 과거부터 오늘날까지도 계속되고 있으며 앞으로도 쉬지 않고 계속될 것이 분명합니다. 그러는 가운데 뜨거운 빛을 가진 '부'(太陽, 日)은 뜨거운 빛을 꾸준히 뿜어대며 순서에 따라 올바로 돌고, 그중에 쌀쌀하고 냉정하고 차가운 것이 많이 엉키어 모인 덩어리인 '돌'(月) 덩어리는 차가운 기운을 뿜어대며, 그것끼리 순서대로 올바로 거리를 놓고 맞물려 돌아가고 있으니 차가운 덩어리, 뜨거운 덩어리를 놓치지 않으려 하고, 뜨거운 덩어리는 차가운 덩어리를 놓치지 않으려고 하니(引力) 모든 덩어리들도 질세라 서로 맞물고 놓치지 않고(引力) 왔다 갔다 하는 크고 작은 덩어리도 생기고 제자리에서 가만히 지켜보는 크고 작은 덩어리도 생겨나니 그야말로 '홀'과 '올'의 경기는 무엇을 만들어 놓기 위한 극심한 싸움인가? 아니면 크고 작은 것이 만들어졌다가 없어지는 것도 있으니(生成死滅) 참으로 신묘한 움직임이 아니고 무엇이겠습니까? 참으로 놀랍고 두려운 하늘의 '홀'과 '올'에 하나의 힘이 생겨 날(日)이 되는 것입니다. 그러므로 사람들은 '홀'과 '올'이 합한 힘(氣)을 하느님이라 하기도 하고, 만드는 주인(造物主)이라 하기도 하면서, 우주의 본체인 우주질(無極)을 높이 받들고 믿으며(信仰) 살지 않으면 안 되게 되었습니다. '홀'과 '올'이 앞으로 한없는 조화를 부려 무엇을 어떻게 만들어 낼까요. 하늘의 '홀'과 '올'이 한데 어울려 힘(氣)으로 극심한 움직임을 하는 가운데, 그 뜨거운 것끼리 엉키어 하나의 커다란 한 덩어리가 되어 떨어져 나온 땅덩어리는 더욱 크고 더욱 뜨거운 빛을 가진 해에서 발사되는 뜨거운 빛을 받으며 한편으로는 차가운 기를 가진 덩어리 달(月)의 찬 기운을 받으면서 더웠다가 차가워지며 밤·낮으로 바뀌어 서로 맞물려(引力) 돌아가는 가운데 한없이 흘러가니 차고 더운 것이 자꾸 바뀌는 가운데 높은 곳(뫼), 낮은 곳(강), 깊은 곳(바다), 평평한 곳(평지)이 생겨나고 더욱 더운 것은 찬 것을 이기려고 여기저기에 땅속에서 때로는 큰소리치며 몸부림을 치고(지진), 때로는 그 뜨거운 기를 뿜어내고(火山), 찬 것이 오면 더운 것은 식히려 하고 뜨거운 것은 찬 것을 이기려는 듯 끓어오르니 참으로 요지경 속이기만 합니다. 이렇게 오랜 세월을 찬 것과 더운 것이 바삐 움직이는 것을 땅덩어리에서도 벌이고 있으니 땅에도 찬 바람 더운 바람이 불고 또한, 하늘의 '홀'과 '올'의 싸움으로 흩어졌던 것은 구름으로 모여 있다가(雲) 땅으로 쏟아져 내려오고, 비와 눈이 땅에 와서는 무거움이 있어서 낮은 곳을 찾아 여기저기로 거쳐 흐르고, 모이고 하였다가는 뜨거워서인지 서서히 다시 높은 하늘로 올라가는 과정이 자연스럽게 일어나니 참으로 신비스러운 현상입니다. 오랫동안 하는 일을 쉬지 않고 꾸준히 거듭 반복하더니 다소 제자리를 찾음인지 더욱 뜨거운 기운은 높고 낮은 곳을 가려서 순환적으로 부글부글 끓고 있으니 찬 기운에 더운 기운이 져 버렸나, 아니면 더운 기운이 찬 기운 속으로 숨어 버렸나…. 그래도 여기저기 곳곳에서 더운 기운은 몸부림도 치고, 뜨거운 불기운을 내 뿜기도 하지만(火山) 그래도 다소 조용한 것도 있습니다. 그 조용한 곳에는 수없는 무엇이 서서히, 그리고 아주 조용히 머리를 내밀고 올라오는 '풀과 나무'들이 있습니다. 그리고 얼마 있으니 크고 둔탁한 동물이 생겨나 움직이니 참으로 신기한 '홀'과 '올'이 모인 하나의 기운입니다. 그뿐 아니라 오랜 세월의 흐름 속에 땅덩어리가 해와 달, 그리고 많은 별들과 어울려져 맞물려 돌아가는 것은 우주의 인력과 우주의 율려운동律呂運動이며, 땅덩어리는 제 모습을 서서히, 그리고 아주 오래도록 갖추어 가니 갖추면 갖출수록, 조용해지면 조용할수록 여기저기 무엇이 고개를 들고 나오니 풀과 나무, 동물 그리고 낮은 곳 물에는 물고기와 해초가 생기니 이 기운은 참으로 신묘한 것입니다. 그 수많은 '홀'과 '올'은 하나의 힘으로 이 하늘 안에 차고 넘쳐서 왼편으로 돌아가는(좌선성) 곳, 즉 태양계 우주 은하계 우주와 바른편으로 돌아가는(우선성) 곳, 즉 또 다른 태양계 우주, 은하계 우주가 있어서 이들은 또 맞물려 돌아가며(우주통일장), 이와 같은 넓은 곳(世界)이 앞으로 얼마나 '홀'과 '올'의 하나의 힘으로 더 만들어 생겨날지 측량키 어려우나, 아무튼 우리가 살고 있는 이 땅덩어리는 수를 헤아릴 수 없는 것들이 각각 자기 나름대로 스스로 모여서 하나의 모습을 갖추고 살다가는 오래되면 사라지고 또 생겨 나와서 크고, 다시 살다가는 제자리로 모두 흩어져 돌아가 사라지고(生成死滅과 死滅生成의 연속), 다시 나오고 하는 가운데 하나의 더욱 놀랄만한 일이 일어났으니 이는 다른 것과 마찬가지로 태어났다 사라지고, 사라졌다가는 다시 생겨나는 데서 제일의 높은 지혜를 갖춘, 하늘의 '홀'과 '올'의 하나의 힘을 그대로 모두 갖추어 아주 작은 하늘이라 할 수 있는 것이 생겨나 움직이고 말하며 걸어다니는 것이니, 이러한 것들이 땅덩어리 여러 곳에서 널리 나타나니 그 색감도 여러 가지며 크고 작음도, 생김새도 다른 여러 인류가 존재하게 되었으며, 이는 분명 하늘의 묘리妙理이며 땅덩어리의 묘리妙理로서 그 까닭은 높은 지혜로움을 가지고 태어난 귀중한 사람입니다. 사람들은 여러 곳에서 여러 색깔로 크고 작은 땅덩어리 곳곳에서 태어났으니 다 같이 특별나게 타고난 아는 힘(知能)을 써서 하늘 뜻과 사람 뜻에 맞는 생활을 하게 되었으며, 하늘을 받들어 높이며 서로 힘을 합하여 어려운 일을 해내며 사람의 일(역사, 문화)을 만들어 해나가는 땅덩어리의 둘째 창조주 노릇을 해 나가게 된 '하늘 사람'이니 이 어찌 신묘한 일이 아니겠습니까? 이 '하늘 사람'은 '홀'과 '올' 하나의 힘으로 땅 위에 생겨났으니 어떠한 일을 앞으로 해내며, 어떻게 무엇을 할 것인가 항상 생각해야 됩니다. 사람은 하늘의 모든 것을 갖추고 세상에 태어나 아득히 먼 옛날부터 살아오는 동안에 알고 있는 힘을 잘 이용함으로써 현재까지 살아가고 있는 것입니다. 하늘의 덩어리는 서로 맞물려 당기며 아무런 사심도 없이 서로 돌기 위하여 돌아가고 있으며, 한편으로는 더운 것이 있으면 찬 것이 와서 어루만져 식혀주고, 찬 것이 있으면 더운 것이 와서 따뜻하게 어루만져 주며 달은 땅을 가운데 두고 같이 돌아가지만, 계란 모양의 형태로 돌아가므로 보름달과 초생달이 생겨나는 것입니다. 땅과 같이 다 같이 돌고 있으면서 모든 별과 함께 태양계 우주의 운동법칙에 의하여 돌아가면서 달이 땅을 가운데 두고 같이 돌고 있는 동안 태양을 달이 가렸다가는 지나치고, 지나쳤다가는 또 가리고, 땅은 또한 스스로 돌기 위하여 혼자 스스로 돌아가니 땅이 스스로 돌아가는 동안에 태양이 오고, 태양이 뜨거운 빛을 내뿜으며 서서히 가고, 태양이 가서 어둠이 오는 것이 한결같이 같으니, 태양이 오는 때를 새벽이라 하고, 태양이 나와 뜨거운 빛을 내뿜으면 낮이라 하고, 태양이 서서히 저물어 가는 때를 저녁이라 하고, 어둠이 오면 밤이라 하여 이 땅에 같은 것을 알아내게 되어 늘 같음으로 이것을 '날'이라 하며, 달이 생겼다 없어지고 없어졌다가는 생기고 하면서 땅을 돌아가니 그 수를 헤아려 보니 30일입니다. 이를 하나의 달이라고 하고, 땅은 땅대로 스스로 돌고, 달은 달대로 스스로 돌면서 땅을 돌아가고 땅과 달이 이와 같이 돌아가기 위하여 태양을 가운데 두고 땅은 태양을 중심으로 달은 땅을 중심으로 하여 돌아가고 있습니다. 가까이 또는 멀리 땅, 달, 별이 다 같이 돌며 돌고 있으니 그 수를 헤어라 보니 삼백육십다섯(365)날입니다. 그러므로 태양을 한 바퀴 돌았다는 뜻으로 '해(年)'라 하기로 하고, 땅의 양쪽 끝은 바다의 물이 매우 깊고 많기 때문에 항상 태양의 빛을 덜 받아 춥고, 가운데는 태양을 너무 받아서 뜨겁고, 하지만 우리가 사는 중앙 부분은 덥지도 춥지도 않은 알맞은 곳에 살게 되었습니다. 삼백예순다섯 날의 한 해를 30날인 달로 나누어 보니 열두 달하고도 다섯 날이 남는지라 다섯 날로는 'ㅇ' 하나의 달을 만들 수 없음으로 여섯 해를 모아서 하나의 달을 만드니 이를 'ㅇ' 달(윤달)이라 하고, 하나의 해를 넘기는 동안에 태양과 가까이 돌고 있을 때는 따뜻하고, 멀리 있을 때는 차츰 추워지니 이를 잘 살피어 처음 살았을 때에는 사냥이나 나무 열매를 따먹으며 살아왔으나 차츰 머리가 트이면서 태양과 가까워짐을 '봄'이라 하고, 아주 가까이 태양과 돌고 있으면 '여름', 태양과 점점 멀어져 아쉬운 생각에서 '가을'이라 하고, 태양과 아주 멀리 돌고 있으면 '겨울'이라 하였고, 삼백예순다섯 날을 네 마디로 나누어 봄, 여름, 가을, 겨울 사계절로 부르며 그 변화와 바뀜을 알아내어 따뜻한 봄이 되면 봄비가 내리고, 따뜻하여 땅에 쌓였던 얼음이 녹아내리고, 먼 산에 아지랑이 아른거리고 모든 풀과 나무, 아니 더 작은 물건, 미생물까지도, 또한 들짐승, 날짐승, 물고기 등 모두가 기쁨에 넘치어 노래하고 춤추며 달려 나가려 서로 합하니 날짐승은 날짐승끼리 들짐승은 들짐승끼리 짝을 지어 다니고, 이 천지 모두가 자기들의 번식과 이어나가기 위한 즐겁고 바쁜 시기가 되니 사람들은 땅을 일

구어 씨앗 뿌리고, 더운 여름이 되면 가끔씩 더위를 감싸주려는 듯 비가 내리어서 더위를 식혀주면 그 물을 받아먹고 온갖 초목이 자라고, 태양이 무섭게 내뿜어대는 빛을 받아서 무럭무럭 자라나서 커지고, 모두가 자기 자랄 만큼씩 다 자라나 커지어 발전하게 되면 서서히 가을이 다가오는지라 모두가 풍성하게 무르익어 가고, 모든 풀과 나무도 겨울 추위를 보내기 위한 갖가지의 준비에 여념이 없습니다. 하늘은 사람의 일을 도와주려는 듯 자주오던 비(雨)도 그다지 자주 오지 않고, 하늘은 높고 맑으며 흰 구름만이 지나갈 뿐인 날이 많으니 이 아니 좋은 때인가요. 불은 오랜 옛날부터 여러 나무가 서로 바람에 부딪쳐 일어났으나 사람이 불을 만든 이후에 불을 이용하여 사람들은 모든 것을 익혀 먹고, 추울 때 불을 피우기도 하고, 어두운 속을 밝히기도 하며 생활한 것입니다. 사람은 하늘의 아들이므로 하늘 뜻대로 따르기 위하여 끊임없이 아는 힘을 키워나가기 위해서 사람은 완전한 건강과 힘을 얻으려고 하늘의 기를 받아 호흡하고 있습니다. 생명을 지키기 위해서는 첫째로 아프지 않고 살아가고자 하는 것이며, 둘째로 건강하게 오래 살고자 하는 것이며, 이를 성취하기 위하여 몸과 마음이 하늘과 함께 존재함을 깨달아야 된다고 했습니다. 누구나 다 자기 생각이 일어나는 곳을 생각하면 즉시 그 모습이 나타나는 것과 같은 것입니다. 이를 깨닫게 되면 자유롭게 바람을 타고 다닐 수 있으며 지나간 곳에는 흔적을 남겨두지 아니한 사람을 '풍류도인'이라 하였습니다. 풍류도인이 되면 하늘과 함께 영원불멸하게 살아

갈 수 있는 것입니다. 숨을 한번 들이 쉴 때나 내어 쉴 때 가급적 이면 코로 숨 쉬지 말고 몸으로 숨을 쉬되 느리게 쉬어야 합니다. 사람 몸에는 팔만 사천 개 구멍이 있습니다. 구멍으로 땀만 나오는 것이 아닙니다. 본래는 숨을 쉬는 구멍입니다. 몸 구멍으로 숨을 쉬어야 하늘과 땅의 기운이 몸과 하나가 되는 것이므로 몸으로 숨을 쉴 수 있도록 계속 정진하여야 합니다. 본래대로 돌아가려고 정진하는 목표를 '대원大願'이라고 하며, 대원이란 느껴서 알게 되는 것을 말하는 것입니다. 그러므로 이 세상 모든 생명체는 물속에서 태어났다가 다시 본래로 돌아가 연이은 물의 흐름이 모든 생명체인 것입니다. 그 가운데 사람이라는 형체를 갖고, 둘 아닌 하나밖에 없는 신비스럽고 고귀하고 오묘한 생명체를 가지고 태어나 다른 짐승이나 풀과 나무와 달리 사람만이 갖고 있는 예지적 사고 능력을 잘 씀으로써 자연을 잘 이용하며 진화된 문화적 생활을 계속 누리고 있는 것입니다. 살갗은 몸 바깥 세계인 하늘과의 연락기관으로서, 하늘과 나와의 관계를 맺어주어 일광日光과 공기, 습도, 세균 등은 살갗을 매개체로 생명체에 작용하며 기공으로 가스를 발산하여 노폐물을 버리고, 새로운 신선한 공기를 받아들여 숨 쉬며 살갗에 분포된 말초신경을 통하여 신경작용과 표정동작을 스스로 함으로써 대기에 적응하게 됩니다. 살갗은 경락이라는 것에 의하여 몸속에 있는 오장육부와 연락하므로 안에 있는 오장육부의 생리 활동할 때마다 따로 피부에 여러 가지 형태로 반영되고 있습니다. 애기가 어머니 뱃속 자궁 양수 속에서 이 세상에 태어나면 적어도 한 시간 사십 분 동안은 발가벗긴 채로 놓아두어 피부로 숨쉬기를 할 수 있도록 사람이 도와주어야 하는 것과 같이 아기 스스로 몸과 입을 통하여 숨 쉬는 것을 단전丹田 자리 숨쉬기라고 합니다. 이러한 본래 숨쉬기를 하면 온몸의 혈액 순환이 잘되어 몸의 경락 유통은 물론 최대의 건강을 유지하게 되므로 하늘과 나와의 대기운이 잘 유통됩니다. 태아와 같은 고요한 경지에서 하늘이 주는 '참'에 들 때 나와 하늘은 둘이 아니고 하나의 지경에 같이 존재하고 있는 것이니 '그 참모습의 본래 사람', 다시 말하면 강인한 생명력이 되는 것입니다. 이를 지키기 위해서 우주 자연과 함께 순간순간 내 몸의 숨결을 조절하여야 풍류도 삶을 살아가게 되는 것입니다."라고 치원은 글쓰기를 끝내고 하늘을 향하여 호흡을 조절하면서 일시무시일 인중천지일 일종무종일 주문을 10회 반복하면서 기도하였다.

승천하는 네 마리 학

가야산 일대는 뜨거운 햇빛을 받아 녹음이 짙게 드리운 나뭇가지 사이로 이름 모를 풀벌레들이 요란한 소리를 마음껏 내지르는 초여름이 되었다. 간혹 작은 새들이 날아와 짙푸른 이파리를 살짝 흔들어 놓고는 유유히 사라진다.

최치원은 옷소매로 흐르는 땀방울을 훔치며 능소화가 한껏 피어 있는 해인사 대적광전을 가로질러 정자로 향했다. 최치원과 호몽이 먼 길을 떠나기에 앞서 방장이 된 일주스님을 찾아갔다. 그때 방 안에서 심상치 않은 기침 소리가 들렸다.

"콜록콜록!"

열반하신 현준스님의 뒤를 이어 새로 방장스님이 되신 일주스님이 방 안에서 기침을 가끔씩 하고 있었다. 최치원과 호몽은 먼 길을 떠나는 차림으로 문 밖에서 헛기침소리를 냈다. 상좌승이 문을 열어주자 일주스님은 가까스로 자리에서 일어나며 어렵게 입을 열었다.

"어르신보다 한참 아래인 소승이 그만 환절기를 이겨내지 못하고 몸살이 나서 누워 있습니다. 송구합니다. 그런데 어딜 가시려고요? 차림을 뵙자니 두 어른께서는 먼 곳을 다녀오실 모양이시군요. 콜록콜록⋯⋯."

치원 내외가 합장하며 예를 올리더니 말했다.

"서라벌로 해서 몇 군데를 다녀올까 합니다. 아무쪼록 방장스님, 몸조리 잘 하십시오. 이 절의 수많은 스님들과 불자들을 위해 부디 강녕하셔야 합니다."

일주스님은 치원 내외의 말씀을 듣고 마주 합장하며 또다시 공손히 말하였다.

"연만하신 어르신 내외⋯⋯ 원행에 몸조심하십시오. 환절기라 정말 조심하셔야 됩니다."

치원내외는 학사루 근처에 있는 현준스님의 사리탑 쪽으로 갔다. 내외는 정말 먼 길을 떠나는 사람들처럼 학사루의 큰 기둥을 손으로 어루만지고 현준스님의 사리탑 앞에 와서는 큰 예를 올렸다. 그 일을 끝내고 내외가 일주문으로 향할 때 상좌승이 헐레벌떡 따라왔다.

"방장스님께서 올리라고 하셨습니다."

치원내외는 그 노잣돈을 받으며 조용히 말했다.

"쓸 만한 용처에 요긴하게 쓰겠다고 말씀드려 주시게."

최치원과 호몽은 해인사를 떠나 서라벌에 들어가며 깊은 가을 같은 느낌을 받았다.

그렇게 많던 사람들도 거리에서 썰물처럼 빠져나가고 그렇게 요란하던 월성에는 인기척이 없었다. 주작대로와 황남대로에도 낡은 마차들이 삐걱거리며 한가하게 다니고 그 많던 젊은이들도 눈에 띄지 않았다. 두 사람은 제일 먼저 언덕 위에 있는 성당으로 향하였다.

바로 성당 뒤에 보리왕후가 묻혀 있었다. 보리왕후는 마치 자신의 마지막 순간을 예견이라도 했는지 치원이 광종의 부름을 받고 황도를 찾았을 때 자신이 세상을 떠나면 꼭 그 옛날 서당자리, 홰나무 곁에 묻어 달라고 간곡히 말했었다. 그래서 치원 내외는 황도를 떠나 한양에 도착했을 때 서라벌까지 따라가지 못 하고 중도에서 헤어지며 그녀의 꽃상여를 무성 장군에게 각별히 부탁하여 장례절차를 잘 마무리하도록 청탁한 것이 회상되었다.

태산군과 해인사를 거쳐 서라벌에 오자마자 무성 장군과 왕거인의 도움을 받아 보리왕후를 대진사 옆 서당자리 언덕에 잘 모셔져 있는지가 궁금하여 능이 있는 곳으로 가서 보리왕후의 능을 참배하고 났을 때 헛기침을 하며 뒷자리에서 나서는 이가 있었다.

"아니, 이게 누구요? 무성 장군이 아니요? 장군은 보리왕후의 능을 조성한 후 황도로 돌아가지 않았소?"

무성 장군이 나서며 말했다.

"아닙니다. 어르신, 능에는 능참봉이 있어야 하지 않습니까? 제가 보리왕후를 홀로 이곳에 버려두고 나 혼자 황도로 돌아가면 누가 이 능을 지키겠습니까? 저는 이미 늙어 황도로 돌아가 봤자 수하 장군들의 시중만 들면서 고려왕실의 녹을 축내는 일 밖에는 없습니다. 나이가 들면 나잇값을 해야죠. 저는 황후릉 옆에서 서라벌을 내려다보며 여생을 조용히 살겠다고 광종대왕에게 보고를 드렸습니다. 여기 와서 왕거인 대인을 새로 사귀었습니다."

그때 왕거인이 예를 올리고 나섰다.

"어르신, 제가 무성 장군님을 곁에서 모시겠다고 했습니다. 서라벌에 있는 미탄사나 제 도장에 모시려고 했으나 무성 장군님은 이 성당이 좋다고 하십니다. 성당에 머무시며 때때로 능에 손질을 하시고 산책하며 책을 읽으시는 것이 좋다고 하십니다."

호몽이 나섰다.

"아니, 두 분이 이 늙은이들을 쏙 빼 놓고 이 서라벌에서 그동안 그렇게 죽마고우처럼 호젓하게 지냈단 말이오? 이 고즈넉한 성당에서 실속 있는 정담을 나누며 둘이서만 그렇게 정을 나누었단 말이죠?"

무성 장군이 머리를 긁적이며 말했다.

"그렇게 됐습니다. 형수님, 늘그막에 제가 좋은 친구를 얻었습니다."

치원이 물었다.

"그나저나 누가 연상이신가?"

왕거인이 대답했다.

"장군님이 저보다 수 년이나 연상이십니다. 제가 형님으로 잘 모시고 있습니다."

치원이 환하게 웃으며 말했다.

"참으로 아름다운 인연이로군."

보리왕후 능을 참배하고 왕거인과 무성도사와 헤어진 후 언덕 위에 있는 성당으로 향했다. 밀리엄 수녀는 여전히 성당을 지키고 있었지만, 그녀도 나이를 이기지 못해 머리의 백발을 쓸어 넘기며 굽은 허리를 겨우 폈다.

"세월이 참 많이도 흘렀어요."

손에 건 묵주를 헤며 밀리엄 수녀가 조용히 말했다.

"수녀님께서는 고향이 그립지 않으세요?"

호몽이 그녀의 손을 잡으며 따뜻하게 물었다.

"이 나이에 고향이 어디 있겠어요? 이 언덕이 저의 고향이지요. 제가 이곳에 온 지도 육십여 년 가까이나 되는데요. 이곳에 와서 저를 따라 천주교를 믿는 백성이 저의 가족이고 형제들이죠. 최 아찬께서는 제가 천주님 나라로 떠나고 나면 저를 이 언덕에 묻어 주세요. 십자가가 잘 보이는 이곳에요."

밀리엄 수녀가 서쪽 하늘을 바라보며 쓸쓸히 웃었다. 그때 언덕에 있던 아이들이 성가 연습을 하며 느티나무 밑에서 큰소리를 냈다.

"저 아이들이 우리의 미래죠."

밀리엄 수녀가 그윽한 눈으로 아이들을 바라보며 말했다. 그때

마침 성당으로 밀리엄 수녀를 찾아온 처용 내외가 최치원 내외를
보고 깜짝 놀라며 반겼다.

"언제 오셨어요?"

"온 지 얼마 되지 않습니다."

"참 오랜만이네요!"

"그러게 말이에요."

처용 내외도 흐르는 세월을 이기지 못한 듯 완전히 늙어 허리를
꼿꼿이 펴지 못하고 있었다.

"이제는 나이가 드셔서 그 좋아하던 춤도 못 추시겠네요?"

최치원이 처용의 손을 그러쥐었다.

"춤이라……. 그것도 젊었을 때 얘기죠. 지금은 뭐, 손 하나 들기
도 힘드니까."

처용은 이가 빠져 움푹 들어간 입을 벌리며 멋쩍게 웃었다.

"그나저나, 피루즈 왕자께서는 고국으로 돌아가신답니다."

처용의 처가 최치원 내외에게 피루즈 왕자의 소식을 전해 주었
다.

"아니, 피루즈 왕자가 고국으로 돌아가신다고요? 어릴 적 고국
이 생각나고 살기 좋아져서 가시는 건가, 아니면 서라벌의 백성과
정을 못 붙이고 쓸쓸해져서 떠나시는 건가요?"

최치원이 놀란 나머지 목소리를 높였다.

그날 밤, 이들은 모두 피루즈 왕자를 만나기 위해 월성으로 향

했다. 북궁 가까이에 있는 피루즈 왕가에는 그래도 사람의 온기가 남아 제법 시끌벅적한 분위기를 전하고 있었다. 그도 그럴 것이 피루즈 왕자는 아들 다섯과 딸 넷을 두었고 손자들도 생겼으니 오죽 정겹겠는가. 아이들은 모두 밖으로 나와 왕궁의 앞뜰 뒤뜰을 누비며 신나게 뛰어다니고 있었다.

다행스럽게도 피루즈 왕자와 아령 옹주에게는 세월이 비켜 지나간 듯 노인의 흔적을 찾아볼 수 없었으나 일반 사람들과 다르게 건강해 보였다.

"왕자님, 고국으로 돌아가신다는 게 사실입니까?"

최치원이 다가가 예를 올리며 물었다.

"예, 그렇게 되었습니다. 이번에 우리 가족과 함께 고국으로 돌아가기로 했습니다. 삼백 년 이상이나 내 조국을 점령하고 있던 아라비아 사람들이 모두 물러가고, 이제 우리 파사도독부가 옛 영토를 회복하였습니다. 고국에서 이미 배를 보내 주었습니다."

고국의 배를 타고 옛 영토로 되돌아간다는 기대감 때문인지 왕자의 미소 짓는 얼굴에는 기쁨으로 가득 차 있었다.

"그럼 고국에 돌아가시면 제왕이 되십니까?"

"그럼요. 파사왕국의 제왕이 됩니다. 우리 선대에서 당나라의 장안을 찾았는데 당나라가 망하였고, 제 대에 와서 신라로 옮겼는데 공교롭게도 신라까지 망하지 않았습니까? 저는 그래서 '아, 내 운명이 이렇게도 기구하게 꼬이는구나. 화불단행이라고 불운이 계속 되는구나.' 뭐, 이러며 탄식하고 있었습니다. 그러던 차에 전화위복이라고. 고국에서 가장 큰 낭보가 날아왔습니다. 참, 아찬 어르신께서도 저희들과 함께 파사왕국으로 떠나시면 어떻겠습니까?"

피루즈 왕자는 최치원이 한때 아찬의 벼슬자리에까지 머물러 있었다는 것과 지방 태수로 재직하면서 백성을 위해 실용주의를 몸소 실천하여 모든 이들로부터 칭송받고 있다는 소문을 들은 사실을 잊지 않고 있었다.

"말씀은 고맙습니다만, 이 나이에 제가 어찌 머나먼 나라의 망명객이 되어야 하겠습니까? 다만, 이번 기회에 왕자님을 따라 뱃길 여행은 좀 해 보고 싶습니다. 먼저 탐라국을 들르고, 파사국으로 빠져나가는 우이열도牛耳列島까지만 동행해 보려고 하는데……. 괜찮겠습니까?"

"아, 괜찮다마다요. 대환영입니다! 이번 여행을 통하여 아찬 어르신 내외의 높고 높은 학문과 통치철학을 직접 듣고자 합니다. 함께 가시죠!"

그날 최치원 내외는 피루즈 왕자 내외와 함께 지난 이야기를 나누며 정겨운 시간을 보냈다.

마침내 그해 8월 보름, 피루즈 왕자 내외와 최치원 내외가 출항 준비를 모두 끝냈다. 보름달이 하늘을 뒤덮은 개운포 바닷가에서 큰 잔치를 벌였다. 춤을 못 춘다고 했던 처용은 언제 그랬냐는 듯 부인과 함께 나서 신나게 춤을 추고, 월성에 남아 있던 무희 삼십여 명도 따라 나와서 마음껏 춤을 추었다.

그날 밤, 최치원은 망루에 앉아 참으로 오랜만에 대나무로 만든 피리를 불었다. 그러자 감회에 젖은 밀리엄 수녀도 기억을 더듬으며 찬미가가 아닌 당나라 가요를 불렀다. 이튿날 출항한 배는 순풍을 타고 이틀 후에 비양도를 거쳐 탐라국에 닿아 탐라국 성주를 만났다.

"아찬 어르신, 비록 좁은 탐라국이지만 소식은 빠릅니다. 신라와 후백제가 안타깝게 사직을 마감하였고 고려에 복속한 것을 알고 있습니다. 우리 탐라국도 이제는 가만히 있기만 할 수는 없는 형편입니다. 제가 개경에 들어가 조공을 올릴 수 있도록 글을 올려 주십시오."

탐라국 태자 말로末老가 나와 최치원을 반갑게 맞이했다.

"그야 어렵지 않은 일입니다. 지필묵을 주세요."

최치원은 바닷가 망루에 앉아 광종 대왕에게 올리는 탐라국 태자 말로의 서신을 대신 써 주었다. 그리고 자신이 탐라국에서 직접 말로 태자를 만난 정황도 정확히 적어 놓았다.

배는 탐라국에서 하루저녁을 묵고 다시 출발했다. 백제와 후백제 땅이었던 신안 앞바다를 완전히 빠져나갔을 때 서해안을 남하하는 황해 한류와 서해 중앙부로 북상하는 황해 난류가 어우러지는 곳에 우이도가 나타났다. 우이도는 북쪽으로는 도초도, 서쪽으로는 흑산도, 동쪽으로는 하의도를 끼고 있는 바다 중심의 등대와도 같은 섬이었다. 길게 모래가 깔려 있는 사구와 바닷가에서 우뚝 솟은 해식애(海蝕崖, 해안 낭떠러지)가 절묘하게 맞물려 있는 그 섬에 잠깐 배를 대었다.

"어르신, 파도가 높은데 왜 낭떠러지 밑에 배를 멈추라고 하십니까?"

피루즈 왕자 내외가 근심스러운 표정을 지으면서 세속 나이를 물었다.

"올해 95세입니다. 저희 내외는 여기까지가 왕자님과의 인연이 끝나는 곳인가 봅니다. 여기부터는 왕자 내외 두 분과 가족이 무사하게 고국 고향땅으로 되돌아가십시오. 순항을 빌겠습니다."

아찔한 절벽으로 어부들이 가까스로 내놓은 길이 있었다. 최치원 내외는 그 길을 타고 순식간에 절벽에 오른 후 손을 흔들었다. 피루즈 왕자 일행은 배에 탄 채 마주 손을 흔들었다. 왕자의 배는 흑산도 쪽으로 빠르게 사라졌다.

절벽 위에는 어부들만 옹기종기 모여 사는 참으로 한미한 어촌 마을이 있었다. 여남은 가구가 모여 있는 조그만 마을 끝에는 상산上山이라는 이름의 아담한 뒷산이 있었다. 따악~- 따악~ 어디선가 조약돌이 부딪치는 소리가 들렸다.

"저 산꼭대기에서 들리는 소리예요."

아직 청력과 총기를 잃지 않은 호몽이 먼 산을 가리켰다.

"나도 그리 들었소. 소리가 들리는 곳으로 가 봅시다. 어쩐지 꼭 가 봐야 할 것 같은 느낌이오."

최치원이 묵묵히 앞서가며 대답했다.

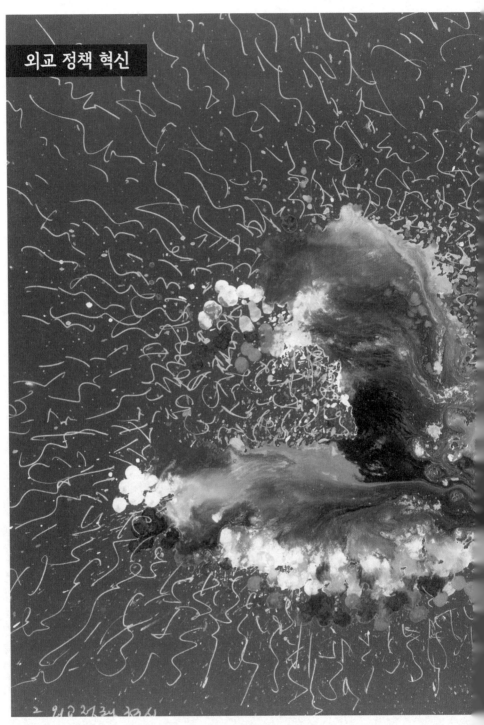

외교 정책 혁신

외교정책 혁신의 중요성을 형상화한 이미지. 최치원은 고려 4대 임금인 광종에게 과거시험 제도의 도입 등을 권고하면서 이 같은 제도는 당나라에서의 경험상 국가 간 소통에도 많은 도움이 된다고 강조했다.

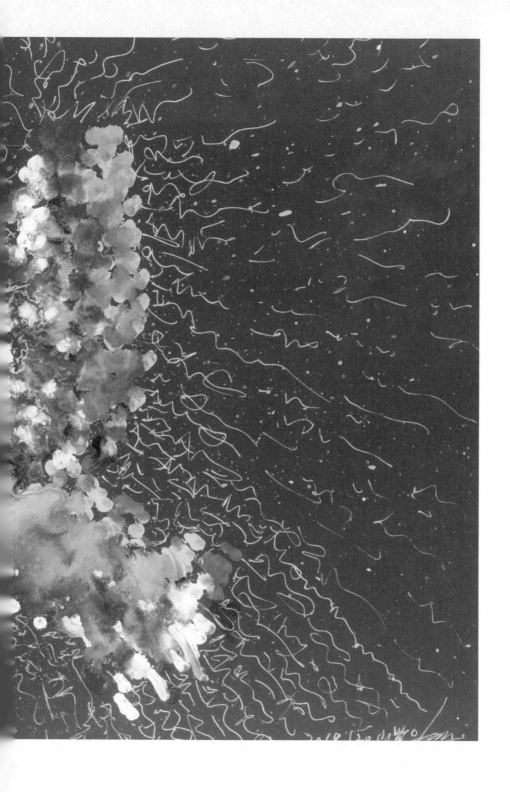

"무엇이 꼭 잡아끄는 것 같아요."

호몽이 눈에 빛을 내며 발걸음을 재촉했다. 산꼭대기에 올라가자 예쁜 옹달샘이 하나 있었고 그 옹달샘 옆에 너럭바위가 보였다.

너럭바위 위에서 두 사람이 마주 앉아 바둑을 두고 있었다. 바둑판은 바윗돌로 새긴 것이었고 바둑알은 아주 윤기가 나는 차돌로 만든 것이었다. 그 차돌이 금이 간 바윗돌을 치며 소리를 내고 있었던 것이다.

"아, 목마르다. 우리 물 한 잔 마시고 두세."

그러자 조금 젊어 보이는 사람이 선뜻 일어나 옹달샘으로 향했다. 그 사내가 퍼온 물을 두 사람이 나누어 마시고는 다시 바둑을 두기 시작했다.

"자, 대장군. 어서 두십시오. 제가 이리 두었습니다."

"아, 그리 두었는가? 그렇다면 나는 이렇게 두겠네. 그런데 가까운 데서 사람 냄새가 나는 것 같지 않은가? 어디선가 우리가 분명히 맡아 본 냄새 같은데……."

"저도 그 냄새를 맡고 있습니다."

그리고 뿌연 안개 속에서 두 사람의 윤곽이 서서히 드러나기 시작했다.

"아니, 고병 대장군. 언제 또 여길 오셨습니까?"

최치원과 호몽이 엎드리며 예를 올렸다.

"오라버니, 이렇게라도 만나 뵈어 반갑습니다."

고운을 알아 본 호몽이 눈물을 흘리며 달려갔다. 해무 속에서 고병 대장군과 고운이 천연덕스럽게 웃고 있었다. 해풍이 불어오며 농무를 걷어낼 때마다 고병 대장군과 고운이 옛날처럼 정겨운 얼굴로 환하게 웃으며 다가왔다가 멀리 밀려갔다. 그것은 이승과 저승이 교차하는 신비한 그림이었다. 최치원과 호몽은 전에도 이런 모습을 봤기 때문에 크게 놀라지 않았다.

"대장군, 저도 한 수 두고 싶습니다."

최치원이 다가서며 빙긋 웃었다. 고병 대장군이 고운에게 눈짓을 보냈다. 그러자 고운은 자리에서 일어나 호몽에게 다가갔다. 호몽은 느닷없이 만난 고운의 곁에 서서 오랜만에 따뜻한 해후를 했다. 그런데 놀랍게도 고운이 호몽에게 손을 내밀었다. 호몽은 그 손을 잡자, 그 사이에 최치원은 고병 대장군과 빠르게 바둑 한 판을 두었다.

그때 마을에서 아낙네들이 이 근처 좋은 약수를 받아가기 위해 물동이를 머리에 이고 올라왔다. 치맛자락을 잡은 어린아이들도 그 뒤를 따라 졸랑졸랑 따라오고 있었다.

"사람들이 이곳으로 오는군. 우린 자리를 비켜 줘야겠네. 고운, 떠날 채비를 하세. 자, 최치원 아찬 그리고 호몽 부인, 우리 함께 갑시다. 시해선을 하기에는 아주 좋은 날씨입니다. 해무도 짙게 끼었고 바람도 알맞게 붑니다."

고병 대장군이 서둘러 일어나며 최치원의 손을 잡았다. 그때였다. 최치원과 호몽의 몸이 깃털처럼 가벼워지며 서해의 고도인 우이도의 절벽 위로 솟아올랐다.

"와~ 학이다! 크고 아름다운 학이다!"

아녀자들과 아이들은 깜짝 놀라며 소리를 질렀다. 그들 머리 위로 날개를 활짝 편 네 마리의 학이 힘차게 솟아오르더니 이내 짙은 해무 속으로 사라졌다. 아녀자들이 학이 날아오른 바위로 갔다. 반듯한 바위에 바둑판이 선명하게 남아 있었다. (현재 전라남도 흑산도에 남아 있음) 그로부터 며칠이 지난 후 해인사의 방장 일주스님 방문 앞에 상좌승이 바른 자세로 서서 헛기침을 하였다. 안에서 일주스님이 물었다.

"무슨 일인가?"

상좌승이 머뭇거리며 말했다.

"남쪽 바닷가 말사에서 방장스님께 올리는 글이 올라와 있습니다."

그제야 일주스님은 문을 열고 고개를 내밀었다.

"무슨 내용인가?"

상좌승이 글을 읽어 내려갔다.

"소승 아뢰오. 소승은 남쪽 해안가의 산속 두륜산 골짜기에 자리 잡고 있는 대흥사 주지 법공이옵니다. 얼마 전 저희 사찰 말사에 속하는 해안가의 암자승이 흑산도로 나가는 우이열도까지 갔다가 그곳 우이도에 올라 탁발을 하던 중에 기이한 일을 목도하고 본사에 그 내용을 적어 보낸 일이 있습니다. 그 암자승이 고하는 내용에 의하면 고운 최치원 내외께서 일찍이 신라에 귀화했던 파사도독부의 피루즈 왕자 내외와 함께 배를 타고 그 섬에까지 왔었다고 합니다. 피루즈 왕자 내외는 항해를 계속하였고 최치원 아찬 내외는 우이도에 상륙했다고 합니다. 그리고 내외는 그 섬의 뒷산인 상산에 올랐는데 행방이 묘연합니다. 마을사람들의 말에 의하면 최치원 아찬 내외가 상산 정상 근처의 우물까지 올라가는 모습을 목격하였는데 그 후에는 행방이 없다는 것입니다. 그리고 그 마을사람들이 본 것은 네 마리의 거대한 학이 하늘 위로 날아오르더니 구름 속으로 사라졌다고 합니다.

마을사람들이 우물 근처에서 수거한 것은 최치원 아찬의 것으로 보이는 짚신 한 짝과 그 부인의 것으로 보이는 미투리(삼으로 만든 신발) 한 짝이었습니다. 본 대흥사에서는 탁발승의 보고 내용을 신뢰하기로 하였고 남겨진 유품을 해인사로 보내 올리는 것이 옳다고 생각하여 방장스님께 올려 보내옵니다. 두륜산 대흥사 주지 법공 합장."

그때 또 다른 동자승이 숲속에서 무언가를 주워 왔다.

"방장스님! 숲속에 이런 것이 떨어져 있었어요. 학사대에서 고개를 넘어가는 곳에 놓여 있었어요."

상좌승이 동자승으로부터 받아 든 것은 최치원의 것으로 보이는 갓과 망건 그리고 짚신 한 짝과 그 부인 호몽의 것으로 보이는 미투리 한 짝이었다. 방장스님이 상좌승에게 말했다.

"저 아이가 골짜기에서 주워 온 짚신 한 짝 그리고 미투리 한 짝을 대흥사에서 올려 보낸 짚신 한 짝, 미투리 한 짝과 맞춰 보거라."

상좌승은 떨리는 손으로 짚신과 미투리를 맞춰보았다. 정확하게 제 짝이었다. 방장스님은 승복을 서둘러 입고 상좌승에게 말했다.

"동자승을 불러 오너라. 그 아이가 이 물건을 주워온 곳으로 가 보자."

상좌승이 동자승을 부르고 앞장서자 방장스님은 뒤따라오며 혼잣말처럼 말하였다.

그때 또 다른 동자승이 숲 속에서 무언가를 주워 왔다.

"주지 스님! 숲 속에 이런 것이 떨어져 있었어요. 학사대에서 고개를 넘어가는 갈림길 오른쪽 바위 밑 네모난 돌 위에 가지런히 있는 비단 수건 속에 봉함된 서류봉투 한 개를 주워서 전했어요."

주지 스님이 받아든 것은 최치원의 것으로 보이는 서류봉투였다.

"천화를 하신 건가, 시해선을 하신 건가. 앞장서거라. 어디 한 번 다시 가 보자."

주지 스님이 동자승의 뒤를 따라 학사대로 향했다. 고개를 넘어 왼쪽 길 풀숲에서 유별나게 이슬이 많이 남아 있는 풀잎 위에 아침 햇살을 받으며 반짝반짝 빛나고 있는 것이 보였다. 주지 스님은 허리를 굽혀 그것을 주워 들었다.

"아, 이것은……. 호몽 부인께서 끼고 다니셨던 쌍가락지가 아닌가?"

아침 햇살을 받아 빛나는 그 쌍가락지 위에는 네 마리의 학이 새겨져 있었다. 바로 그때 갑자기 숲속에서 웅장하게 생긴 네 마리의 학이 솟아오르더니 이내 구름 속으로 사라졌다. 주지 스님이

해인사 전나무(경상남도 합천군 가야면 해인사길 122) 출처, 문화재청

놀란 눈으로 쌍가락지를 다시 내려다보았다.

"아니, 이럴 수가……."

쌍가락지에 새겨져 있었던 네 마리의 학은 더 이상 보이지 않았다.

"주지 스님, 주지 스님! 학사대 위에 나무가 생겼습니다. 엄청나게 큰 전나무입니다!"

동자승이 두 눈을 동그랗게 뜨고는 호들갑을 떨며 큰 소리로 말했다.

"호들갑 떨지 말거라. 혹시 누가 저 나무에 대해서 물으면, 그냥 예전부터 있었던 나무라고만 해 두거라."

주지 스님은 평정심을 잃지 않은 채 동자승에게 일렀다. 그때 그 우람한 전나무가 사방으로 휘청거리며 어딘가를 향해 울부짖듯 굉음을 토해내고 있었다.

"나무아미타불 관세음보살."

동자승은 몸을 바르르 떨며 주지 스님 뒤로 숨었고, 스님은 전나무를 향해 두 손을 공손히 모은 채 합장했다. 굉음이 그치고 홀연히 바람을 따라 주지 스님 앞으로 종이가 내려 앉았다. 주지 스님은 큰 전나무 아래에서 무릎을 꿇고 앉아 보자기에 싸여 있는 것을 펼쳐보았다. 봉함되어 있는 서류봉투를 열어보니 이 글을 읽어 보고 난 후 가족에게 전하라고 쓰여 있었다.

최치원이 천부경 풍류도에서 우주만물의 기운은 하나에서 시작되어 하나로 끝나는 것 같으나 시간의 유전자가
순서에 의하여 생명이 탄생하는 것은 끝이 아니라는 것을 회화하여 작품화하였음.

최치원이 남겨둔 글
자유인실행自由人實行

나를 만나고자 하면 산으로 와서 하늘의 구름과 자연에 있는 그대로(불교에서는 공염불 또는 공사상이라고 말함) 모습, 즉 거짓과 진실로 구분되는 이분법이 아닌(不二) 하나(一)의 지도至道로 보면 되고, 나의 학문과 사상을 배우고 싶거든 내가 써 놓은 난랑비문, 풍류도, 계원필경, 천부경, 시문 등에 담긴 깊은 뜻을 자기 것으로 늘(항상) 공부하면 됩니다.

토황소격문 중에서 노자 도덕경에 이르기를 회오리바람은 하루아침 또는 한나절을 가지 못하고 소낙비는 온 종일을 갈 수 없다고 하였으니 하늘의 조화도 오히려 오래 가지 못하거늘 하물며 사람이 하는 일은 어떠하겠는가? 한 번 나고 죽는 것은 하늘의 운명이거늘 꽃피고 지는 것은 인간 세상의 이치입니다.

화개동(또는 호중별유천壺中別有天이라고도 함)이라는 시문에서 동방군자국(한반도)은 해와 달의 허공 밖에 있고 하늘과 땅은 태극 가운데 있습니다. 동쪽나라 동방군자국 화개동(꽃이 아름답게 피어있는 마을 즉 불교 화엄세계를 말함)은 별천지 속에 신선의 경지, 신선 옥 베개 밀치고 일어나니 어느새 천 년이구나. 즉 오늘 하루하루의 순간순간들을 천 년처럼 소중하게 생각하고 살아가라고 말한 것입니다. 즉 지금 이 순간이 제일 소중한 시간임을 가르친 것입니다.

그리고 지극한 도는 문자를 떠나(문자로 표시할 수 없음을 뜻함) 원래 눈앞에 있습니다. (지도이문자至道離文字 원래재목전元來在目前) 즉, 도는 문자로 설명할 수 없으나 내 눈앞에 있는 사실 그대로가 지극한 도라고 말한 것입니다. 또한 머리나 마음에서 생각이 일어나기 이전 심법개혁心法改革 자리가 지극한 도道이므로 끈기있게 새로운 것을 창조하려고 하는 정신함양을 말하는 것입니다. 그러므로 지극한 도를 수행하는 것은 크나큰 덕을 쌓는 것이고 크나큰 덕은 바다와 같아(大德如海) 크고 무한하여 궤짝이나 호리병 속에 형상화(鉅無櫃化), 즉 새롭게 변화시킬 수 없습니다.

흰 구름 깊은 곳에 이 몸 하나 편안히 머무는 것이 자유인입니다.

뜬세상 부귀영화는 꿈 세상의 꿈이니 지나간 세월의 시간은 되돌아오지 아니 하기 때문에 무상합니다.

오늘 이 시간 순간순간, 즉 지금 나의 마음이 가장 소중한 시간입니다. 그러므로 오늘(如如) 이 순간만이 존재하는 것이고 과거, 미래는 존재하지 아니합니다. 과거, 미래는 기억 또는 생각에서 존재하는 것입니다. 세월의 흐름을 모르고 지나가는 시간이 신선의 경지입니다. 즉 신선들이 사는 세상입니다. 그러므로 인간 세상과는 시간을 비교할 수 없습니다. 숨 쉴 때마다 심소심락법하는 시간은 자유인의 시간입니다.

동방군자국 사람들은 다른 사람을 위해서는 죽고 사는 것을 무서워하지 않고 모든 힘을 다 바치므로 부끄러움이 없는 세상을 살아갑니다. 죽을 각오를 다하면 지극정성의 기운이 하늘에 닿게 되어 하늘 문이 열리는 것입니다. (위인당갈력爲人堂竭力 지기천촉재至氣天觸在 고천문개시故天門開始)

그러므로 사람은 하늘이 주는 태양빛, 달빛, 별빛, 공기, 물에 대하여 감사하는 마음을 절대 잊어서는 아니 됩니다. 과일을 먹을 때는 그 열매를 맺은 나무를 생각하고 물을 마실 때는 그 물의 근원을 생각해야 합니다. (락기실자사기수落其實者思其樹 음기유자회기원飲其流者懷其源)

내 몸의 존재를 위해 먹는 음식에 대한 근원, 즉 나 아닌 가족 또는 주변 다른 사람들이 도와준 덕분임을 생각하고 고마움을 깨달아야 합니다. 그러나 무슨 일을 하더라도 자유인으로 심소심락법을 실행하며 죽을힘을 다해야 합니다.

심소심락법으로 심법개혁을 실행하며 살아가는 것이 자유인의 실행입니다. 그리고 "해인사 선원주원 벽기에 써 놓은 글 '위대하고 위대 하도다.'에서 천명한 바와 같이 하늘이 귀하게 여기는 것은 사람이요(소천귀자인所天貴者人) 사람이 으뜸으로 삼는 것은 하늘입니다. (소인종자천所人宗者天) 사람이 도를 실천하는 것이요(인능홍도人能弘道) 도는 사람에게서부터 멀리 있지 않습니다. (도불원인道不遠人)

그러므로 도가 높아진다면 사람은 저절로 귀하게 된다(고도존언故道尊焉 인자귀의人者貴矣)는 글을 근본으로 깨닫고 공부하면 됩니다.

공부는 축적해 나가는 과정입니다. 공부는 덕을 얻기 위한 것입니다. 깨달음 공부는 끝이 없어 우주와 같이 무극입니다. 그러나 덕은 시간을 전제로 하는 시간적 예술입니다. 덕은 공간의 예술이 아닙니다. 공간적 예술은 자연의 도를 닦는 것입니다.

공부는 반드시 시간에 맞추어서 해야 되고 시간을 놓쳐서는 아니 됩니다. 즉 공부할 때 공부해야 된다는 것입니다. 자기가 경험한 시간을 공부라고 해서는 아니 됩니다.

공부하는 목표와 이유는 자기 성품, 성격, 성질, 진실을 실천하기 위한 수단으로 공부하는 것입니다. 공부하여 축적된 지식과 기술을 늘(항상) 다른 사람에게 글이나 말, 행동으로 반드시 표현하는 것이 공부의 목적입니다.

자신의 마음속에 묻어두는 공부는 자기 자신을 괴롭게 만들어 흔적 및 습관만 남게 되어 공부가 아니라 근심, 걱정, 고통만을 가져오게 됩니다. 그러므로 새로운 변화와 창조에 도전하기 위해서 공부하는 것입니다. 또한 공부는 끝이 없기 때문에 죽을힘을 다해 새로운 변화로 심법개혁을 통하여 창조되는 것이므로 일정하게 정해진 것이 없다는 것입니다.

특히 진감선사비 비문 첫서문에 도불원인 인무이국, 즉 도는 사람으로부터 멀리 있지 않고 가까이 있는 사람과 소통하고 융합하여 포용하는 것이 도이며, 사람은 나라에 따라 차이가 없으므로 인재등용은 귀하고 천한 것을 구분하지 말고 나라 이익을 위해 등용되어야 합니다.

공자는 문제자에게 하늘이 무슨 말을 하더냐? 유마거사가 침묵으로 문수보살을 대한 것, 석가가 가섭존자에게 은밀히 전한 것은 혀끝도 움직이지 않고 능히 마음을 전하였습니다. 또한 심약에서 공자는 그 실마리를 일으켰고 석가는 그 이치를 밝혔다고 말한 것은 서로 말은 하지 않았지만 보는 것만으로도 마음과 마음이 소통해서 알 수 있다고 했습니다.

모든 지인(至人), 신인(神人), 성인(聖人)이 가르친 것을 모두 융합하고 포용한 것을 풍류도라 이름 지으면서 자연의 변화를 알리기 위해 상도로 되는 것은 풀 위 이슬에 구멍을 내는 것과 같고 진불이 되는 것은 물 위에 비친 달을 잡는 것과 같이 아주 어렵다고 말했습니다. 그리고 후세 사람들이 스스로 심법개혁을 통하여 깨우침을 얻도록 하고 살아오면서 아름다운 일의 자취를 서적에 모으기도 하고 혹 빛나는 사실(업적)들을 비석에 수놓기도 하였다고 전했습니다.

낭혜화상 비문에는 무염대사나 내가 중국에서 배운 것은 다를 바가 없지만 심학자(무염대사)는 '덕'을 세웠지만 구학자는 '말' 덕을 남겼을 것이어서 덕도 말에 일컬어진다…….
말은 오래도록 전하여 진다. 바른 마음은 어느 곳에 치우치지 않고 중심 자리에서 조화롭게 일상생활에 늘 실천할 수 있는 '말'이어야 영원히 백성들에게 전해진다고 하였다.
우주 대자연과 사람이 하나이다라고 말한 것은 빛이 왕성하고 충실하여 온누리를 비출 바탕이 있는 것으로는 새벽 해보다 고른 것이 없고, 기가 온화하고 무르녹아 만물을 기르는데 공효가 있는 것으로는 봄 바람보다 넓은 것이 없다.

생각컨대 큰 바람과 아침 해는 모두 동방으로부터 시작 되는 것인즉 하늘이 이 두 가지 여경을 모우고 선악이 영 성을 내리어 군자국은 동방(신라)이라고 하였다.

공자는 '인'에 의지하고, 또한 '덕'에 의지하였고, 노자는 백(白 흰 것)을 알면서도 흑(黑 검은 것)을 지킬 줄 알았네. 즉 빛과 그림자 같이 상대성이 같이 존재하고 있다고 말한 것 이다. 이 두 가지를 천하의 법식(칙)이라 말했지만 석가는 힘겨루는 것을 근심이라 했네. 공자나 노자는 석가의 한 부분만을 논한 것을 알고 근심하였다. 유교의 입장을 불교 에 비유하면 가까운 곳으로부터 먼 곳으로 가는 것과 같 다고 했다.

대숭복사비 비문에 정치는 '인'으로써 근본을 삼고 예교는 '효'로써 우선을 삼는다.

우리 태평국(신라) 사람은 산과 숲 속에서 말없이 고요하 게 도를 닦는 무리가 많아 '인'으로써 벗을 모으고, 강과 물이 융합되어 포용되는 곳이 바다의 물이고, 바닷물은 소금과 같아 변하지 아니한다. 이 물은 더 큰 곳으로 흐 르는 형세를 쫓아 '선'을 따르는 것과 같고 파도 없는 물 결은 고요하여 해인이라고 한다. 이 모두가 하나의 물 흐 르는 것 같다고 하였다. 그러므로 풍도風道를 드날리는 사 람이 사는 곳이 동방지국이라 하였다.

지증대사비 비문에는 고요한 물이 잔물결을 잠재우고 높은 산이 떠오르는 아침 해를 둘러 찬 듯한 사람이 융화하는 도인 유정인이 있다.

빛을 지붕 아래 숨기고 종적을 그윽한 곳(진감후라 외우는 말 經敎)에만 마음이 쏠리고, 동해의 동쪽에 갈 생각은 그만두었다.

주역에서 말한 세상을 피해 살아도 근심이 없어지지 않는다. 중용에서 말한 세상에서 알아주지 않더라도 뉘우침이 없어지지 않는다. '덕'을 사모하는 자가 산에 가득하였고, 이들 중 착하게 된 사람들이 골짜기를 나섰다. 따라서 '도'는 폐해질 수 없으며 제 때가 된 뒤에 '행'해지는 법이다. 닦은 데다 닦은 듯하나 닦음이 없고(修) 증득한데다 증득한 듯하나 증득함이 없는 것이다.

고요히 있을 때는 산이 서 있는 것 같고, 움직일 때는 골짜기에 메아리가 울리는 것 같다. 무위법無爲法의 유익有益이란 다투지 아니하고 이기는 것이다. 우리나라 사람은 국내는 물론 해외까지 이롭게 하였지만 자랑하지 아니하고, 말하지 아니함을 중요시하는 마음 바탕을 소지하고 있으므로 위대한 사람이라고 하였다.

위 비문의 내용을 보고 깨달음, 즉 실득(實得) 공부를 하면 되는 것이다. 그리고 내가 떠나면서 남겨둔 글을 거울삼아 바르게 믿고 읽음으로써(정신正信) 스스로 깨우칠때까지 천 번 이상 계속 되새기는 그 수행 방편으로 풍류지도 심법개혁 팔훈을 반드시 실천하여야 합니다. '머리'에는 뜨거운 열정으로 도전하는 '창의'가 있는 것이 첫째이다. '이마'에는 남을 존경하고 배려하며 나를 낮추는 '예절'이 있는 것이 둘째이다. '귀'에는 남의 말을 지혜롭게 경청하는 마음의 '소통'이 있는 것이 셋째이다. '눈'에는 즐거운 마음속에서 우러나는 아름다운 '미소'가 있는 것이 넷째이다. '입'에는 마음속에서 진정으로 우러나는 '친절한 말과 "잘 했구나, 열심히 했구나"라는 칭찬과 격려의 말이 있는 것이 다섯째이다. '가슴'에는 욕설이나 거짓말을 하지 않으며 또한 이간질이나 아첨을 하지 않는 맑은 '정직'이 있는 것이 여섯째이다. '손'에는 부지런하게 노력하는 '노동'이 있는 것이 일곱째이다. 즉 노동을 하면 근심·걱정을 잊게 한다.

'발'에는 기본과 원칙을 지키는 정의의 '질서'가 있는 것, 즉 국가와 국민에게 이익을 주며 선행을 하는 것이 여덟째이다.

그러므로 창의·예절·소통·미소·친절·정직·노동·질서 여덟 가지가 풍류지도 심법개혁 팔훈이며 실득인백언 지기천지필을 생활과 함께 실천하라고 하였다.

스스로 깨우치는 것은, 물이 위에서 아래로 흘러가면서 큰 바다로 가는 동안 만나는 모든 것을 피하거나 헤치고 새로운 길, 즉 변화의 기회를 개척하여 목적지에 도착하듯이 세상을 살아가는 이치도 물 흘러가는 것과 같다고 하였다.

그러면서 강물이 바다로 들어가면 소금물로 융합 포용되어 하나의 소금물이 되듯이 사람도 소통하고 융합하여 포용하게 되면 나와 너의 구분이 되지 않고 하나가 되느니라. 햇빛과 바다가 만나 수증기를 만들어 구름·비·눈이 되어 바람과 같이 자유롭게 유유히 이동하다가 환경변화에 따라 비와 눈을 지구로 내려주어 지구상의 모든 만물에 이익과 손해를 주느니라. 태양빛을 머금은 아름답고 붉은 구름의 모습이 자운이니라. 나는 백성들의 꿈과 희망이 실현되는데 이익을 주고자 고운, 즉 해운의 빛이 되고자 하느니라.

시간과 세월이 흘러가면서 사람들은 신선들이 자연(시간과 세월이 만들어 낸 것을 말함)과 함께 자유롭고 평등하게 살아가는 모습을 상상하듯이 나 역시 평생을 살아오면서 용서와 사랑의 처세지도處世之道로 살았다.

특히 충忠과 정의正義의 관계를 유지하는데 뜨거운 열정으로 천 배 이상 노력하는 길로 가면 이 세상에서 가장 으뜸이 되는 것이다.

우리 민족이 앞으로 지켜야 할 덕목으로 세계 성인들이 이미 말씀한 것을 융합하고 포용하여 풍류도 50자와 천부경 81자를 만든 것이므로 이 문자의 심법개혁을 통해서 백성과 함께 영원히 살고자 하는 것이다. 가족과 모든 사람에게 손해를 주지 않으려고 이제 눈으로 볼 수 없는 세계로 자운(붉은 구름)과 함께 떠나고자 한다.

"나무아비타불 관세음보살."

주지 스님은 나지막히 글 읽기를 마치고 남겨두고 간 종이를 소중히 내려놓았다. 주지 스님은 여전히 놀라서 떨고 있는 동자승에게 말하였다.

"절을 올리거라……"

주지 스님은 동자승과 함께 종이가 놓여진 전나무 앞에서 절을 올려 예를 갖추었다. 그리고 주지 스님은 네 마리 학이 날아간 구름 쪽을 바라보며 살며시 미소 지으며 공손히 두손 모아 한참동안 합장을 끝낸 후 즉시 이 글을 가족에게 전해주었다.

그 시간 용문사의 경내에서도 놀라운 일이 벌어졌다. 새로 솟아오른 은행나무 한 그루가 용트림을 하듯 몸을 비틀며 거센 울음을 토해냈던 것이다.

'나는 천 년을 두고 울리라. 천 년을 두고 울리라……'

용문사의 주지 스님은 이 소리를 듣고 자신의 귀를 의심하기까지 했다.

"나무아미타불 관세음보살."

주지 스님은 은행나무를 향해 두 손을 공손히 모은 채 합장을 했다.

마지막 남기고 간 글 자유인실행自由人實行을 받아본 장남 은함은 곧바로 하늘에 외로이 떠 있는 구름을 보니 석양빛으로 붉게 물들은 큰 구름 두 개와 양쪽 옆에 조금 작은 두 개가 홍학 모양으로 변하면서 바람결에 따라 동쪽 하늘로 서서히 이동하고 있었다. 높게 떠 있는 빛나는 홍학이 날개를 활짝 펴고 날아가는 모습의 구름을 보고 정중하게 삼배의 절을 올리고 집으로 돌아왔다.

그리고 가족 모두에게 연락을 했다. 부친의 업적이 남아 있는 경주 대숭복사, 하동 쌍계사, 문경 봉암사, 보령 성주사와 특별한 인연을 맺고 있었던 안동 청량사, 의성 고운사, 부산 범어사, 합천 해인사, 서산 부석사 주지 스님과 천령군 태수, 태산군 태수, 부성군 태수에게도 추모 행사일을 지정하여 연락하고 왕실에도 보고를 올렸다.

왕실에서는 광종대왕의 특명을 받고 도승지를 비롯하여 과거제도 및 노비안검법 실시에 참여한 쌍기 대신과 함께 십여 명 대신들도 해인사로 다 같이 왔다. 또한 가족 모두와 연락받은 주지 스님 및 고승 백여 명이, 태수와 그곳의 백성 수백 명이 함께 해인사로 왔다. 소문과 소문을 통해서 알았던 백성 일천여 명도 이곳으로 왔다.

이 행사를 주관하고 있는 해인사 방장 일주스님은 이국이민하신 자유인 최치원 선생의 행적은 알 수 없으나 마지막으로 남기고 간 글 내용을 서서히 낭독하였다. 방장 스님의 낭독이 끝나자마자 행사장에는 울음소리로 가득하였고 울음소리는 행사장 경내는 물론 가야산 골짜기로 바람을 타고 흘러갔다.

행사가 마무리되자 모든 사람은 자유인 최치원 선생이 평생 살면서 풍류도 및 천부경과 비문, 시문, 학문, 마지막으로 남긴 글을 통해서 자유스러운 신선이 되고자 하였으므로 자유인 신선이 되었을 것이라고 이구동성으로 말했다. 그러나 우리가 볼 수 없는 영원한 세계에서 미래 우리들을 계속 가르쳐 줄 선각자가 되실 분이라며 서로서로 감사의 말을 하면서 헤어졌다.

가족들은 이 행사에 참석한 모든 분에게 고마움과 감사의 마음을 전했다. 최치원이 떠나면서 마지막으로 남기고 간 글 자유인실행을 읽어본 이후 아무도 그의 최후를 알지 못했다. 세월이 흘러가면서 백성과 현자들은 바람과 구름을 타고 자유의 신선이 되어 영원히 살아갈 것이라고 말했다.

〈5권 끝 - 大尾〉

추서

훗날 고려국 제8대 현종왕(태조왕건의 손자)은 최치원이 당나라와 송나라는 물론 신라와 고려국에 학문과 교육을 통해서 이국이민을 몸소 실천한 분이며, 고려의 학문과 불교 팔만대장경 논장에 해당되는 법장화상전 사상을 송에 최초로 문화수출(송나라 팔만대장경 법장화상전에 수록하였음)한 것과 고려 개국 설계와 제4대 광종대왕의 왕권확립 공로 등을 고려 조정에서 인정하고 제8대 현종왕은 '공公'이라는 시호를 하사하려고 하였으나 송 사신이 이 사실을 알고 황제에게 건의서를 올리면서 송을 위해 전란 시 크나큰 공을 세운 보은으로, 글 쓰는 것으로 천하 제일인자임을 후세에 널리 전하기 위해서는 제후 왕에게 수여하는 '후' 시호를 하사함이 마땅하다고 하니 황제는 '문창후'라는 시호를 하사하였다. 그후 최지몽으로부터 최치원의 무덤이 없다는 것을 보고받고서 조정 대신들에게 조속히 선성묘를 조성하여 후세에 널리 알리라고 지시했다.

왕의 지시를 받은 조정대신이 풍수지리에 밝은 현자를 찾아서 어떠한 장소가 좋으냐고 물어보자 현자는 "최치원 선생의 위대한 행적이 남아 있는 곳을 모두 살펴본 후 인과관계가 후세에까지 전해 갈 수 있는 곳으로 하겠습니다."라고 말했다. 현자는 최치원 행적을 면밀히 살펴보고 와서 조정대신에게 보고하기를 오랫동안 신라 태수직 생활을 하던 곳 중 낭혜화상비가 잘 보존되어 있는 성주사와 고려국 국태민안을 위해서 많이 기도했다고 하는 부석사(충남 서산군 소재) 지역 중심에 소재하고 있는 천하명당으로 소문난 보금산(현재 충남 홍성군 장곡면 소재)이 좋다고 말했다. 조정대신이 입궐하여 현종왕에게 즉시 이러한 사실을 고하자 현종대왕는 선성묘를 보금산 자락에 즉시 조성하라고 하명하였다. 선성묘가 조성되었다.